Tanja Stern
Fern von Cannes

Tanja Stern

Fern von Cannes

Drei Erzählungen aus der ehemaligen DDR

Stern, Tanja: Fern von Cannes
Drei Erzählungen aus der ehemaligen DDR
1. Auflage 2017
ISBN 978-3-938105-00-9
Cover: Tanja Stern
(unter Verwendung des Gemäldes
„Sizilianischer Großgrundbesitzer mit Marionetten"
von Werner Tübke, DDR 1972)
mail: info@tanja-stern.de
www.tanja-stern.de
web: www.tanja-stern.de
blog: monatsblatt.tanja-stern.de

Junger Mann mit Zukunft

Eines Nachmittags blieb Michael am Schreibtisch sitzen, obwohl er mit den Schularbeiten fertig war: Er sollte auf dem bevorstehenden Schülerfasching eine lustige kleine Rede halten. Man hatte gerade ihn damit betraut, weil er so schöne Aufsätze schreiben konnte, und er gab sich große Mühe. Auf keinen Fall wollte er das Vertrauen enttäuschen, das die anderen Schüler in ihn setzten.

Als gegen Abend Robert kam, war die Rede schon beinahe fertig, und Michael las sie dem Freund vor, während seine Mutter immer wieder an der nur angelehnten Zimmertür vorbeistrich.

„Klasse!", hörte sie Robert sagen. „Mann, wie ist dir das bloß alles eingefallen?"

Frau Voland linste durch den Türspalt und musste zu ihrem Ärger entdecken, dass Robert mit seinem dicken Hintern mitten auf der blank polierten Schreibtischplatte saß. Später hörte sie, wie sich die beiden Freunde über die Details der Faschingsrede berieten.

„Lass das drin!", rief Robert. „Lass das ja stehn! Immer druff, beim Fasching darf man alles!"

Roberts Vater war ein übler Säufer, das wusste jeder in der Stadt, und Frau Voland sah es gar nicht gern, dass Michael ausgerechnet solch einen Jungen und keinen anderen zum Freund hatte. Sie befürchtete, dass Robert in ihrem Hause stehlen oder dass er Michael zu irgendwelchen Schandtaten verführen könnte.

Schließlich hielt sie es nicht mehr aus und betrat das Zimmer, in dem noch immer die beiden Jungen miteinander diskutierten.

„Michael, du weißt, was Doktor Liebchen gesagt hat. Wenn du nicht pünktlich zu Abend isst…"

Robert rutschte unauffällig von der Schreibtischplatte herunter. Frau Voland sah, dass seine Finger schmuddlig waren und dass an seinem Hemd zwei Knöpfe fehlten. Sie lud ihn nicht zum Essen ein. Noch am selben Abend ließ sie sich die Faschingsrede zu lesen geben und veranlasste ihren Sohn, ein paar Stellen zu streichen, an denen er in allzu respektloser Weise über bestimmte Lehrkräfte herzog. Heimlich aber musste sie staunen, wie flüssig und gewandt der Junge formulierte. Frau Voland konnte das beurteilen: Sie war Lehrerin für Deutsch und Geschichte und erlebte täglich Dutzende von Kindern, aufgeweckte und verträumte, gescheite und schwerfälligere, aber keines, fand sie, ließ sich mit Michael vergleichen. Was er seiner Schwester Sabine immer für hübsche Gute-Nacht-Geschichten erzählte… Manche dachte er sich ganz allein aus…

Und die Faschingsrede wurde ein großer Erfolg. Alles amüsierte sich, sogar den Direktor sah man lächeln, und am Lehrertisch wurde später noch viel von Michael Voland gesprochen. Man wusste, dass er einen Herzfehler hatte und deshalb vom Sportunterricht befreit war. Dafür las er viel und lernte vorzüglich und hatte für die Schülerzeitung „Prima", die im letzten Jahr gegründet worden war, ein paar vielversprechende Beiträge verfasst. Mit einem Wort, er galt als talentiert, und Frau Voland begann sich allmählich Gedanken über seine Zukunft zu machen.

„Ich weiß nicht, was aus dem Micha mal werden soll",

sagte sie zum Großonkel Franz, als sie gemeinsam mit ihren Kindern an dessen goldener Hochzeit teilnahm. Sie musste fast schreien, denn an der Tafel war es laut, und der Großonkel hörte nicht gut. „Mit dem Dieter ist schon alles klar. Den geb ich zum Sievert in die Werkstatt. Der würde doch am liebsten Tag und Nacht an Motorrädern rumbasteln, stimmt's nicht, Dieter?"

Dieter, der Schokoladentorte aß, blickte kurz auf, ohne zu antworten.

„Und die Sabine", fuhr Frau Voland fort, »die wird wohl ins Büro gehn, denk ich. Warum auch nicht, Sekretärin ist ganz gut heutzutage. Aber der Micha, tja, der ist mein Sorgenkind... Wer weiß, was das Leben mit dem noch mal vorhat..." Und sie warf ihrem jüngeren Sohn einen verzagten, aber auch hoffnungsvollen Blick zu. Er saß am anderen Ende der Tafel und kabbelte sich mit seiner Cousine.

„Hat er denn für gar nichts Interesse?", fragte die Großtante bekümmert.

„Na - doch... Ich weiß nur nicht, wie ich das sagen soll... Also, ich glaube, er... schreibt oder so..."

„Was macht er?", fragte der Großonkel herrisch und beugte sich ein wenig vor.

„Er schreibt!", schrie Frau Voland. „Er schreibt, Onkel Franz, wie ein Schriftsteller, weißt du? Ich glaube, er hält sich so ein Tagebuch. Und in der Schule haben sie eine Zeitschrift, da soll unser Micha ein Gedicht..."

Der Großonkel wuchtete sich empor, und sein Bass erscholl über die Tafel hinweg: „Michael, stimmt das, was ich von dir höre?"

Michael wand erschrocken den Arm aus der Umklammerung seiner Cousine.

„Was denn, Onkel Franz?", fragte er bang.

„Du bist ein Dichter? Ja? Sagt deine Mutter. Du schreibst Gedichte, wie der olle Goethe?"

Michael errötete. Die Gäste hörten fast alle zu, und manche kicherten vor sich hin. Aber seine Cousine, dieses freche Gör, bekam auf einmal ganz staunende Augen, als wollte sie fragen: Ist das wirklich wahr?

Ja, wirklich, Michael schrieb Gedichte, und er führte auch ein Tagebuch. Ganze Nachmittage verbrachte er am Schreibtisch, er sah melancholisch hinaus in den Garten, und dann, nach einer langen, langen Träumerei, senkte er den Blick auf sein Tagebuch nieder und schrieb einen Satz hinein wie diesen: „Manchmal, wenn ich die Menschen so reden höre, kann ich kaum glauben, dass sie mich je verstehen werden ..." Einmal hörte er, wie Dieter, sein älterer Bruder, mit dröhnender Kofferheule nach Hause kam und wie ihn die Mutter gleich im Korridor anfuhr: „Stell um Gottes willen das Gejaule ab! Der Micha sitzt drinnen und hat zu arbeiten! Kannst du nicht ein bisschen Rücksicht nehmen!" In der tiefen Stille, die nun eintrat, begannen Michaels Gedanken wieder durch Raum und Zeit zu wandern. Er trat gleichsam aus sich heraus, er sah den schmächtigen Jungen Michael Voland am Schreibtisch sitzen und Tagebuch führen und melancholisch hinaus in den Garten schauen... Zwar ist er körperlich ein bisschen kränklich, aber die Schule bewältigt er mit links... Warum geht er denn nie mit den anderen spielen? Weil er sich grüblerisch von der Welt zurückzieht... Ein besonderes Kind, ein begabtes Kind... Haha, wer hätte das gedacht! In der grauen, verschlafenen Kleinstadt M., in einer prosaischen Lehrerfamilie, mitten unter Durchschnittskindern, die später einmal den gleichförmigen Alltag ihrer Eltern fortsetzen würden, hier also wächst vielleicht ein junger Mensch seiner verheißungsvollen Zukunft entgegen!... Den kannte ich nun schon als ganz kleinen Bengel, würden später die Leute sagen, und wer hätte damals gedacht, dass der sich mal so entwickeln würde... Mit der Mutter grüß ich mich heute noch... Er soll ja ganz rührend für sie sorgen...

Vorerst aber bereitete Michael seiner Mutter mehr Kummer als Freude. Dass er neuerdings in der Schule rauchte und schmutzige Ausdrücke in den Mund nahm, hätte sie vielleicht noch übersehen können. Doch als die Schülerzeitung „Prima" verboten wurde, die er maßgeblich mitgestaltet hatte – aus Versehen war ein Artikel erschienen, der die Rolling Stones glorifizierte –, da legte Michael ein Verhalten an den Tag, das seine schulische Laufbahn ernsthaft gefährdete: Er schrieb einen kindisch wütenden Brief an den zuständigen Stadtrat. Auf einer Versammlung bezeichnete er seinen Gruppenratsvorsitzenden als ein „konformistisches Arschloch".

Es kam so weit, dass seine Versetzung in die Abiturstufe fraglich wurde und dass Frau Voland fast jede Nacht über ihr Sorgenkind Tränen vergoss. Dreimal lief sie zum Direktor und flehte ihn an, Gnade vor Recht ergehen zu lassen.

„Mein Junge hat einfach die Nerven verloren! Mein Junge steckt in einer kritischen Phase! Aber er wird sich zusammenreißen, dafür stehe ich gerade! Sie wissen doch, wie begabt er ist..."

Dem Direktor tat die Mutter leid; er hatte sie noch als blühende junge Frau gekannt. Und er war bereits so gut wie entschlossen, das Geschehene zu vergessen, als sich Michael kurz vor den großen Ferien einen neuen Ausrutscher leistete. Er schwänzte drei Tage lang die Schule und streifte mit Robert, seinem besten Freund, in den Bergen und Wäldern umher. Es herrschte sommerlich schönes Wetter, so dass die Jungen im Freien übernachten konnten. Robert war von seinem ewig betrunkenen Vater grün und blau geschlagen worden und entschlossen, sein Elternhaus nie mehr zu betreten. Er wollte auf den Dörfern Lebensmittel klauen, wollte notfalls von den Früchten des Waldes leben! Und Michael schwor ihm feierlich Gefolgschaft.

Am zweiten Tag erkletterten die Freunde den höchsten Berg in der ganzen Umgebung. Kurz vor dem Ziel ging Michael die Puste aus, und sein Herz begann zu stechen. Auf dem Gipfel des Berges angekommen, brach er buchstäblich zusammen. Er sah so weiß aus und atmete so mühsam, dass Robert schon das Schlimmste befürchtete. Doch bald erholte sich Michael wieder, und er genoss die reine Luft und den Anblick der schönen Landschaft mit einem Wohlgefühl der Freiheit und körperlichen Leichtigkeit, wie man es nur nach überstandenen Schmerzen empfindet.

„Halt mich fest, gleich heb ich ab!", rief er übermütig aus.

Leider begann es am Abend zu regnen, und die Nacht wurde ziemlich kühl. Michael hatte nur eine dünne Decke mitgenommen und fror in dem laubgepolsterten Unterstand, den die Freunde als Bett benutzten. Jedes Mal wenn er am Einschlafen war, raschelte etwas in seiner Nähe, oder eine Mücke belästigte ihn. Gegen Morgen fühlte er sich wie gerädert. Sein Herz schlug unregelmäßig und schmerzhaft; er hatte vom Wanderleben genug. Kleinlaut bat er Robert, ihn nach Hause zu bringen. Nach dem Frühstück zogen sie los, stapften schweigend durch feuchtes Gras. Immer wieder legten sie Rast ein. Um die Mittagszeit ging es Michael so schlecht, dass Robert ihn stützen und ziehen musste. Erschöpft erreichten die beiden M. Robert lieferte den Freund zu Hause ab und ging, sich seinem Vater zu stellen. Was Michaels Mutter anbetraf, so wagte sie fürs erste nicht, ihrem kranken Jungen Vorwürfe zu machen. Doch am Abend setzte sie sich an sein Bett und bat ihn unter Tränen, seine Zukunft für eine zweifelhafte Freundschaft nicht zu ruinieren. Er verstand sie nicht.

Er schnappte nach Luft. In der Nacht verschlimmerte sich sein Zustand derart, dass er ins Krankenhaus eingeliefert werden musste. Eine schwere Operation war vonnöten.

An den folgenden Tagen zitterte die Familie in Erwartung des Urteils. Frau Voland freilich weigerte sich, das Wort Lebensgefahr auch nur zu denken. Sie lief zum Direktor und erwirkte von ihm, die Gunst der Stunde nutzend, eine Regelung, die Michael trotz allem freie Bahn in die Abiturklasse gab. Sabinchen aber, die kleine Schwester, musste sich hundertmal am Tag die Beerdigung ihres Bruders vorstellen, Kränze, Tränen und schwarze Gewänder... So wundervoll waren seine Gaben, dass er die schönsten Hoffnungen in uns erweckte, aber ach, der Tod raffte ihn dahin, bevor diese Gaben Früchte trugen... Sabinchen schluchzte ins Mathebuch hinein. „Ist dein Bruder noch nicht übern Berg?", fragte mitleidig Ilse, ihre beste Freundin. Die beiden Mädchen saßen bei Volands und lernten. Sabine starrte zum Fenster hinaus. Im Garten putzte Dieter sein Moped. Er trug ausgebeulte Arbeitshosen und ein Turnhemd, das im Rücken schweißfleckig war. Ganz unbekümmert wrang er seinen Putzlappen aus, er pfiff sogar noch einen Schlager dabei. „Und solche Leute sind nun gesund", murmelte Sabine verächtlich. Der Gedanke an all die Hohlköpfe und Nieten, die ringsum stumpfsinnig weiterlebten, während ausgerechnet Michael, den Vielversprechenden, der Tod bedrohte, empörte und erbitterte sie, und sie lehnte sich zum Fenster hinaus und brüllte: „Sag mal, musst du unbedingt pfeifen, jetzt, wo wir Mathe üben wollen und wo's dem Michael so schlecht geht!"

Bald aber konnte man aufatmen. Michael genas, und es schien ihm sogar, als könnte er die Erfahrungen der Krankheit gut gebrauchen. Er hatte für die Schule viel nachzuholen; trotzdem räumte er manchmal seine Hefte beiseite und nahm einen schneeweißen Block zur Hand, um seine erste Erzählung niederzuschreiben, ein längeres Werk mit dem Titel „Krankenhausreport". Wenn die Mutter ihn zum Essen rief, antwortete er nur mit einem undeutlichen Hm. Sein Rücken beugte sich über den Schreibtisch, sein rechter Arm war in ruckender Bewegung. Er schrieb... Was mochte er wohl schreiben? Einmal konnte sich Frau Voland nicht mehr bezähmen und trat etwas näher an den Schreibtisch heran. Doch schon fuhr Michael herum, er wurde rot und klappte seinen Schreibblock zu.

„Nicht gucken, Muttel", sagte er verlegen, „das ist nur so 'ne kleine Spielerei."

Sie lächelte ihn vielsagend an, und plötzlich lächelte er zurück und erklärte: „Ich will nicht sagen, dass es schon was taugt, aber ich glaube, ich bin jetzt ungefähr auf dem Weg."

So wurde die gemeinsame Hoffnung erstmals zwischen den beiden ausgesprochen und damit gewissermaßen manifestiert. Elisabeth Voland ertappte sich bei frühlingshaften Träumereien. Sie hatte Germanistik studiert und wollte sogar einmal promovieren, doch sie heiratete früh und bekam die beiden Jungen. Nachdem ihr Mann gestorben war, kehrte sie nach M. zurück, wo ihre Mutter ein Haus besaß, und begann als Lehrerin zu arbeiten. Sie war zäh und setzte sich beruflich durch. Doch die Schüler wurden von Jahr zu Jahr frecher; das Geld reichte vorn und hinten nicht; die Mutter starb ihr nach jahrelanger Krankheit. Noch einmal erschien ein Mann in ihrem Leben, aber er verließ sie, als Sabinchen unterwegs war, und sie blieb mit drei kleinen Kindern allein. Sabinchen sammelte heimlich Westillustrierte und wünschte sich jetzt schon teure Kleider. Dieter wurde in letzter Zeit so bockig, niemand konnte sagen, warum. Und Michael, das war der Schwierigste von allen – aber vielleicht war er es auch, der sie später einmal am reichsten für ihre Mühe belohnen würde? Aufmerksamer als je zuvor überwachte sie sein Tun und Lassen. Er kam jetzt in ein gefährliches Alter, und sie fürchtete sehr, an seiner Erziehung etwas zu versäumen oder falsch zu machen. Ein einziger scharfer Luftzug konnte die Blüte womöglich für immer verderben, und dafür trug dann sie die Verantwortung. War es zum Beispiel richtig, dass der Junge so früh schon Erzählungen zu schreiben versuchte? Er wurde doch hoffentlich keiner von diesen Träumern, die das praktische Leben nicht zur Kenntnis nehmen wollten? Der Abschluss der zehnten Klasse rückte näher! Aber Michaels Zeugnis ließ sie aufatmen: Er hatte einen Durchschnitt von eins Komma vier, obwohl er so lange krank gewesen war! Offensichtlich war er imstande, das praktische Leben mit links zu bewältigen. Der Direktor lobte ihn vor versammelter Schule, und als Michael durch die Aula nach vorn schritt, um eine Medaille überreicht zu bekommen, brach anerkennender Beifall los. Zwei Mädchen in der hintersten Reihe klatschten mit der ganzen Kraft ihrer Hände und riefen ekstatisch: „Bravo, Michaaaaa!" Das waren Ilse und Sabinchen.

Die Szene beeindruckte Michael so stark, dass er sie hinterher noch oft vor sich abrollen ließ. Natürlich nicht der Auszeichnung wegen – was bedeutete ihm schon ein blechernes Abzeichen –, aber das Gelobtwerden, das Nachvorngehen und der Beifall, der ihm allein gegolten hatte, das alles erfüllte ihn mit Unruhe. Er hatte sich bisher von seiner Zukunft nur verschwommene, wenn auch glänzende Vorstellungen gemacht. Jetzt war es Zeit, genauer darüber nachzudenken: Würde man ihm Beifall klatschen, später, wenn er das Leben nicht mehr nur üben, sondern riskieren und bestehen musste?

Wenn die Maßstäbe strenger wurden und die Konkurrenten gefährlicher? In den Sommerferien, die Michael zusammen mit Robert an der Ostsee verbrachte, ließ er manchmal sein Buch sinken und träumte.

„Wenn ich nun damals im Krankenhaus gestorben wäre", sagte er einmal zu Robert. „Kannst du dir das vorstellen, einfach so abzukratzen, ohne die geringste Spur zu hinterlassen..."

„Was hinterlassen wir schon für Spuren", erwiderte Robert achselzuckend. Doch gleich darauf sah er zu Michael hin und sagte in einem ganz anderen Ton: „Aber du, du hast vielleicht Talent!"

Michael runzelte ein wenig die Stirn, um ein geschmeicheltes Lächeln zu verbergen. „Talent...", wiederholte er leise, „ja, natürlich, das wäre schön..."

„Mensch, du schaffst das, du wirst berühmt!" sagte Robert überzeugt. „Und dann erfind ich dir einen Computer, der bringt dir deine Bücher gleich druckreif raus!"

Michael schüttelte lächelnd den Kopf. Computer. Was für dumme Phantastereien. Robert sollte im September eine Lehre als Maschinenschlosser beginnen. Er hatte vom Leben nichts zu erwarten als einen geradlinigen Alltag, und Michael beneidete ihn deshalb und bedauerte ihn zugleich. Vor ihm selbst lag – ein schwieriger, dunkler Weg – ein Knäuel, durch das er sich hindurchfitzen würde. Leiden musste man, das gehörte dazu, man musste kämpfen und beinahe verzweifeln – aber wenn der große Erfolg dann kam... Ach, Interviews, Verfilmungen, Reisen... Ein idyllisches Landhaus mit Frühstücksterrasse... Eine hübsche Frau natürlich, die ihm die vielen Journalisten vom Leib hielt...

Er räkelte sich auf seiner Luftmatratze. Das Meer rauschte, die Sonne schien, das Leben lag ausgebreitet vor ihm, als bräuchte er nur noch darauf loszusteuern, als hielte die geheimnisvolle, unübersehbare Menge an

Zeit, die ihm gehörte, etwas Wunderbares für ihn bereit...

Doch der Herbst kam, die Schule begann von Neuem, und die Frage, was aus Michael werden sollte, nahm alsbald eine konkrete Form an. Wieder hatte Frau Voland schlaflose Nächte: Die Mitschüler ihres ungewöhnlichen Sohnes wussten alle längst, was sie studieren wollten, der Berufswunsch Schriftsteller aber stand in keinem Ausbildungsplan und durfte offiziell kaum genannt werden; er war eine Vorahnung, ein schöner Traum; er war eine innere Überzeugung, die man vorerst besser noch niemandem preisgab. Michael selbst nahm das Problem seines Werdegangs viel leichter. Gewiss, er würde wohl irgendetwas tun müssen, bis der Knoten bei ihm gerissen war, aber was immer er jetzt auch wählte, es würde ja doch nur vorübergehend sein. Ein Schriftsteller brauchte kein Diplom, er musste nur eines studieren, das Leben! Wie und wo er das tat, war gleich, und wenn er im schlimmsten Morast dabei versank! Michael wollte nicht zu denen gehören, die aus Angst vor dem Risiko die breiten und ebenen Wege einschlugen. Am liebsten hätte er überhaupt nicht studiert, sondern sich sogleich kopfüber in den Abgrund hineingeworfen. Er phantasierte von einer Arbeit auf dem Bau oder in der Produktion... Doch die Mutter bestand darauf, dass er „für alle Fälle" das Abitur und einen Hochschulabschluss erwarb, und Michael ließ sich am Ende überzeugen. Er erwog, dass ein solides Fachwissen dem angehenden Künstler genauso förderlich sei wie Lebenserfahrung und dass er, mit einem Studienplatz versehen, doch erst mal unter Dach und Fach wäre; und in den kommenden fünf Jahren konnte viel geschehen.

Abende lang beriet er mit der Mutter, welche Studienrichtung er einschlagen müsste. Kulturwissenschaft? Das war ihm zu unkonkret. Geschichte? Ach, die würde man ihm vermutlich in dem primitiven Korsett servieren, das er vom Schulunterricht her kannte. Journalistik! Die Mutter war sehr dafür. Aber Michael protestierte entrüstet: Nein und nein, alles andere, aber nicht Journalistik!

„Das wäre das letzte! Für so ein Wurstblatt zu schreiben, das die Leute am nächsten Tag bloß noch zum Heringeinwickeln nehmen!"

„Aber Micha, das liegt doch ganz in deinem Metier! Da könntest du doch trotzdem was lernen..., und wenn's nur die Tricks fürs Handwerk sind!"

„Tricks? Fürs Handwerk? Aber Muttel, das weiß doch jeder, was die da lernen! Denk dran, was die mit unsrer Zeitung gemacht haben! Und so ist das überall!"

„Aber Junge, irgendwohin musst du doch gehn! Du bist jetzt der letzte, der seine Bewerbung noch nicht abgegeben hat..."

Nach langem Schwanken bewarb er sich schließlich um ein Studium der Psychologie, weil er hoffte, dass die Kenntnis der seelischen Vorgänge ihm das Schreiben erleichtern könnte. Und wieder klappte alles wie geölt. Michael wurde angenommen, er legte ein sehr gutes Abitur ab, vor der Fahne war er sicher, seines Herzleidens wegen, und bereits im folgenden Herbst bezog er in Jena ein möbliertes Zimmer, und begann sich der Sozialpsychologie zu widmen.

Aber das Studium befriedigte ihn nicht. Ein Wissen um die Tiefen der menschlichen Seele wurde ihm dabei kaum vermittelt; desto mehr bombardierte man ihn mit so langweiligen, schwierigen und unnützen Dingen wie Physiologie und Statistik. Er fand keine Beziehung zu den Kommilitonen – das waren Streber, die im Studentenwohnheim hausten und nichts Höheres in ihren Köpfen hatten als Prüfungen, Klausuren und Referate. Für die gab es doch nur eine Sorge: irgendwo durchzufallen und geext zu werden; und um das zu verhindern, büffelten sie Tag und Nacht. Nein, da wusste doch Michael mit seiner Zeit etwas Besseres anzufangen. Das trostlose Loch, in dem er wohnte, inspirierte ihn zu einem kleinen Roman über einen einsamen jungen Mann, der in seinem möblierten Zimmer von Horrorvisionen heimgesucht wird. Michael schrieb hastig, schrieb mit feurigem Ehrgeiz, entzündete sich an den eigenen Ideen; es wurde Zeit, es wurde Zeit, er war jetzt neunzehn, in diesem Alter hatte Schiller die „Räuber" begonnen. Und manchmal nachts, wenn der junge Autor mit schmerzenden Fingern schlafen ging, formulierte er schon seine ersten Kritiken... Michael Voland, der hochbegabte junge Student... Gleich mit seinem ersten Werk schlägt er einen völlig neuartigen Ton an... bannt eine verinnerlichte Welt der bizarren Visionen aufs Papier... Skurrile Phantasie, an Poe und Hoffmann geschult... Der kühne, glänzende Stil lässt aufhorchen, weckt größte Hoffnungen für die Zukunft...

Süße Träume! Doch die Wirklichkeit war bitter. Michael fiel durch eine wichtige Prüfung und musste sechs kostbare Wochen lang lernen, um sie mit Erfolg wiederholen zu können. Eine Dozentin verwarnte ihn: Er nehme dem Studium gegenüber eine allzu laxe Haltung ein. Ach, die sollten ihn doch alle in Ruhe lassen! Er hatte ja schließlich nie behauptet, dass er Psychologe werden wolle! Schreiben wollte er, nur das war ihm wichtig, aber woher sollte er die Zeit und die Konzentration dazu nehmen, wenn man ihn ständig mit dem flachsten Alltagskram belegte!

Schon im Sommer nach dem ersten Studienjahr erschreckte er Frau Voland durch finstere Reden: Er habe es satt, ihn kotze alles an, und außerdem sehe er gar nicht ein, warum einer Psychologie studieren müsse, der die Psychologie so wenig möge. Er hatte nicht einmal mehr Lust, an seinem Kurzroman „Die sprechende Wand" zu arbeiten. Erst im Herbst, als das neue Studienjahr begann, nahm er nach monatelanger Pause wieder das Manuskript zur Hand. Er las den Anfang, las das zweite Kapitel ... Seltsam, es wollte ihm kaum noch gefallen? Er zückte seinen Kugelschreiber und versuchte, einfach so anzuknüpfen, wie er damals vor der Prüfung geschrieben hatte, so unbekümmert und selbstverliebt. Doch aller Elan war ihm offenbar beim Lesen schon verloren gegangen. Ein paar zähe, kalte Sätze reihte er noch lustlos aneinander, dann schweiften seine Gedanken in die Ferne, und seine Hand, die nichts mehr zu tun hatte, wanderte auf dem leeren Blatt umher und zeichnete schließlich aus lauter Vierecken eine Art verschachteltes Haus. Immer höher türmten sich die Vierecke, bald war es kein Haus mehr, sondern ein Schloss, ein Schloss nur aus Rechtecken und Quadraten, und Michael gab sich große Mühe, die Fenster möglichst abwechslungsreich zu gestalten.

Zuletzt fügte er noch ein paar Balkone und Erker an, ebenfalls viereckig natürlich, und betrachtete missmutig sein Werk. Schon einmal hatte er so gezeichnet, während der Schulzeit, als die Arbeit an seiner frühen Novelle „Krankenhausreport" nach schwungvollem Anfang ins Stocken geraten war. Ganz allmählich hatte er da die Lust verloren, hatte weniger und weniger geschrieben, hatte träumend aus dem Fenster geglotzt und schließlich Häuser gemalt, aus lauter Vierecken, Häuser, die mit jedem Tag höher wurden. Aber beim „Krankenhausreport" handelte es sich um eine Kinderei – und er hatte das im Grunde schon damals gewusst, auch wenn er überzeugt gewesen war, für sein Alter schon recht gut zu sein –, der Kurzroman »Die sprechende Wand« indessen sollte doch sein Erstling werden! Er war längst kein Kind mehr, er wurde zwanzig, in diesem Alter hatte Schiller die „Räuber" vollendet! Michael zerknüllte das Viereckschloss. Verdammt, er konnte es sich nicht leisten, die Lust an der „Sprechenden Wand" zu verlieren. Wenn ihm der Sprung in die Kunst nicht bald gelang, dann musste er hier in Jena versauern und noch jahrelang Methodik und Anthropologie und all diese grässlichen Dinge pauken, die ihm die Zeit wegfraßen ohne Perspektive. Nein, er wusste, was er zu tun hatte: Von morgen an würde er schuften wie besessen, er würde unbedingt seinen Erstling vollenden, und sollte ihm das schwer fallen. so würde er die Qual als ein gutes Zeichen nehmen. Drauflosschreiben, das konnte jeder Stümper, aber die Großen der Literatur hatten ihre Unsterblichkeit allesamt mit Schmerzen erkauft, und der Zweifel an sich selbst kennzeichnete laut Tschechow das echte Talent.

In den folgenden Wochen zwang sich Michael zu eiserner Disziplin. Von der Vorlesung hetzte er zur Bibliothek, von der Bibliothek zur Versammlung, von der Versammlung nach Hause ins triste Zimmer und an den Schreibtisch, immer wieder an den Schreibtisch. Aber es half alles nichts – die Arbeit an der „Sprechenden Wand" stagnierte; und diesmal lag es nicht mehr nur daran, dass Michaels Schreibfreude zusehends schrumpfte; diesmal befielen ihn sogar Zweifel, ob sein Thema auch geeignet war, die Leute nachhaltig aufhorchen zu lassen. Interessierte sich heute überhaupt noch jemand für die Horrorvisionen eines einsamen Studenten? Für skurrile Phantasie, an Poe und Hoffmann geschult? Er besuchte Lesungen und Diskussionen; kein Mensch weit und breit schrieb über Horrorvisionen, wozu auch, es gab wichtigere Dinge im Leben. Man musste sich stellen, Partei ergreifen, zu Felde ziehen gegen Dummheit und Lüge, das war der Sinn eines Schriftstellerdaseins, und das war es auch, was die Menschen zur Aufmerksamkeit und zur Bewunderung zwang. Er indessen, Michael Voland, war wie abgeschnitten vom Nerv seiner Zeit, er bewegte sich in einer sterilen intellektuellen Welt und hatte keine Chance, je die Stoffe zu finden, mit denen er zum Fortschritt beitragen konnte.

Eines Nachmittags, als er gerade über solche Probleme nachsann und dabei einen Wolkenkratzer aus verschachtelten Vierecken malte, kam ihm plötzlich der Grundeinfall für ein Theaterstück: Ein begabter junger Journalist soll eine Jubelreportage über einen Großbetrieb schreiben, deckt jedoch nach schwerem innerem Konflikt die Intrigen eines korrupten Werkleiters auf. Das Besondere an dem Einfall war aber dies: Der innere Konflikt des Journalisten spielt sich in einem möblierten Zimmer ab, einem grässlichen, schlauchartigen Loch, wo die Widersprüche der Außenwelt den Helden als Horrorvisionen bedrängen. Ja, das war es, was Michael vorschwebte: ein Werk, das die Härte eines Produktionsstücks mit psychologischer Differenziertheit vereinte, das aktuell war und dennoch intelligent, hellwach und subtil versponnen zugleich. Sofort riss er sein Viereckschloss in Fetzen und entwarf eine erste sondierende Skizze, der in den nächsten Tagen weitere folgten. Michael fasste wieder Mut. Er bedauerte nur, dass schon wieder die Zeit der Prüfungen und Klausuren heranrückte, dass er sich abermals genötigt sah, sein Gehirn und seine Leistungskraft für die falschen Ziele zu strapazieren.

Um diese Zeit wurde ihm eine unverhoffte Berührung zuteil: Ein junges Mädchen aus seiner Seminargruppe setzte sich in der Mensa zu ihm an den Tisch. Sie führten zuerst ein ganz alltägliches Gespräch, über das miserable Essen, über die Sektionsleitung, über ein Buch... Doch als die Teller leer gegessen waren, erstarb der Dialog, und Michael blickte stirnrunzelnd vor sich hin. Worüber sollte man bloß immer reden mit diesen Mädchen von der Sektion. Da plötzlich hörte er sie zart und unsicher fragen: „Sag mal, Micha, kann das sein..., dass du in deiner Freizeit ein bisschen schreibst?"

Erstaunt, fast erschrocken sah er sie an. Sie senkte den Blick und sprach hastig weiter: „Nämlich, ich dachte, ich hab doch diesen FDJ-Kulturplan am Hals, und da dachte ich, du könntest vielleicht mal was lesen, so vor unserer Gruppe, wie neulich die Kerstin, Gedichte oder..., ich kenn ja deine Sachen nicht."

Sie hieß Manuela. Sie war freundlich und hübsch. Deshalb also hatte sie sich zu ihm an den Tisch gesetzt. Ihr Lächeln wirkte schüchtern, um Verzeihung bittend. Bestimmt war sie genauso verlegen wie er. Was sollte er sagen, um Gottes willen, was? In seinem Kopf lief alles durcheinander. Endlich kam ihm ein wichtiger Gedanke: „Vielleicht sind meine Sachen – etwas ungeeignet für deinen FDJ-Kulturplan?"

Manuelas Augen leuchteten auf, und sie versicherte ihm eifrig, das sei kein Problem, so was könne man ja auch privat aufziehen, der Peter zum Beispiel, der mit der schönen Wohnung, der habe schon mal so eine Lesung organisiert...

Michael saß zurückgelehnt und ließ ihr Geplapper über sich ergehen. Dann fragte er, und abermals gelang es ihm, diesen Ton zu treffen, halb schelmisch, halb bitter, der dem Thema angemessen war: „Woher weißt du denn von meinen heimlichen Lastern?"

„Ach, das haben wir uns schon lange gedacht."

Michael stand auf und ergriff seinen Teller. „Also schön", erklärte er, „ich lass mir die Sache mal durch den Kopf gehn." Er nickte dem Mädchen höflich zu und schritt kerzengerade von dannen. Vor seinem geistigen Auge sah er Peters Wohnung, er sah lässig gekleidete junge Leute in gewaltige Sessel gefläzt oder dicht gedrängt auf einer Couch oder vorgebeugt auf Schemeln oder auf dem Fußboden, und alle tranken billigen Rotwein und hörten seiner Lesung zu... Dann würden sie die Wahrheit über ihn erfahren; sie müssten ihn nicht länger für einen mittelmäßigen Studenten halten, der aus Faulheit Vorlesungen schwänzte und aus Hochmut Geselligkeiten mied; sie würden ihn verstehen, vielleicht ihn heimlich bewundern... Es war sehr wichtig, dass er so früh wie möglich für seine zukünftige Rolle übte... Aber was, was sollte er da eigentlich lesen? Sein Kurzroman „Die sprechende Wand" war in der gegenwärtigen Form nicht zu gebrauchen, von dem Stück über den schizophrenen Journalisten stand noch nicht einmal der Rohbau, und in den nächsten Wochen würde er wegen der Prüfungen wieder nicht eine Minute daran arbeiten können! Manuelas Angebot kam zu früh! Es half nichts, er musste Geduld aufbringen und die Maske eines Alltagsmenschen weiter tragen. Ach, dieses dreimal verfluchte Studium!

Und Michael biss die Zähne zusammen und kämpfte sich durch ein mächtiges Gestrüpp an sozialpsychologischen Lehrbüchern. Eine Woche vor der Hauptprüfung fuhr er in düsterer Stimmung nach M. Er war fest davon überzeugt, dass er wieder durchfallen würde, und all die Synapsen und Neuriten, die er auswendig lernen musste, rumorten kunterbunt in seinem Kopf, ohne sich zu einem System zu fügen. Dabei war ihm ausgerechnet jetzt ein effektvoller Schluss für sein Stück eingefallen: Der sensible junge Journalist springt aus dem Fenster des möblierten Zimmers, nachdem ihn seine Widersacher als schauerlich verzerrte Gespenster bis zum Äußersten gehetzt und gejagt haben. Kaum aber ist sein Todesschrei verhallt, da klopft es an die Tür, und dieselben Gestalten, die ihm eben noch als Furien erschienen sind, treten als reale Menschen auf, und sie rufen ihn, sie geben ihm Recht, sie bewilligen ihm alles, worum er kämpfte, und während sie in wachsender Verzweiflung an die Tür hämmern, fällt der Vorhang. Könnte er doch nur diese eine Szene in ihre endgültige Form bringen! Dann würde er noch in diesem Semester vor Manuela hintreten und auf ihr Angebot zurückkommen. Aber nein, da waren ja die Synapsen und Neuriten und die Prüfung am nächsten Montag! Michael brüllte ohne jeden Grund seine Schwester Sabine an, und als sie heulend aus dem Zimmer gelaufen war, erklärte er der Mutter, für sich selbst überraschend, er sei entschlossen, das Studium aufzugeben.

Frau Voland hatte das kommen sehen und brachte nun die Argumente vor, die sie für diesen Augenblick gesammelt hatte: „Mach doch wenigstens deinen Abschluss, Micha! Dann hast du immer was in der Hand, ganz egal, wo du später hingehst! Bitte, bitte, sei vernünftig!"

Nein, er war lange genug vernünftig gewesen! Nur um dieser krämerhaften Vernunft willen hatte er den falschen Weg eingeschlagen! Oh, er wusste genau, wovor die Mutter Angst hatte: vor den Nachbarn, dem Bäcker, der Fleischersfrau, denen sie nun gestehen musste, dass ihr Sohn kein Student mehr war. Sie erlag dem weit verbreiteten Vorurteil, man könne es im Leben nur zu etwas bringen, wenn man mit einem Diplom gesegnet sei – was für normale Menschen vielleicht sogar zutraf, aber sein Fall lag genau entgegengesetzt: Wenn er noch weiter zum Diplom hinkröche, dann würden die vielen Synapsen und Neuriten, würde die fade und kleinkarierte Welt, in der er sich bewegen musste, alles Talent in ihm ersticken und seine Eigenständigkeit vernichten. Fand er aber jetzt den Mut, einen radikalen Schlussstrich zu ziehen und alle Brücken zum bürgerlichen Dasein abzubrechen, dann, ja, nur dann könnte aus ihm einmal mehr werden als selbst aus den erfolgreichsten Diplomanden!

Doch die Mutter verstand von alledem nur soviel, dass es dem Jungen darum ging, sich seiner Begabung ungestört zu widmen, und sie fasste das, nach ihrer Art, allzu hemdsärmeligpraktisch auf: „Ja, hast du denn schon was..., irgendeinen Kontakt... mit einer Zeitschrift oder so? Nein? Aber wovon willst du dann leben?"

Er erzählte ihr von seinem Traum, in die Produktion zu gehen, von der Härte des Lebens, die er kennen lernen wollte, von den Konflikten, die da nur so aufeinander krachten... Aber die Mutter begann zu weinen. Sie hatte einfach keinen Blick für die Größe seiner Idee, für den Opfermut. mit dem er sein Leben einsetzte. Sie hörte nur die Nachbarn, den Bäcker, die Fleischersfrau bedauernd oder hämisch fragen: Was denn, Ihr Sohn ist jetzt Hilfsarbeiter? Michael sprang wütend auf und lief im Zimmer hin und her. Lieber wolle er Steine klopfen, rief er aus, als noch länger in diesem Mief zu versauern, der ihn seelisch und gesundheitlich ruiniere!

„Wieso gesundheitlich?", fragte die Mutter erschrocken.

Er winkte ab – ach, nicht so wichtig. Das Herz habe wieder ein bisschen gemuckert.

Die Mutter trocknete sich die Tränen. „Aber Junge, das musst du Doktor Liebchen sagen..."

Michael warf seine Lehrbücher verächtlich in die nächste Ecke. Am Prüfungstag blieb er einfach im Bett. Sein Fall wurde der Sektion vorgetragen. Eine Chance blieb ihm noch, seinen Studienplatz zu retten: indem er sich auf Krankheit herauszureden suchte, auf überreizte Nerven und Prüfungsangst, und indem er die Herrschaften demütig um eine Nachprüfung ersuchte. Selbstverständlich verschmähte er solche Mittel. Erhobenen Hauptes ließ er sich exmatrikulieren.

Zufällig traf er ein paar Tage später Manuela auf der Straße. Sie unterhielten sich ein Weilchen, bis Michael den Mut fand, sie zu einer Tasse Kaffee einzuladen. So kam es, dass er zum ersten Mal mit einem Mädchen in die Konditorei ging, einem hübschen Mädchen, einem netten Mädchen, einem Mädchen, das sein Wesen zu würdigen wusste, das ihn sogar für einen mutigen Menschen hielt, weil er sein Studium geschmissen hatte und ohne Furcht ins Ungewisse aufgebrochen war.

„Mich kotzt das Studium ja auch an", sagte sie. „Lieber heut als morgen würd ich gehn. Aber dann? Wen sie einmal geext haben, der kommt so leicht nicht wieder hoch. Soll ich vielleicht mein ganzes Leben als Tippse im Büro verbringen...?"

Sie sagte noch manches in dieser Art, und Michael konnte ihr gar nicht richtig zuhören, so froh war er über ihre Gegenwart. Er dachte an das kleine Gespräch in der Mensa, an die Lesung, seine Lesung... Mittlerweile hatte das Stück über den schizophrenen Journalisten bereits ein wenig Gestalt bekommen – zweieinhalb Szenen lagen fertig vor. Sollte er Manuela das sagen? Sollte er sie auf der Stelle veranlassen, seine Lesung in die Wege zu leiten? Doch ihr Gesicht war so nah und ihr Lächeln so vertrauensvoll, dass ihn Beklommenheit erfasste. Plötzlich fand er seine Szenen nicht mehr gut genug, und er fühlte, dass er es noch nicht wagen konnte, sie Manuela vorzulegen.

„Was willst du denn jetzt eigentlich machen?", fragte das Mädchen nach der zweiten Tasse Kaffee.

Er eröffnete ihr seine Pläne. Manuela riss erschrocken die Augen auf. „Was", rief sie, „richtig in die Fabrik? Mit Maschinenkrach und Fließband und Schichtdienst?"

Er ließ durchblicken, dass er dieses Projekt selbstverständlich nicht als endgültig und lebenswichtig betrachtete, wie er ja auch das Studium niemals für voll genommen hatte, sondern nur als eine erste provisorische Vorstufe seiner Existenz ansah, als Zeitvertreib und Broterwerb, bis er den Platz fand, auf den er wirklich gehörte... Sie nickte traurig, sie hatte schon verstanden. „Ja, wenn du dir alleine was aufbaun kannst... In dem Fall bist du natürlich fein raus. Wer auf keinen angewiesen ist, der braucht sich auch von keinem was gefallen zu lassen."

Interessant, dachte Michael heiter, dabei hat sie es doch so gut: Sie ist hübsch, ist beliebt, ist beim Studium erfolgreich. Und trotzdem, sie beneidet mich – mich, einen armen verkrachten Studenten, dem nichts gehört als vielleicht die Zukunft...

Er ging nach Hause, ein freier Mensch jetzt, der sich um keine Seminare und Klausuren mehr zu sorgen brauchte, und besetzte sogleich den Schreibtisch: Er feilte an der dritten Szene seines Erstlings. Das entstehende Stück war in politischer Hinsicht von einer derartigen Brisanz und Schärfe, dass es keinerlei Aussicht hatte, je veröffentlicht zu werden. Doch für eine heimliche Lesung, bei Peter oder anderswo, würde es vortrefflich taugen, und darüber hinaus stellte Michael sich vor, wie das Manuskript als heiße Ware unter den Eingeweihten kursierte, begleitet von aufgeregter Flüsterpropaganda: Schon gelesen?... Ist ja 'n hartes Ding... Bis nachts um halb drei hab ich drüber gesessen, ich konnte einfach nicht wieder aufhören... Ja, unerhört scharf, also wenn das mal in die falschen Hände gerät... Wie heißt er doch gleich? Voland? Michael Voland? Na, den Namen muss man sich merken, mein lieber Mann, der Junge hat was los... An diesem Tag aber kam der junge Autor um keine einzige Zeile voran. Zusammengesunken saß er da, eine Stunde und eine zweite, er malte eine größere

Siedlung aus verschachtelten Vierecken aufs Papier und träumte. Noch immer hatte er den Klang von Manuelas Stimme im Ohr, noch immer sah er ihre dunklen Augen und ihr verschmitztes, liebevolles Lächeln... Es war doch komisch, drei Semester lang hatten sie einander nun fast täglich gesehen, aber niemals hatte sich eine Annäherung ergeben. Und heute, auf einmal... Wie freundlich sie war, und wie gut sie ihn verstand!...

Michael wusste, was es bedeutete, wenn ein Autor seine toten Buchstaben über einem lebendigen Mädchengesicht vergaß; er hatte längst mit einem solchen Ereignis gerechnet. Na gut! Er hieß das Gefühl willkommen, das da wie ein Abenteuer in ihm keimte und sicherlich geeignet war, seinen künstlerischen Fonds zu bereichern. Dem Gesichtskreis der Geliebten war er leider entschwunden, aber in einer Stadt wie Jena konnte er sie auf die Dauer gar nicht verfehlen. Er wusste, welche Kneipen sie bevorzugte und dass sie oft ins Kino ging. Er würde sie schon wiederfinden.

Doch als er ihr ein paar Tage später tatsächlich begegnete – in einem Kino, er hatte durch Zufall erfahren, welche Vorstellung sie besuchen würde –, da ergab sich keine Gelegenheit, die Vertrautheit zu erneuern, denn Manuela war mit einer Freundin und zwei ihm unbekannten jungen Männern zusammen. Nur von weitem empfing Michael ihren Gruß und ein wunderbar zärtliches Lächeln, das ihn auf Stunden mit Freude erfüllte. Manuela! In der Stille seines Zimmers hatte er Tag und Nacht an sie gedacht. Was tat es, dass sie heute Abend nicht miteinander sprechen würden. Ihm genügte es, im selben Raum mit ihr zu sein. Was tat es, dass sie im Augenblick von fremden Menschen umgeben war. Im Traum gehörte sie ihm allein. Der Film lief ab, ohne dass Michael auch nur das Geringste davon begriff. Seine Phantasie übersprang alle äußeren und inneren Hürden; schon formte er sich wieder Sätze für später... In seiner Jugendliebe Manuela fand Michael Voland eine Lebensgefährtin, die seinen komplizierten Ansprüchen optimal Genüge tat... Mit ihrer Einsicht, ihrer Sorge, ihrem praktischen Verstand half sie ihm so manches Mal über schwere Augenblicke hinweg... Vom harten, entbehrungsreichen Anfang bis zum Gipfel des Erfolges begleitete sie seinen Lebens- und Schaffensweg in unwandelbarer Treue... Der greise Dichter liebt und verehrt sie noch immer wie am ersten Tage... Sie war der Hauptgewinn meines Lebens, vertraute er unserem Reporter an, allein ihretwegen haben sich die beiden Jahre auf der Uni gelohnt... In ihrer Ausgeglichenheit ist sie gewissermaßen der Ruhepol zu meiner verrückten Welt...

Der Kinosaal wurde hell, und Michael sah noch einmal zu Manuela hin, aber sie unterhielt sich gerade angeregt mit ihren Begleitern. Glücklich schlenderte er nach Hause. Manuela Voland, geborene Schubert. Sie war genau das, was ein Künstler brauchte: eine Frau, die zu ihm aufblicken und ihn gleichzeitig stützen konnte, die seine Fähigkeiten würdigte und seine Fehler lächelnd verzieh. Sie würde ihm alles sein, Geliebte und Mutter und geistige Partnerin, alles! Ach, wenn es doch schon soweit wäre!...

Doch die folgenden Wochen brachten ihm noch keinen näheren Kontakt mit Manuela, und das hatte seine guten Gründe: Michael war nämlich dabei, seine Lebensform radikal zu ändern. Er saß jetzt nicht mehr über Bücher, sondern über eine Maschine gebeugt und stanzte kleine Öffnungen in Plasteteile. Und die Umstellung nahm ihn restlos in Anspruch. Sein Körper, der an den geruhsamen Tagesablauf eines geistig Schaffenden gewöhnt war, ertrug nur schwer die neuen Strapazen. Es war alles viel schlimmer, als Michael gedacht hatte.

Um fünf Uhr aufstehen – jeden Morgen fragte er sich, wie Menschen das auf die Dauer ertrugen. In der vollgequetschten Straßenbahn durch Jena zuckeln, bedrängt von Leibern und schlechtem Atem. Dann der Krach in der Werkhalle. Das Gebrüll der Männer. In der ersten Zeit legte er die Teile immer wieder verkehrt herum ein. Seine Maschine war ein Ungetüm, das ihm einfach nicht gehorchen wollte; fast täglich, manchmal sogar zweimal am Tage, geschah es, dass plötzlich der Hebel vibrierte, dass ein schrilles, quietschendes Geräusch erscholl, und dann ruckte das verdammte Ding weder vorwärts noch zurück, und der Einrichter kam, ein kräftiger Bursche, der sich das Grinsen nicht verkneifen konnte, und brachte den Schaden wieder in Ordnung. Sah so die Härte des Lebens aus, die Michael hatte kosten wollen? Er fühlte, dass die neuen Kollegen hinter seinem Rücken über ihn lachten, ja, manchmal verhöhnten sie ihn auch ganz offen. Natürlich, diese Leute bewegten die Hebel mit spielerischer Sicherheit; sie überboten sogar eine Norm, die ihm astronomisch hoch erschien. Aber spürte denn keiner von ihnen, dass er, Michael Voland, freiwillig ihr Martyrium teilte? Dass er ihre finsteren kleinen Schicksale vielleicht einmal ans Licht heben würde? Dass es in seinem Fall so unwichtig war, wie viel Ausschuss an Plasteteilen er baute? Vielleicht würden sie später einmal begreifen... Denn jetzt musste er schreiben, ob er wollte oder nicht! Er musste versuchen, im Dröhnen der Maschinen und in den kantigen Arbeitergesichtern den Ausdruck seiner Zeit zu entdecken.

Aber ausgerechnet in dieser Phase, die all seine Geisteskraft erfordert hätte, war er am Schreibtisch so unkonzentriert wie selten; und woran es diesmal lag, lässt sich unschwer erraten. Hin und wieder traf er Manuela in der Stadt, er unterhielt sich sogar mit ihr... Ahnte sie, wie kostbar ihm diese Beziehung war? Wie unendlich viel er sich davon versprach?... Er durfte jetzt nur nichts Voreiliges wagen. Ganz allmählich, wie von selbst, musste die Liebe reifen, damit sie blühte ein ganzes kompliziertes, dramatisches Künstlerleben lang. Michael wollte Manuela nicht mit den üblichen Mittelchen erobern, über die Millionen Männer geschickter als er verfügen konnten, sondern mit seinen speziellen Geisteswaffen: Seine Gedanken sollten ihr imponieren, sein Talent sie für sich gewinnen! Die Dichter wurden stets von den Frauen geliebt, auch wenn sie nach herkömmlichen Maßstäben weder schön noch aufregend männlich waren. Aber sie wussten mit dem Wort zu jonglieren, wussten an die Tiefen der Seele zu rühren, und ihr gegenwärtiger oder künftiger Ruhm umgab sie mit einem faszinierenden Fluidum, das die Frauen unwiderstehlich anzog. Galt nicht sogar das bisschen Interesse, das Manuela bereits für ihn zeigte, nur dem angehenden Autor?

Hier war ein zweites, noch lohnenderes Ziel, Manuela, ein zwingender Grund zum Schreiben! Aber gerade dieser Grund schien ihn eher am Schreiben zu hindern. Die verheißungsvollen Träumereien, die seine Einsamkeit erfüllten, waren ihm fesselnder als alles, was er seinen Stückfiguren in den Mund legte, und das Feuer der Liebe verzehrte sein Denken, ohne den Weg in sein Werk zu finden. Hin und wieder überlas er skeptisch das Fertige; er fand es stolprig und anfängerhaft, zwar besser natürlich als das meiste von dem Zeug, das hierzulande abgedruckt wurde, aber doch zu schlecht, als dass er Manuela damit hätte verführen können. Ein glänzendes, ein vollkommenes Werk wollte er ihr zu Füßen legen; stattdessen quälte er sich mit Eifersucht, denn oftmals sah er Manuela in Gesellschaft eines gewissen Charley, der ihr offenbar nicht ganz gleichgültig war. Würde Michael die Geliebte verlieren, bevor er sie noch gewonnen hatte? Mit dieser Frage im Herzen wälzte er sich so manche Nacht schlaflos auf seinem Bett. Doch zuletzt kam immer jener andere Michael, der erfolgreiche Mann in der Mitte des Lebens, und erzählte heiteren Tones seiner Frau von den längst überstandenen Wehwehchen des armen Hilfsarbeiters, der er einst in kaum mehr glaubhafter Vorzeit gewesen war.

Und ich dachte, du hättest was mit diesem Charley...

Welchem Charley?...

Aber weißt du denn nicht mehr, so 'n Blonder mit Brille...

Ja, richtig! Und mit dem hast du mich verdächtigt? Der hatte doch gar keine Persönlichkeit...

In solche Dialoge spann er sich ein, bis ihn dann endlich der Schlaf übermannte. Er träumte von Manuela – der Wecker riss ihn hoch. Er verschlang eine Scheibe Brot und stürzte los, um nur nicht zu spät zur Schicht zu kommen. Er plagte sich mit seiner Maschine ab. Er schleppte keuchend irgendwelche Kisten durch die Halle. Sein Herz begann schon wieder zu flattern. Sein Magen machte nicht mehr richtig mit. Sein Gesicht wurde in letzter Zeit von einem scheußlichen Ausschlag entstellt, gegen den kein Mittel helfen wollte. Ob er nicht doch zu sensibel war für diese Art Leben? Einmal ging er nach Feierabend in die Stadt und verbrachte Stunden in einem Cafe, weil ein verrückter Instinkt ihm zugeflüstert hatte, dass Manuela dort aufkreuzen würde. Doch sie kam nicht, und obwohl er einen Klaren nach dem anderen trank, wurde er den Gedanken nicht los, dass sie vielleicht gerade diesen Abend mit dem Charley im Bett verbrachte. Auf unsicheren Beinen ging er nach Hause, und in der Nacht musste er sich übergeben. Sein Magen bestrafte neuerdings jede alkoholische Ausschreitung. Sollte er sich schon wieder krank schreiben lassen?

Aber allzu häufig durfte er dieses Mittel auch nicht strapazieren. Blass und erschöpft lehnte er am Fenster und ließ den anderen, zukünftigen Michael reden: Das war vielleicht ein Hundeleben, sag ich euch, ich weiß gar nicht mehr, wie ich das ausgehalten habe...

Am nächsten Morgen hörte er zufällig, hinter einer Türe stehend, wie seine Kollegen über ihn sprachen.

„Und wisst ihr noch", rief der dicke Meißner, „wie der die Eisenteile stanzen wollte! Und wie der sich gewundert hat, als die Maschine..."

Eine Lachsalve übertönte ihn.

„Aber", sagte Schorsch und hob den Zeigefinger, „er gibt sich immer die größte Mühe!"

„Jawoll! Seid froh, dass wir so einen haben! Sonst hätten wir doch gar nichts mehr zu lachen hier..."

Ein wehes, bitteres Gefühl presste Michael das Herz zusammen. Er rannte auf den Hof, er rang nach Luft. Nein, nein, er durfte jetzt nicht unglücklich sein! Er musste die Werkhalle als den Schmelztiegel ansehen, in dem schon so viele andere Autoren ihre besten Stoffe gefunden hatten und ihre größte menschliche Reife...

Doch dieser Schmelztiegel machte ihm die geistige Arbeit nur noch schwerer. Wenn er nach Feierabend am Schreibtisch saß, brannten ihm die Augen vor Müdigkeit, und die lauten Eindrücke des Tages klangen wirr in seinem Innern nach. Dann war er nicht mehr zum Denken fähig; und wieder entstanden unter seinen Händen Schlösser aus verschachtelten Vierecken. War das eigentlich normal, dass er solche Schwierigkeiten hatte? Aber ja, aber ja, es war völlig normal. Das hörte man doch immer wieder, dass die großen Schriftsteller in ihren Anfängen und sogar noch auf der Höhe wie besessen an ihren Werken feilten, dass sie oft monatelang nicht arbeiten konnten und bis zuletzt mit ihren Leistungen unzufrieden waren. Das gehörte sich so, das zeugte nur von wachsendem Durchblick. Früher hatte Michael den Grundkonflikt seines Stückes ganz pauschal und klar gesehen: Ein korrupter Werkleiter verschleiert Missstände. Wodurch aber korrumpiert sich dieser Werkleiter, und was sind das für Missstände, die er verschleiert? Seine eigenen Erlebnisse in der Produktion halfen Michael in diesem Punkt nicht weiter. Zwar mangelte es in seinem Betrieb natürlich keineswegs an Missständen, doch sie waren alle nicht das, was er suchte. Oder sollte er vielleicht über diese Splinte da schreiben, die fast nie in der passenden Größe geliefert wurden? Oder darüber, dass der Meister heimlich soff? Aber das bewegte doch ihn, Michael Voland, nicht im Geringsten! Ja, wenn er über seine eigenen Probleme hätte schreiben können, über sein stilles Heldentum zum Beispiel, das von den Arbeitern nicht erkannt wurde, oder über Manuela, die neuerdings fest mit diesem Charley ging...

Vielleicht sollte er sein Stück erst mal beiseite legen und eine kleine Erzählung einschieben? Etwa so: Zwei Männer lieben dasselbe Mädchen, aber der eine ist zu schüchtern, um ihr seine Gefühle zu gestehen. Der andere umwirbt und erobert sie. Dass der Schüchterne viel besser zu ihr gepasst hätte, stellt sich erst nach der Hochzeit heraus. Eine alte Geschichte, doch immer neu.

Wahrhaftig, das war keine schlechte Idee! Michael schob mit energischer Bewegung seine Viereckschlösser von sich und blickte sofort etwas heller in die Welt. Dieses leidige Produktionsstück – selbst wenn er es eines fernen Tages zur eigenen Zufriedenheit beenden sollte, kein Theater würde es aufzuführen wagen. Über große zeitgeschichtliche Probleme konnte er später immer noch schreiben; zunächst einmal musste er Sorge tragen, das Allgemeinmenschliche in den Griff zu bekommen, auch im Interesse der Popularität, die er als

Autor erringen wollte. Und welches Thema war so allgemeinmenschlich, so beständig und so packend wie die Liebe! Erlebte er nicht täglich am eigenen Leib, dass im Angesicht ihrer Macht alle Tagesprobleme belanglos wurden? Hatte ihn je ein politisches Unrecht so aufgeregt wie Manuelas Lächeln? Die zeitgebundene Literatur wurde bald von der Geschichte überrollt; die großen Liebestragödien aber lebten ewig und bewegten die Herzen stets aufs Neue. Ans Werk! Was er jetzt zu gestalten hatte, bedurfte keiner künstlichen Konstruktion, keiner Produktionsstudien und keiner Erklärung; auf den Schauplätzen der Leidenschaft fand sich Jedermann zurecht. Und Michael nahm sofort ein neues, schneeweißes Blatt Papier zur Hand und begann eine erste sondierende Skizze...

In den nächsten Tagen und Wochen glitt seine Arbeit wunderbar leicht voran, und die Vermutung, dass sein ureigenes Thema nicht die Arbeitswelt, sondern die Liebe war, reifte in ihm zur Überzeugung. Nach zwei Monaten bereits konzipierte er das Ende – und was war es ihm für eine ungewohnte Freude, etwas zu beenden, nachdem er jahrelang nur immer an Fragmenten herumgemurkst hatte! Es kam der Tag, da zum ersten Mal im Leben maschinegeschriebene Blätter vor ihm lagen, genau zweiunddreißig Seiten, die er mühsam auf der Schreibmaschine seiner Wirtin abgetippt hatte, Und nun ordnete er die Stapel – er setzte eine Widmung „Für M." auf das Titelblatt – und – und – Jawohl! Er war fertig! Er hatte es geschafft! Sein Erstling erblickte das Licht der Welt! Jetzt musste der Knoten aber endlich reißen; durch diesen schmalen Packen Papier, den Michael zwischen den Fingern drehte, würde hoffentlich nach langem und qualvollem Präludium der Hauptteil seines Lebens beginnen.

Was tun mit dem vollendeten Manuskript? Konnte er

es Manuela geben?... Nein, nein, es verriete ihr seine Liebe in einer Offenheit, auf die sie nicht gefasst war und die sie umso peinlicher berühren musste, als sie selbst ja einen anderen liebte. Und für eine Lesung unter Studenten war es gleich gänzlich ungeeignet – oder sollte er vielleicht riskieren, dass das spottlustige Volk von seiner einstigen Seminargruppe den autobiographischen Hintergrund witterte und sich darüber amüsierte? Davon abgesehen brachte ihn eine einzelne Lesung in seiner Karriere wohl kaum voran. Er durfte jetzt nicht mehr mit solchen Experimenten die Zeit verplempern; sein Erstling musste sobald wie möglich an die rechte Adresse gelangen. Und diese Adresse stand seit Jahren fest: Frau Voland kannte noch aus ihrer Studentenzeit einen Berliner Verlagsmitarbeiter, den sie für einflussreich und klug hielt. An ihn sollte ihr Sohn sich im Fall des Falles wenden. So einfach war das: Jetzt brauchte Michael nur noch einen freundlichen Begleitbrief zu schreiben, die Adresse des betreffenden Verlages zu erkunden, die Sendung per Einschreiben abzuschicken und auf die Reaktion zu warten.

Um diese Zeit fanden noch ein paar Ereignisse statt, die darauf hinzudeuten schienen, dass es nun endlich aufwärts ging. Michael bekam zum Beispiel eine eigene kleine Wohnung zugewiesen. Wochenlang waren seine Gedanken auf Küchenmöbel und Tapeten gerichtet, er lief nach Feierabend in der Stadt umher, kaufte ein und organisierte; und an einem besonders anstrengenden Abend, nachdem er lange vergeblich versucht hatte, einen Hängeboden zu befestigen, flüchtete er voller Ingrimm in eine nahe gelegene Kneipe, die „Latte", wo ihn eine frohe Überraschung erwartete: „Micha? Bist du's oder bist du's nicht?" Vor ihm stand Robert, sein Jugendfreund! Schon über ein Jahr lebte der in Jena, und Michael hatte nichts davon gewusst! Die beiden

Freunde trafen sich dann regelmäßig. Doch bald stellte Michael ernüchtert fest, dass Robert nicht mehr der alte war. Er arbeitete jetzt bei Zeiss und besuchte außerdem noch die Abendschule, um das Abitur nachzuholen. Wenn Michael ihn richtig verstand, wollte er sich irgendwie auf Elektronik oder Computertechnik spezialisieren und zu diesem Zwecke später vielleicht sogar ein Fernstudium aufnehmen. Sollte er einer von diesen Aufsteigern werden? Aber andererseits: Wie oft kam er abends in die „Latte" und ließ sich in der übelsten Weise vollaufen. Er hatte da eine Freundin namens Gabi, mit der er sich unaufhörlich zankte, wieder vertrug und abermals zankte. Wenn sie ihm böse war, saß er stundenlang vor ihrer Tür auf dem Treppenabsatz, bis sie weich wurde und ihn hereinließ. Alles, was er wollte, war ein Zuhause und eine richtige Familie. Michael gefiel das nicht; ihm gefiel auch diese Gabi nicht. Robert war doch früher so ein guter Gesprächspartner, so ein verständnisvoller Freund gewesen – konnte er das nicht auch jetzt wieder sein? Michael hätte gar zu gerne einen Menschen um sich gehabt, der ihn anerkannte und wichtig nahm. Aber Robert war voll und ganz mit seinen eigenen kleinen Angelegenheiten beschäftigt; man konnte zusehen, wie er tagtäglich mehr im Morast des Spießertums versank.

Währenddessen kam Michael der Sonne immer näher. Eines Morgens fand er im Briefkasten ein vorgedrucktes Verlagsschreiben. Er hielt die Luft an, überflog die Zeilen: „...teilen wir Ihnen mit, dass Ihre Erzählung bei uns eingegangen ist... setzen Sie umgehend in Kenntnis, sobald..." Es war ein ganz neutraler Text, der nichts versprach; doch Michael erzitterte vor Hoffnung. Ihm fiel ein, was Stefan Zweig über seine Anfänge als Autor erzählt hatte, über „jene unvergesslichen Glücksaugenblicke. wie sie sich im Leben eines Schriftstellers auch nach den größten Erfolgen nicht mehr wiederholen – über „die Sekunde, wo man angehaltenen Atems las, dass der Verlag sich entschlossen habe, das Buch zu veröffentlichen"... Ach ja, so sollte es sein! Tagelang trug Michael das verheißungsvolle Schreiben mit sich herum, und einmal beim Frühstück erreichte er auch wirklich, dass seine Kollegen es entdeckten.

„Was ist denn das?"

„Mensch, zeig doch mal her!"

„Vom Verlag? Wieso kriegst du Post vom Verlag?"

„Was, du hast 'ne Erzählung geschrieben?"

„Micha, was hör ich, Schriftsteller biste?"

Das wurde eine lebhafte Frühstückspause! Zum Thema Schriftstellerei fiel einem Jeden etwas ein.

„Schreib doch mal was über Schorschi seine Hühneraugen!"

„Nee, diese Sauerei mit den Splinten, darüber müsste mal einer schreiben, aber die wolln ja alle bloß..."

Michael fühlte, dass durch dieses Gerede seine Beziehungen zur Klasse der Produktionsarbeiter in erheblichem Maße verbessert wurden. In den Augen der Männer las er ein Wohlwollen, das sie ihm bisher noch niemals bezeigt hatten. Der Meister bat ihn, doch ab und zu mal einen Blick in das Brigadebuch zu werfen, er selbst komme damit so schwer zu Rande. Und ein blutjunger Bursche namens Gerhard bot Michael sogar seine Hilfe beim Ausbau der neuen Wohnung an.

Als Frau Voland aus M. herbeigereist kam, um ihrem Sohn die Gardinen zu nähen, fand sie alle Räume schon fast fertig eingerichtet vor. Das Zimmer wurde von einem teuren altmodischen Schreibtisch beherrscht. Michael war ganz stolz auf das Prachtstück. Er hatte am Aufsatz und darüber an der Wand eine kleine Bildergalerie mit den Porträts seiner Großen Kollegen angebracht. Da schauten sie herab, Zola und Tschechow und

Thomas Mann und Hemingway und Dickens und Balzac und alle diese Götter, als wollten sie über Michaels Leben wachen. Die Mutter betrachtete die Bilder lange. Auf einmal sagte sie: „Ach, Micha, ich weiß nicht... Willst du nicht doch lieber versuchen, ob du noch mal was studieren kannst...?"

Er wusste schon, was in ihr vorging. Seit Jahren erzählte sie den Nachbarn, dem Bäcker und der Fleischersfrau. dass ihr Junge zwar Produktionsarbeiter sei, aber nur, um die Schule des Lebens zu absolvieren und zum Künstler heranzureifen. Sie wurde es allmählich leid. Wenn sie wüsste...! Das Manuskript in Berlin...! Der Bescheid, den er erwartete...!

Michael hatte sich eigentlich vorgenommen, seiner Mutter vorerst noch nichts von dem laufenden Projekt zu verraten. Falls aus Berlin eine günstige Nachricht kam, würde ihre Überraschung desto größer und freudiger sein. Jetzt aber hielt er es nicht mehr aus und teilte ihr den neuesten Stand seines Schaffensweges mit. Aha, wie da ihre Augen strahlten! Wie da gleich alle Zweifel zerschmolzen und der alte mütterliche Traum in ihr zu neuem Leben erwachte! „Na, da bin ich ja gespannt", konnte sie nur hauchen. Und während sie ihm die Fenster putzte, den Fußboden scheuerte und Gardinen anbrachte, ließ sie sich ganz genau erklären, wovon seine Erzählung handelte. Eine Liebesgeschichte also, einfach eine Liebesgeschichte? Abermals versank sie ins Grübeln; und nachdem ihre Gedanken den Weg von der Theorie zur Praxis gegangen waren, fragte sie ihn mit gesenkter Stimme, ob er denn noch immer nicht „die Richtige" gefunden habe? Schließlich sei er nun schon dreiundzwanzig...

„Wer weiß?", erwiderte er und lächelte geheimnisvoll in sich hinein; denn seit Kurzem war seine Manuela wieder frei! Das hatte er sich doch gleich gedacht, dass ihre Liaison mit diesem Charley bestimmt nicht lange halten würde. Jetzt aber galt es zu verhindern, dass ihr noch mal ein solcher Irrtum unterlief; und dafür hatte er sich auch schon einen Schlachtplan zurechtgelegt: Er wollte anlässlich seines Neueinzuges in die erste eigene Wohnung eine kleine Fete geben. Natürlich müsste er dazu auch ein paar von seinen Arbeitskollegen bitten – sollte Manuela ruhig mal sehen, mit was für Leuten er so Umgang hatte! Bald traf er sie bei einem Jazzkonzert und brachte, wenn auch stammelnd, seine Einladung vor; und sie lächelte, verschmitzt und zärtlich wie früher, und versprach ihm, sie werde kommen.

Beschwingt lief Michael nach Hause. Nun konnte der Hauptteil seines Lebens auf der ganzen Linie beginnen! Er schloss geistesabwesend die Haustür auf, den Briefkasten, obwohl er ihn seit Wochen schon mit besonderer Spannung zu öffnen pflegte, hätte er heute beinahe vergessen; aber dann... Er hielt den Atem an: Ein großer Umschlag war gekommen, die ersehnte Post aus Berlin, von seiner Wirtin, wie vereinbart, an die neue Adresse nachgeschickt! Michael stürzte in die Wohnung, riss die kostbare Beute auf und – brachte sein eigenes Manuskript sowie den folgenden Brief zum Vorschein:

„Sehr geehrter Herr Voland,
in Ihrem Begleitschreiben hatten Sie mich gebeten, Ihr eingesandtes Manuskript persönlich zu begutachten. Das habe ich getan und muss Ihnen leider mitteilen, dass Ihre Erzählung den Ansprüchen unseres Verlages noch nicht genügt. Die Gefühle und Konflikte, die Sie beschreiben, mögen zwar für Sie persönlich tiefgreifend und wichtig gewesen sein, für den Leser aber bleiben sie in einem durchaus konventionellen Rahmen stecken. Das betrifft m. E. auch die sprachliche Verarbeitung. Auf der einen Seite ist

es natürlich begrüßenswert, dass ein junger Mensch aus unseren Tagen eine stark gefühlsbetonte Sprache nicht scheut. Andererseits aber stellt sich die Frage, ob nicht Ihre Art des Erzählens doch mehr dem 19. Jahrhundert entspricht und ob nicht speziell die intimen Szenen ein bisschen mehr Sachlichkeit vertragen könnten. Ich darf Ihnen den Vorwurf nicht ersparen, dass Sie die Grenzen des Kitsches an mehr als einer Stelle überschritten haben (z. B.: „Ihre Pupillen spiegelten den Unwillen der Elemente wider.") und dass Ihnen insbesondere die nur kurz angerissenen Nebenfiguren allzu sehr ins Klischee gerutscht sind (z. B. die Freundin für eine Nacht).

Hüten Sie sich, wenn Sie weiterschreiben, vor den gängigen, gleichsam schlagertextreifen Worten! Hüten Sie sich, Ihre Figuren dem Leser fertig auf dem Tablett zu servieren! Denken Sie stets daran, dass die Sprache erst dort wirklich zu leben beginnt, wo sie über ihre Fertigteile hinausgelangt!

Bitte richten Sie Ihrer Frau Mutter die herzlichsten Grüße von mir aus. Selbstverständlich bin ich auch fernerhin bereit, Ihre schriftstellerischen Versuche unvoreingenommen zu prüfen. Indem ich Ihnen alles Gute für Ihren weiteren Schaffensweg und Ihr persönliches Leben wünsche, verbleibe ich

mit sozialistischem Gruß

Amadeus Montag
Lektor

Bereits am folgenden Wochenende fand Michaels Einzugsfete statt; er hatte sie nicht absagen können. Es nahmen teil: Robert und Gabi, die mal wieder einen von ihren Krächen austrugen; Gerhard, der Junge aus Michaels Brigade, der ebenfalls mit seiner Freundin gekommen war und den ganzen Abend nicht aufhörte, sie zu tätscheln und an sich zu drücken; und Manuela, die zusammen mit dem Hausherrn das dritte Paar hatte bilden sollen. Doch eine Stunde verging und eine zweite, ohne dass die rechte Stimmung aufkommen wollte. Alles zerrte an Michaels Nerven, alles brachte ihn in Wut. Er hasste Robert und Gabi, weil sie die Luft mit Gereiztheit und giftigen Reden verdarben. Er hasste Gerhard und Romy, weil sie auf so eine dumme Weise glücklich miteinander waren. Er hasste sogar Manuela, der man deutlich ansehen konnte, dass ihr nicht recht wohl war in dieser Runde. Sie musste sich ja langweilen, ein Mädchen wie sie. Er entkorkte noch eine Flasche Rotwein. Nachher würde er wieder kotzen müssen. Nicht einmal zum Säufer taugte er; vielleicht war das die Ursache dafür, dass seine Einfälle so konventionell und so armselig blieben. Vielleicht verdankten die anderen, die Genies, nur dem Alkohol ihre Inspiration.

Gerhard, der offenbar auch nicht viel vertrug, gab auf einmal zum Entsetzen seiner Freundin einen dreckigen Witz zum besten, und Michael glaubte zu bemerken, dass Manuela angewidert das Gesicht verzog. Wie hatte er nur jemals denken können, dass die zur Gefährtin eines Schriftstellers taugte. Eine hohle Karrieristin war sie, weiter nichts. Ja, wenn er ein erfolgreicher Mann wäre, wenn alle Welt sich für ihn interessierte, dann würde sie wohl ankriechen wie ein Hündchen, aber auf so eine konnte er verzichten! Er brauchte eine Frau, die sein Wesen erkannte, auch unter der Maske des ausgepowerten, pickelgesichtigen Produktionsarbeiters, eine Frau, die ihm folgte von Anfang an, bedingungslos durch alle Höhen lind Tiefen! Warum gab es für ihn keine solche Frau? Warum musste er seine lange, bittere Straße in dieser gnadenlosen Einsamkeit ziehen?

Robert hielt plötzlich eine Zeichnung in der Hand, die einen riesigen Bau aus lauter Vierecken darstellte. „Ist das von dir ?", fragte er. „Sieht ja irre aus!"

Seine Bewunderung gab Michael einen kleinen Stich ins Herz. Die anderen Gäste traten neugierig hinzu.

„Ein kubistisches Dornröschenschloss", kommentierte Manuela.

Michael nahm das Blatt in die Hand und betrachtete das Produkt seiner eigenen Langeweile, seiner fehlenden schriftstellerischen Inspiration. Es zeigte einen quaderförmigen Grundklotz, der nach allen Richtungen hin bebaut und abermals bebaut war. Lange quaderförmige Wendeltreppen schlängelten sich durch sämtliche Etagen, quaderförmige Terrassen und Erker wurden von quaderförmigen Pfeilern gestützt, und quaderförmig verschachtelte Gänge führten unten zu quaderförmigen Kellerbunkern. Über viele, viele tote Stunden hinweg hatte Michael das gezeichnet, leichthin, emsig und ohne zu ermüden, konsequent wie ein Mathematiker und phantasiereich wie ein Architekt, und da stand es nun, ein kubistisches Dornöschenschloss. archaisch und supermodern zugleich.

„Du bist wohl 'ne Doppelbegabung, Micha", sagte Gabi sanft und ein klein wenig höhnisch; und Robert gab brutal zurück: „Tu bloß nicht so, als ob du was davon verstehst!" Michael begriff, dass seine Zeichnung den beiden nur als Vehikel für ihre Auseinandersetzungen diente. Er wusste, dass ihn diese Person, diese Gabi, für eine verkrachte Existenz hielt und dass sie meinte, seine Lebenshaltung habe auf Robert einen schädlichen Einfluss. Diese miese alte Nutte! Die allein machte doch den Robert fertig! Neuerdings war sie auch noch schwanger, und damit schnappte für den armen Kerl die Mausefalle endgültig zu. Aus purer Angst vor der großen Leere, aus Mangel an Zielen und Idealen würde er diese dumme

Kuh heiraten, er würde mit ihr und einem brüllenden Gör auf engstem Raum zusammenleben, würde aus den banalsten Anlässen schreckliche Ehekräche erleben, würde fremdgehen, sich besaufen, sein „Familienleben" hassen... Auch der Gerhard und seine Romy, die heute so zärtlich miteinander waren, was hatten sie im Grunde anderes vor sich als den langsamen, schmerzlichen Tod ihrer Liebe? Sie würden nicht zusammenbleiben, o nein, sie würden nicht zusammenbleiben...

Gabi fragte Manuela mit zitternder Stimme nach deren Kordsamttasche: War die selber genäht, oder gab's so was zu kaufen? Doch während Manuela freundlich Auskunft gab, schlug Gabi plötzlich die Hände vors Gesicht und rannte schluchzend aus dem Zimmer. Manuela und Robert sprangen auf. „Lasst sie doch laufen!", sagte Michael verächtlich. In Manuelas Augen funkelte es auf; sie sagte kein Wort und ging hinaus. Aber Robert blieb, das war ein hoffnungsvolles Zeichen! Vielleicht war es doch noch nicht zu spät, seine unsinnige Heirat zu verhindern? Michael fühlte das dringende Bedürfnis, ihm schonungslos ins Gesicht zu sagen, was er von der Ehe im Allgemeinen und von Gabi im Besonderen dachte. Bald saß er Robert gegenüber und bombardierte ihn mit kühnen Theorien. Am Ende hätten sie sich fast verkracht.

„Keine Ahnung hast du!", sagte Robert wütend. „Mensch, wenn ich die Gabi nicht getroffen hätte, ich weiß genau, ich wär draufgegangen wie mein Alter! Dir genügt vielleicht deine Schreiberei, aber andere Leute, die kein Talent oder so was haben, die wollen ja auch leben... Und überhaupt, wie kommst du eigentlich dazu, dich dauernd für was Besseres zu halten!"

Aber er war unsicher und unruhig geworden, und Michael, der das genau erkannte und der auch schon ziemlich betrunken war, wollte gerade noch eifriger in seinen Betrachtungen über die Vergänglichkeit der Liebe fortfahren, als ihm plötzlich speiübel wurde. Hastig stellte er sein Glas ab und rannte hinaus ins Badezimmer, wo er sich über dem Waschbecken erbrach. Als er aufblickte, erschrak er fast vor dem eigenen Spiegelbild: Seine Haut wirkte fleckig im spärlichen Licht, und sein Haar war ihm noch nie so dünn und farblos und strähnig erschienen. Er nahm eine Tablette, um den Magen zu beruhigen, er sank behutsam auf einen Schemel und schloss für ein paar Minuten die Augen. In solchen Momenten pflegte er sich an süßen, tröstlichen Gedanken zur berauschen. Gewiss, rein äußerlich gesehen war er ein ganz, ganz armes Schwein. Gewiss, die anderen sahen besser aus als er und waren gesünder und verdienten mehr Geld... Aber dafür saßen sie doch alle auf die eine oder andere Art in engen Käfigen gefangen! Er allein, Michael Voland, hatte ein Ziel über den Alltag hinaus. Sein Leid war das Leid von Dostojewski und Poe, seine Entsagung war die gleiche, an der ein Lenz einst zugrunde ging; und wenn er sich nur jetzt nicht beirren ließ, würde ihm gerade die Verzweiflung, die ihn heute so tief sinken ließ, eine leuchtende Zukunft garantieren.

Er stand auf, er atmete tief durch und öffnete entschlossen die Badezimmertür. Als er jedoch auf den Flur hinaustrat, sah er Robert, Gabi und Manuela, die sich gerade ihre Mäntel anzogen. Gabis Augen waren noch geschwollen vom Weinen. Als sie Michael zum Abschied die Hand gab, blickte sie trotzig und beschämt an ihm vorbei. Robert legte ihr den Arm um die Schultern.

Manuela ließ die beiden vorangehen und fragte, als sie außer Hörweite waren: „Sag mal, Micha, warum hast du mich eingeladen?"

„Nur so", erwiderte er achselzuckend. Er wusste es wirklich nicht mehr genau. Er wünschte nur, sie möge endlich verschwinden, aus seiner Wohnung und aus seinem Leben.

Im Zimmer fand er nur noch Gerhard und Romy vor, die sich heiß und selbstvergessen in einer Sofaecke küssten. Michael zupfte sie an den Kleidern. „Los, aufstehn!", sagte er. „Die Party ist zu Ende."

Fortan hielt nur der eine Gedanke ihn aufrecht: Bereuen, bereuen sollten sie alle! Zum Beispiel diese primitive Gabi, wie würde der wohl zumute sein, wenn sie sich eines Tages als negative Heldin einer Novelle wiederfand! Unmittelbar nach der verunglückten Fete war Michael nämlich die Idee für eine Neufassung seiner Erzählung gekommen: Die Hochzeit des verkehrten Paares sollte jetzt nicht mehr das Ende der Geschichte, sondern erst ihr eigentlicher Anfang sein, und die wahre Tragödie sollte dann in dem subtilen, schleichenden Zerfall einer unüberlegt geschlossenen Verbindung bestehen. Die Liebe würde das Thema bleiben; aber diesmal würde auch der Hass eine tragende Rolle spielen. Denn war nicht der Hass genauso wie die Liebe ein Motor für das menschliche Schöpfertum? Dem Hass musste unbedingt gelingen, was der Liebe versagt geblieben war. Er musste die Geschichte gleichsam stählen, ihr etwas Ätzendes verleihen, etwas Außergewöhnliches, und dann...! Dann würde auch Amadeus Montag seinen arroganten Brief bereuen. Michael stellte sich das zu gern vor: Amadeus Montag, ein fetter, älterer Herr mit Literaturpapst-Allüren, stößt in einem Buchgeschäft auf den Namen Michael Voland... Er liest, erkennt den Torso wieder und schlägt sich vor die Stirn: Was war ich bloß für ein Idiot, dass ich diese Ansätze nicht erkannt habe! Den Jungen hätte ich mir doch zuerst unter den Nagel reißen können...

Da Michael für das ewige Thema der zwischenmenschlichen Beziehungen keine Kenntnisse aus der

Produktion mehr brauchte, beschloss er, seine Arbeitsstelle zu wechseln. In der Werkhalle war es für sensible
Menschen sowieso nicht auszuhalten. Die Kollegen
nannten Michael Brigadedichter und bürdeten ihm
jeden Schreibkram auf, von der aktuellen Stellung-
nahme bis zum Brigadetagebuch. Und sein Weg zur Arbeit war von der neuen Wohnung aus noch weiter und
noch umständlicher als bisher. Woher sollte er die Zeit
für die Gestaltung seiner neuen Ideen nehmen? Er
wurde nun bald vierundzwanzig, in diesem Alter war
Georg Büchner schon gestorben und hatte ein Werk von
Weltgeltung hinterlassen. Jeden Abend hing Michael
ausgelaugt am Schreibtisch und starrte neidvoll auf die
Bildergalerie mit den Porträts seiner Großen Kollegen.
Kein Wunder, dass die es alle geschafft hatten, die mussten ja zu keiner Schicht...

Wie hatten sie aber angefangen? Ganz einfach: In den
Büros lind Lagerhäusern, wo ihnen unscheinbare Stel-
lungen notdürftig die Brötchen sicherten, gingen sie
während der Arbeitszeit heimlich in stillen Winkeln,
ihren schöpferischen Übungen nach. In der Werkhalle
war das leider nicht möglich, und darum brauchte Michael unbedingt einen anderen, einen ruhigeren Job.
Also nahm er Abschied von der Welt der Industriepro-
duktion, wo man auch ohne Weiteres einsah, dass ein
Mann von seinem Zuschnitt zwischen Splinten und
Plasteteilen nicht am rechten Platze war.

„Und wo gehst du jetzt hin? Ins Lagerhaus?" fragten
neugierig die Kollegen.

„In ein Schuhlager", antwortete Michael.

„Mensch, Hilfe, da sind doch bestimmt nur Weiber!"

„Na, dann ist er doch grade richtig."

„Lass man, Micha, da kommste bestimmt immer noch
besser zurecht als bei uns. Hier wär das doch nie was
geworden mit dir."

„Unser Hausdichter! Siehste, Gustav, nu kannste deine Remis wieder selber schreiben..."

Doch das Schuhlager, Michaels neue Wirkungsstätte, war ganz und gar nicht das, was er erwartet hatte. Er saß dort wirklich mit lauter Frauen zusammen, die in einem fort Kaffee tranken und schwatzten und von anderen Frauen besucht wurden. Die Chefin war ein fürchterlicher Besen und verfolgte ihn mit Argusaugen. Einmal geschah es, dass sie ihn beim Schreiben ertappte: Eben hatte er sich hinter ein Regal zurückgezogen, um eine wichtige Szene zu skizzieren, da plötzlich hörte er im Gang ihren heftigen, fegenden Schritt, und dann schoss sie auch schon um die Ecke und stand wie aus dem Boden gewachsen vor ihm, der erschrocken sein Notizbuch zu verbergen suchte.

„Schämen Sie sich nicht!" rief sie in hellem Zorn. „Ihre Kolleginnen schleppen die ganze Ware! Der Frau Siebert zittern schon wieder die Hände! Und Sie, der Jüngste, der einzige Mann hier..."

„Ich wollte nur ... eine kleine Notiz..."

„Das interessiert mich nicht, was Sie wollten! Bis Mittag hat die Lieferung fertig zu sein, da fragt uns kein Mensch, was wir sonst noch vorhaben! Sie kriegen Ihr Geld nicht fürs Privatvergnügen, also scheren Sie sich wieder nach vorne, aber dalli!"

So war sie! Sie machte nicht den kleinsten Versuch, seine komplizierte Lage zu verstehen! Nie fragte sie ihn, wie er dazu gekommen war, in einem Schuhlager Arbeit zu suchen, er, ein gebildeter junger Mann, der ein sehr gutes Abitur in der Tasche und das Zeug zur akademischen Laufbahn hatte! Glaubte sie etwa, er interessiere sich für Schuhwerk? Und wenn er mal morgens den Wecker überhörte und zu spät zur Arbeit kam, war sie denn gar kein bisschen neugierig, weshalb ihm so etwas passierte? Aber nein, sie kanzelte ihn ab, als wäre er der letzte Laufbursche! Diese Ziege, wie sie das noch mal bereuen sollte!

Da unter einer solchen Vorgesetzten beim besten Willen kein Schöpfertum gedeihen konnte, begann Michael bald schon Ausschau nach einer anderen Arbeit zu halten. Glücklicherweise wurde gerade in einem nahe gelegenen Institut jemand für die Telefonzentrale gesucht. Michael bewarb sich, doch die Kaderleiterin reagierte diesmal misstrauisch.

„Was, Sie haben Abitur? Und da wollen Sie bei uns ausgerechnet als Pförtner anfangen?"

Was sollte Michael darauf erwidern? Aus seiner letzten Beurteilung ging ohnehin hervor, dass er während der Arbeitszeit für private Zwecke schrieb und auch sonst ein unsicherer Kantonist war. Am Ende nahm man ihn im Institut aber doch, weil sich nun einmal kein anderer fand.

Und Michael zog in die Pförtnerloge ein. Er lernte die große Schaltanlage für die Telefonverbindungen bedienen, er grüßte, gab Auskunft, kontrollierte Scheine... Er speicherte in seinem Gehirn die ihm notwendigen Informationen und Eigenheiten seiner neuen Umgebung, wie er vorher schon die Synapsen und Neuriten, die Macken einer Stanzmaschine und die Adresse eines Schuhkombinates darin aufgespeichert hatte. Was jedoch das heimliche Schreiben betraf, so bot ihm seine jüngste Betätigung die weitaus günstigsten Möglichkeiten. Nach dem Mittagessen gab es kaum noch etwas zu tun, und Michael konnte sich in aller Ruhe seinem Lebenswerk widmen. Sogar eine Schublade war vorhanden, in der er den Schreibblock verschwinden lassen konnte, falls einer von den Chefs auftauchte oder sonst eine unliebsame Störung eintrat. Mit einem Wort, es war die Stellung für einen angehenden Autor. Endlich konnte sich Michael voll entfalten, endlich war er frei von den pro-

saischen Behinderungen durch den Stress der Außenwelt, durch bornierte Arbeitskollegen oder perspektiv-
lose Schinderei!

Und er saß am Schreibtisch, und er rang mit seinem
Thema. Schon erreichte er das fünfundzwanzigste Le-
bensjahr, das Alter also, in dem Thomas Mann bei Fi-
scher die „Buddenbrooks" durchgesetzt hatte. Aber
Michael war noch immer nicht mit seiner Novelle über
den subtilen, schleichenden Zerfall einer Ehe fertig. Es
erging ihm genauso, wie es Thomas Mann mehrere
Male im Leben ergangen war: Das Material, das er doch
nur für eine kleine Geschichte hatte verwenden wollen,
ging ihm auseinander wie ein Hefekuchen und wuchs
sich unter seinen formenden Händen zu einem mächti-
gen Roman aus. Michael konnte nicht vergessen, was
ihm Amadeus Montag über seinen Stil geschrieben
hatte, und so legte er neuerdings besonderen Wert auf
die feinsten Nuancen des Ausdrucks und auf ausgefal-
lene, kühne Formulierungen. Diesmal musste er einen
Volltreffer landen! Diesmal durfte er auf keinen Fall
etwas Laienhaftes liefern! Für die kleine Form hatte er
keine Ader, na gut. Er konnte nicht, wie andere Nach-
wuchsautoren, mit Kurzgeschichtchen hausieren gehen
und sich allmählich emporarbeiten. Aber wenn er es
schon wagte, einen derart umfassenden Gegenstand zu
packen, der ihn soviel Entbehrung kostete, der ihm die
schönsten Jugendjahre wegfraß, dann wollte er auch königlich dafür belohnt sein! Konnte er es nicht auf Anhieb
mit einem umfangreichen Wälzer schaffen? „Der junge
Thomas Mann sprang in die deutsche Literatur vollkommen ausgereift wie Minerva aus dem Haupt des
Zeus"...

Michaels Haar wurde zusehends dünner, häufig
musste er Tabletten gegen Kopf- oder Magenschmerzen
schlucken, und sein Herz war noch immer nicht recht

gesund. Des Abends fühlte er sich manchmal so einsam, dass sein Erzählstrom nicht fließen wollte. Dann ging er hinüber in die „Latte", die langsam, aber sicher seine Stammkneipe wurde, und trank in aller Vorsicht ein Glas Bier.

„Ist schon ein unbarmherziges Handwerk, das Schreiben", sagte er mit resignierter Miene. „Das frisst nicht Wochen, das frisst nicht Monate, das frisst dir ganze Jahre weg wie nichts."

„Und wenn man bedenkt, nicht die kleinste Chance...", fügte im gleichen elegischen Ton sein Gesprächspartner hinzu.

„Micha, he, Micha!", brüllte Opa Martens, ein stadtbekanntes Säufer-Original. „Wann rücken dir die Jungs in Stockholm denn nun endlich mal den Nobelpreis raus?"

Opa Martens fand diese Frage sehr komisch und stellte sie Michael fast jeden Abend. Und stets bekam er die gleiche Antwort: „Bald, Opa, bald", und dann pflegte Michael dem alten Mann elegant auf die Schulter zu klopfen.

Seiner Mutter schrieb er euphorische Briefe: „Er hält mich für ungewöhnlich talentiert, aber er meint, dass ich noch viel an mir arbeiten muss..." Oder, etwa ein halbes Jahr später: „Der erste Teil hat ihm sehr gefallen, und er meint, wenn der zweite genauso wird, dann nehmen sie mich unter Vertrag... Er bittet um Verständnis, wenn bei einem Anfänger wie mir lange gezögert und sorgsam geprüft wird. Da gibt es Leute, meint er, die es noch viel schwerer haben..."

Tatsächlich war sein Manuskript bereits zu einem dicken Hefter angeschwollen, und eines Abends, als er sich gerade in einer Phase der Zufriedenheit befand, drückte er es Robert in die Hand. „Ich möchte mal testen, was du davon hältst", sagte er so beiläufig wie möglich.

Robert war mittlerweile Fernstudent, weil ihm der Kies, den er verdiente, noch immer nicht reichte. Er hatte kürzlich mit seiner Familie eine Neubauwohnung bezogen und sollte nun schon zum zweiten Mal Vater werden. Trotzdem verbrachte er einen Gutteil seiner Abende nach wie vor in der „Latte"; und das war der Grund, weshalb ihn Michael zu seinem ersten Leser erkoren hatte: Er wollte ihm die Augen öffnen, und vielleicht... Eine Scheidung war durchaus möglich, wenn der Ärmste erst seine Misere erkannte...

Doch ein Monat verging und noch ein Monat, ohne dass Robert je das Werk erwähnte und ohne dass Michael ihn danach fragte. Bald stand das Manuskript wie eine unsichtbare Mauer zwischen den beiden Freunden. Michael verfluchte sich für den Leichtsinn, mit dem er einen Primitivling wie Robert in sein Schaffen eingeweiht hatte. Robert wiederum litt unter der Bürde, die vielen, vielen Seiten lesen und auch noch seine Meinung dazu sagen zu müssen. Endlich fasste er sich ein Herz und nahm das Manuskript mit in die „Latte", wo er es Michael zurückgab.

„Hier, das wirst du sicher wieder brauchen", sagte er mit unnatürlich tiefer Stimme. „Ich hab's leider nicht zu Ende lesen können. Mein Fernstudium, du weißt ja. Und die neue Wohnung... Dauernd war was anderes zu tun."

„Ach so", sagte Michael kalt.

„Und jetzt, wo die Gabi bald soweit ist..."

„Ach so", sagte Michael wieder, und seine Stimme klang sehr verächtlich. Robert wurde auf einmal von Ärger und vagen Schuldgefühlen gepackt, und er fügte trotzig hinzu: „Und außerdem hat's mich auch gar nicht gefesselt. Das ist mir viel zu anspruchsvoll, wie du schreibst. Ich hab eben lieber eine richtige Handlung."

„Mit anderen Worten", sagte Michael, „die Gabi gibt dir nur noch Krimis zu lesen."

Robert kniff die Augen zusammen. Sekundenlang fiel ihm keine Antwort ein. Dann sagte er leise: „Weißt du was? Du tust mir einfach leid!"

Michael stand auf und stopfte das Manuskript bedächtig in die Tasche seiner Kutte. Zum Glück erschien dann Opa Martens und brüllte: „Micha, he, Micha, wann rücken dir die Jungs in Stockholm denn nun endlich den Nobelpreis raus?" Und Michael erwiderte: „Bald, Opa, bald!" Er vergaß, dem alten Mann auf die Schulter zu klopfen. Fortan sprach er mit Robert nur noch über die alltäglichen Dinge. Es war, als hätten sie beide Angst, einander schreckliche Worte an den Kopf zu werfen. So verlor Michael einen Freund – ein symptomatischer Verlust, fand er, in dieser Epoche des sinkenden Niveaus.

Die traurige Tatsache, dass der Gleichlauf des Lebens selbst aufgeweckte Geister bald zermürbte, faszinierte ihn mehr und mehr. Jedes Mal wenn er nach M. fahren musste, zu Weihnachten oder zum Geburtstag der Mutter, zeigte er sich lebhaft interessiert an den Werdegängen früherer Bekannter. Ein Junge zum Beispiel, der mit ihm in eine Klasse gegangen war, verlor ein Bein bei einem Autounfall. Ein anderer geriet in schlechte Gesellschaft und entging nur knapp dem Gefängnis. Die Ärmsten, wie Michael sie bedauerte! Freilich, da gab es auch ganz andere Fälle: Ein Altersgenosse von Sabinchen, der als Kind eher dämlich gewesen war, spielte jetzt in einer bekannten Beatband – ausgerechnet dieser Heini! Ein Cousin von Robert war nach dem Westen gegangen. Den Freund des Sohnes der Fleischersfrau hatte es gar bis nach Kanada verschlagen.

Aber wirklich schlimm für Michael waren nicht einmal diese unsichtbaren und exotisch-fernen Fälle, sondern die vielen, vielen Begegnungen mit den Mittelmäßigen von früher, die es jetzt „zu etwas gebracht" hatten, die auf ihre Kleinstadterfolge stolz waren, auf ihre Häuschen und Trabanten! Dass diese Leute nicht selber merkten, wie verspießert und versauert und verkalkt sie waren! Und vor solchem Pack stand nun Michael als Versager und Armleuchter da! Das scheuerte ihm die Seele wund, und in seinem Herzen war ein Hass, der mit jedem Tag stärker wurde: Na, wartet nur, ihr Spießer, ihr Provinzeunuchen! Bereuen, bereuen sollt ihr das alle! Auch die Rache ist das Vorrecht eines Dichters; jedes unfreundliche Wort, jeden höhnischen Blick kann er bitterlich auf dem Papier bestrafen. Wartet nur! Michael führte bereits eine innere Liste der Unglücklichen, die er später literarisch vernichten wollte. An erster Stelle stand darauf noch immer Gabi, diese Perle von einer Ehefrau, die den armen Robert moralisch ruinierte. Darauf stand aber auch jene Schuhlagerchefin. deren ablehnende Strenge Michael nicht vergessen konnte und mit der er sich im Geist noch jahrelang auseinandersetzte. Und die Herrschaften von der Sektion Psychologie standen darauf, die ihn damals so bedenkenlos gefeuert hatten. Und ein Polizist, mit dem er einmal aneinander geraten war. Und sein Deutschlehrer, das miese, dogmatische Schwein. Und dieser – wie hieß er doch gleich? –, der versoffene Kerl, der ihn eines Abends in der „Latte" bis auf die Knochen blamiert hatte. Und all die Arschlöcher hier in M., die ihn andauernd fragten, ob er noch Pförtner sei. Die ihn versteckt belächelten wie die Fleischersfrau. Die ein gutherziges Mitleid für ihn übrig hatten wie die alte, gelähmte Großtante. Verrecken sollten sie, alle ohne Ausnahme! Verbrennen sollte dieses triste Nest, in dem jeder Schritt ihn zu demütigen schien!

Aber einer dieser Heimatbesuche rief auch zartere Gefühle in ihm wach. Das geschah, als er an der Hochzeit seiner Schwester Sabine teilnahm. Im Verlaufe des Polterabends fand er sich plötzlich einem blonden jungen Mädchen gegenüber. „Kennst du noch die Ilse Braatz?", fragte ihn Sabinchen heiter. „Ich hab ihr gesagt, dass du jetzt Schriftsteller bist, und da wollt sie dich unbedingt wiedersehen."

„Nein, nein, so ein Quatsch, das stimmt doch gar nicht!", rief die Ilse fast flehend aus. Aber Sabinchen lachte nur und ging zu einer anderen Gruppe von Gästen.

Michael staunte – die kleine Ilse Braatz! Natürlich, er erinnerte sich: Er hatte ganz vorn in der Aula gestanden; der Direktor hatte ihm die Hand geschüttelt; zwei Mädchen hatten wie wild geklatscht und ihm zugejubelt... Bravo, Micha... Sabine und ihre Freundin, die Ilse. Sie arbeitete jetzt in einer Kaufhalle. Ein hübsches Ding war sie geworden. Reines Gesicht, große blaue Augen. Gretchen... Hatte er nicht damals schon manchmal fast ein bisschen mit ihr geschäkert? Einmal hatten sie sich alle drei über Dieter, den Bruder, lustig gemacht. Ach, die schöne, sorglose Vergangenheit! Der Stiesel hatte hundertmal vergeblich versucht, ein uraltes Motorrad anzutreten, Tränen hatten sie über ihn gelacht. Es existierte da sogar ein Foto... Ob die Kleine wohl früher von ihm geschwärmt hatte? Und heute... Aber das war ja Unsinn. Er brauchte eine Stütze, eine geistige Partnerin. Die da hörte gern Peter Alexander und plapperte ihm von den Suppentassen vor, die sie Sabinchen zur Hochzeit schenken wollte... Aber andererseits schien sie durchaus zu fühlen, dass sie es nicht mit ihresgleichen zu tun hatte. Manchmal sprach sie ganz atemlos und stockend, errötete oder lachte verlegen, und Michael glaubte in ihrem Benehmen eine unbeholfene Ehrfurcht zu spüren, die auf seine Seele wie Balsam wirkte. Sollte sie es sein, sie...?

Spätnachts, als die anderen schon schliefen, kramte

er in der Bilderkiste und fand zu seiner schmerzlichen Freude das Foto, an das er sich erinnert hatte. Es war an eben dem Tag aufgenommen worden, als sie den armen Dieter so ärgerten, und zeigte Michael, etwa fünfzehnjährig, zwischen den beiden Freundinnen stehend. Er hatte ihnen mit breitem Paschagrinsen seine Arme um die Schultern gelegt, und die kleine Ilse presste übermütig ihren Kopf an seine Brust. Ach, wenn er damals zugegriffen hätte, sie könnte längst schon seine Frau sein! Was tat's, dass sie so ungebildet war. Auch ein kluger Mann konnte sich sehr wohl von der Frische und holdseligen Reinheit eines Mädchens aus dem Volke faszinieren lassen. Hatte nicht namentlich der alte Goethe gerade aus den Lottchen und Friederiken, die seine Liebespfade kreuzten, das herrlichste Kapital geschlagen? Hatte er nicht aus ihrem unschuldigen Schwatzen all die schönen, volksliedhaften Sachen geformt, die er dann seinen Gretchen und Klärchen in den Mund legte?

Michael eilte zum Bücherregal und zog eine zerfledderte Reclam-Ausgabe von Goethes „Faust" daraus hervor. Vielleicht war es noch immer nicht zu spät? Vielleicht war sie noch immer in ihn verliebt? Ilse Voland, geborene Braatz... Schon als kleines Mädchen lauschte sie hingerissen seinen Schelmereien... Und als er später in die Welt hinauszog, um den literarischen Erfolg zu zwingen, da gedachte sie seiner in ihrer Heimatstadt... Sie konnte es kaum fassen, dass er von allen Frauen gerade sie erwählte, sie, die Stille, Scheue, Weltferne... Eine Gretchenhandlung mit Happy End...

Erst am folgenden Nachmittag, beim großen Festessen, sollte er die Ilse wiedersehen, und darauf wartete er den ganzen Tag. Sein Herz schlug ungeduldig gegen die Rippen – diesmal, diesmal aber! Wie einst, als er auf Manuela hoffte, ließ er jedes Wort und jeden Blick der

Geliebten hundertfach in seinem Herzen widerhallen, wie damals dachte er sich lange Dialoge für die gemeinsame Zukunft aus... Doch als das Festessen näher ruckte, wurde er von Unsicherheit befallen. Er bedachte, dass es gar nicht so einfach sein würde, die Ilse zu umwerben, ohne in ihren Augen gerade das zu verlieren, was sie höchstwahrscheinlich an ihm bewunderte: das Image des heimlichen jungen Autors auf Besuch, der über jeden Kleinstadtmief erhaben war. Welcher Held stieg schon hinab in die Welt der Menschen, um sich ein Provinzmädchen zu erobern? Und was, wenn die Kleine nun schon jemanden hatte, irgendeinen Dummkopf aus ihren Kreisen, mit dem er, Michael, in Konkurrenz treten müsste? Vom bürgerlichen Standpunkt aus war er schließlich nur ein einfacher Pförtner.

Doch als die Ilse dann am Abend zum Festessen kam, suchte sie wieder seine Nähe, wieder röteten sich vor ihm ihre Wangen, wieder sprach sie ihn so lieblich aufgeregt und stockend an, und in ihrer Beziehung zu ihm lag wieder der ganze verheißungsvolle Zauber einer modernen Gretchenromanze. Sie liebte ihn, sie sah in ihm ein höheres Wesen, daran konnte gar kein Zweifel bestehen. Aber was bedeutete sie für ihn? Man konnte die Gretchen dieser Welt zwar entzückend finden, aber nicht mit ihnen leben; und wenn man es doch versuchte, verwandelten sie sich alsbald in fade, langweilige Gänse. Über kurz oder lang hatte der alte Goethe seine Lottchen und Friederiken immer satt bekommen, und so ließ er denn auch Clavigo und Faust ihre Geliebten bald verlassen. Eine Gretchenhandlung hatte nun mal kein Happy End.

Zuletzt fand Michael, dass ihm sein Image wichtiger sein müsse als die Liebe. Ein höherer Instinkt wies ihm das Handeln, das hier angemessen und am Platze war. Er sah sich still und einsam von dannen ziehen. Er beschloss, die Erscheinung des lieben Mädchens als eine sanfte Erinnerung im Herzen zu bewahren. Er sagte sich, dass sein eigentliches Leben ja doch nur die Fron am Schreibtisch war, dass seine Abenteuer aus Worten bestanden, dass seine Leidenschaft einzig und allein dem Ringen um letzte künstlerische Vollendung galt. Natürlich sehnte auch er sich nach menschlicher Wärme, doch es war ihm nun einmal bestimmt, ganz in seiner Berufung aufzugehen. Er hatte überhaupt nicht das Recht, eine junge Frau in Konflikte zu stürzen, indem er sie dazu bewegte, sein karges Dasein mit ihm zu teilen.

Und so wandte er sich wehmütig lächelnd ab und wechselte an diesem Abend kein einziges Wort mehr mit der Ilse. Als er nach Jena zurückfuhr und den Platz in seiner Pförtnerloge wieder einnahm, hatte er das Gefühl, den Kindereien der Liebe für alle Zeiten entwachsen zu sein. Und wieder komponierte er stilvolle Sätze für seinen Roman „Der schwarze Regenbogen". Aus ihren Fotos blickten die Großen Kollegen unbewegt und höhnisch auf ihn herab. Er sah an den Bäumen vor seinem Fenster die ersten grünen Knospen reifen. Er sah flirrende Sommertage und dann wieder regenblanken Asphalt. Er sah die bunte Pracht des Herbstes und die ersten großen traurigen Schneeflocken, die auf dem Boden gleich zu Matsch wurden. Manchmal konnte er wochenlang nicht schreiben, las nur Krimis und schluckte Tabletten und malte ganze Städte aus Vierecken. Dann wieder stürzte er sich nur so in die schöpferische Arbeit, gierig nach Perfektion und Selbstbestätigung, und er schrieb ganze Kapitel um, erfand neue Figuren hinzu, feilte überpedantisch an den Sätzen herum, doch jedes Mal wenn er dann endlich glaubte, jetzt ginge zumindest der erste Teil seines „Schwarzen Regenbogens" aber wirklich der Vollendung entgegen, und wenn er vorsichtig in Erwägung zog, sich der Öffentlichkeit als Autor anzutragen, dann erschien vor seinem geistigen Auge der imaginäre Amadeus Montag, glatt und feist und ohne Erbarmen, und die Sätze, die Michael eben noch tadellos gefunden hatte, verloren unversehens ihre Farbe, wurden sentimental statt lyrisch, wurden hölzern und trocken statt zupackend und hart, wurden verworrene, sterile, nichtssagende Gebilde aus Worten, und abermals begann er von vorn und baute alles wieder um, und je mehr er hinzufügte und veränderte, desto heilloser verwickelten sich die Fäden der Handlung. Schon war das ganze verdammte Manuskript ein einziger unentwirrbarer Wust, er selbst wurde kaum noch schlau daraus. Würde der Roman je vollendet sein? Und würde die brutale Außenwelt ihn tatsächlich in Gnaden aufnehmen? Ach, er glaubte kaum mehr daran.

Der Frühling kam und wieder ein schöner Sommer. Jetzt war Michael achtundzwanzig. Er hockte nach wie vor in seiner Pförtnerloge, draußen war es hell, und die Menschen eilten geschäftig an ihm vorüber, er aber malte ein kubistisches Knusperhäuschen aus verschachtelten Vierecken aufs Papier, dann schluckte er eine Magentablette und starrte lange, endlos lange zum Fenster hinaus. Wie gern wäre er jetzt baden gegangen, durch die sonnige, bunte Stadt geschlendert oder hinausgefahren in die grüne Natur! Warum nur musste er hier versauern, in diesem engen, staubigen Loch, während draußen das Leben weiterging.

Seine Mutter hatte ihm geschrieben, dass die Lokalzeitung von M. einen Mitarbeiter suche. Die Sekretärin dort in der Redaktion sei eine alte Freundin der Familie und werde sich gewiss dafür verwenden, dass Michael die Stelle bekomme. „...Und wenn das mit deiner Schreiberei nichts mehr wird", so hatte die Mutter wörtlich geschrieben, „dann kannst du doch genauso gut nach Hause kommen..." Die Zeile setzte sich in Michael fest und erfüllte ihn mit Schwermut. Wenn das mit deiner Schreiberei nichts mehr wird... Die Mutter gab ihn also auf. Sie wollte, dass er reumütig heimkehrte wie weiland der verlorene Sohn. Sie wollte, dass er Spießruten lief in M., als der Genius von einst, der hinausgezogen war, die Welt zu erobern, und der dann doch nur als Bürohengst bei einem mageren Wurstblättchen landete. Niemals, lieber blieb er sein Leben lang Pförtner!...

Und trotzdem sehnte er sich neuerdings oft nach einem sicheren, wenn auch beschränkten Platz in der Welt, nach einem warmen Heim, das ihn abends erwartete, und nach Muttels unvergleichlichen Leberknödeln – vor allem aber nach einem Leben ohne Ehrgeiz, ohne diese Unruhe, diese Gier, ohne den Zwang, etwas erreichen zu müssen, und ohne Ungewissheit über die Zukunft. Wenn er doch wenigstens einen einzigen, winzigkleinen Erfolg vorzuweisen hätte! Auf den Dauererfolg, auf den langlebigen Ruhm wollte er ja schon verzichten. Es gab nicht wenige Autoren, die nur einmal und nie wieder gedruckt worden waren. Aus den unterschiedlichsten Gründen hatten sie die Höhe nicht vertragen und die in sie gesetzten Hoffnungen tragischerweise nicht erfüllen können. Zu dieser edlen unglücklichen Schar wollte Michael gern gehören. Er wollte, dass es von ihm hieß: Er war unerhört begabt, aber eine Frau hat ihn zugrunde gerichtet. Oder: Das System hat ihn kaputtgemacht. Oder: Er hätte es weit bringen können, aber leider, leider hat der Suff seine Grauen Zellen ruiniert. Nur würde so etwas eben kein Mensch von ihm sagen, wenn er nicht wenigstens einmal im Leben etwas Gutes, etwas Hoffnungsvolles zutage förderte, wenn er nicht ein Signal seines Talentes setzte, das jene „Aber" dann erst ermöglichte. Wie konnte er bloß das Publikum, dieses träge, unberechenbare Tier, auf seine Persönlichkeit aufmerksam machen? Indem er ihm etwas recht Lustiges schrieb? Etwas Gesellschaftskritisches? Oder einen utopischen Roman? Soviel Mist kam heutzutage glänzend an, da müsste es doch mit dem Teufel zugehen...

Tagtäglich grübelte er nach einem Ausweg. Wie es jetzt war, konnte es nicht weitergehen. Schon stellte er Bedenkliches an sich fest: dass seine Konzentration stark nachließ, dass sein Geist nicht mehr richtig fasste. Dahin war die schöpferische Besessenheit, mit der er vor Kurzem noch zu Werke ging. Seine Pförtnerloge war ihm, da er kaum noch schrieb, weiter nichts als der langweiligste Arbeitsplatz der Welt. Er fühlte sich gehetzt, er war zu allem bereit. Immer häufiger dachte er an seine Kindheit, an die absurden Pläne und Träume, durch die er langsam, aber sicher in diese grausame Mühle hineingeraten war. Aber – er hatte doch alles richtig gemacht. Sollte er jetzt wirklich einfach so scheitern, ohne jeden sichtbaren Grund? Und sein sehr gutes Abitur? Und die zitternde Hoffnung der Mutter? Und all seine Krankheiten und seelischen Prüfungen? Wann würden seine Leiden tief genug sein, um ihn endlich empor zu reißen? Wann würde er, wie Marcel Proust, die verlorene Zeit wieder einholen?

Eine Banalität wies ihm schließlich den Weg, der möglicherweise geeignet war, ihn aus der Sackgasse herauszuführen: In der „Latte" hing eines Tages ein Schild, auf dem zu lesen stand, dass dieses Lokal einen Aushilfskellner suche. Nun hatte Michael natürlich nicht die Absicht, in der „Latte" zu arbeiten, wo alle ihn kannten. Aber eigentlich hatte er schon immer mal zur Abwechslung ein bisschen kellnern wollen; und das Schild in der „Latte" drängte nun seine ständig suchende und sprungbereite Phantasie in eine ganz bestimmte Richtung. Ein

Kellner erlebte soviel Interessantes. Heitere und tragische Momentaufnahmen rollten auf engstem Raum vor ihm ab. Der Autor, der daraus ein paar hübsche und geistreiche Kaffeehaus-Miniaturen formte... oder, noch besser, einen Genreroman, einen locker-beschwingten Genreroman aus dem Jena von heute frisch auf den Tisch, na, wenn der nicht für alle Zeiten ausgesorgt hatte?!... Der Gedanke, die Arbeitsstelle zu wechseln, reizte Michael ungemein. Zwar würde er, wenn er als Hilfskellner ginge, weit weniger Zeit zum Schreiben haben als bisher. Aber dafür würde er endlich wieder Leben spüren, würde echte Denkanstöße erhalten! In seiner Pförtnerloge verblödete er doch! Was nützte dem angehenden Schriftsteller ein ruhiger Platz mit einer Schublade, wenn so gar nichts an diesem Platz geschah, was seinen Geist beschäftigen konnte!

Andererseits – ein nochmaliger Wechsel - ein erneuter Aufbruch ins Ungewisse... Ach was! Er war schließlich nicht der einzige Autor, der erst jahrelang von Job zu Job tingeln musste, bevor ihm der große Durchbruch gelang. Nur unter den Deutschen waren die Dichter akademisch gebildete Bürger. Sah man sich dagegen die Lebensläufe amerikanischer Autoren an, so stieß man auf die wildesten Schicksale. Faulkner, Miller und Capote hatten, bevor sie schreiben konnten, die verrücktesten Berufe ausgeübt, und Kerouac trampte um die halbe Welt – diese Männer waren Michaels Brüder! Ach ja, er müsste es als Kellner versuchen! Diesen letzten Anlauf war er sich noch schuldig, und falls diesmal wieder nichts dabei herauskam, dann blieb ihm ja immer noch die Heimkehr nach M. Und schon flogen hell seine Träume wieder auf: „Café Plaisir", der Überraschungstreffer des jungen Erfolgsautors Michael Voland... Die unscheinbare Jenaer Kaffeestube, in der Voland einst als Hilfskellner tätig war, ist heute beständig überfüllt...

Und Michael sah sich mit einem Tablett zwischen wackligen Tischen umherflitzen, bitte sehr, einmal Sahnetörtchen, der Herr, und was darf's bei Ihnen sein, junge Frau, und er müsste dann nie mehr neun Stunden täglich auf ein und demselben Hocker sitzen und aus ein und demselben Fenster glotzen, Mann, wie er darüber froh sein würde! Und seine Träume schwangen sich höher und höher: „Café Plaisir" bereits in dritter Auflage auf dem Büchermarkt... „Café Plaisir" in fünfzehn Sprachen übersetzt... „Café Plaisir" wird demnächst verfilmt... Hört die Geschichte des Michael Voland, die Geschichte seines Aufstiegs vom Hilfskellner zum weltweit gefeierten Autor, in acht Fortsetzungen exklusiv für Sie zusammengestellt...

Aber diese euphorische Phase war kurz und im Grunde ohne Kraft. Die große Bauchlandung wurde diesmal durch ein äußeres Ereignis herbeigeführt. Eines Nachmittags, als Michael gutgelaunt nach Hause kam, fand er das folgende Telegramm vor: „Muttel schwer erkrankt. Komm schnell nach Hause. Sabine."

Er beschloss, am anderen Morgen auszuschlafen, sich dann im Institut zu entschuldigen und den Mittagszug nach M. zu nehmen. Doch im Verlaufe des Abends wurde er unruhig. Er sagte sich in einem fort, dass seine Schwester übertrieben schreckhaft sei und dass ihr Telegramm bestimmt nicht gleich das Schlimmste zu bedeuten habe. Er sagte sich das, bis er in aller Eile seine Tasche packte und die Treppen hinunterstürmte. Mit knapper Not erwischte er die letzte günstige Zugverbindung und war bereits um Mitternacht in M. Trotzdem kam er viel zu spät. Elisabeth Voland war seit vier Stunden tot.

Am Vormittag hatte sie noch unterrichtet. Das Geschwür in ihrem Unterleib, das plötzlich aufgebrochen war, musste ihr schon monate- oder gar jahrelang große

Schmerzen bereitet haben, doch aus panischer Angst vorm Gynäkologen, vor blitzenden medizinischen Geräten, vor Untersuchungen und Operationen hatte sie nie etwas dagegen unternommen. Ihr abrupter, völlig unerwarteter Tod lähmte und entsetzte die Verwandten aufs Äußerste. Nur mit qualvoller Anstrengung erledigte man die allernotwendigsten Formalitäten. Kein Mensch brachte die Tatkraft auf, die Begräbnisvorbereitungen energisch zu leiten. Michael war wie benommen. Sabine begann bei jeder Frage, die man ihr stellte, kopflos zu weinen. Ihr Mann kam unglücklicherweise erst am Tag der Beerdigung von einer Dienstreise zurück. Dieter, der zuletzt mit der Mutter allein in deren Haus gewohnt hatte, erwies sich ebenfalls als unfähig, eine verbindliche Entscheidung zu treffen. Und außer ihren Kindern hatte die Verstorbene nur noch eine alte, gelähmte Tante, die greisenhaft jammernd auf der Bildfläche erschien.

Die Beerdigung war ein einziger Alptraum. Ein Kinderchor sang trauervolle Kampflieder. Der Schuldirektor hielt eine Rede – es war immer noch derselbe, der Michael damals in der Aula die Hand geschüttelt hatte. Sabine konnte nicht aufhören zu weinen. Auch der Großtante flossen unaufhörlich Tränen über das zerfurchte Gesicht. Von derselben Großtante hatte Michael sich als Junge vorgestellt, sie werde noch mal staunen über seinen Aufstieg. Und der Mutter, die nun fort ging und nie wiederkehrte, hatte er ein angenehmes, ein besonderes Alter bereiten wollen. Diese Chance war also endgültig verspielt? Aber er hätte es doch schaffen können... Seine Gedanken verwirrten sich. Ihm fiel ein, dass bei Proust der Knoten erst nach dem Tod seiner Mutter gerissen war; aber als er gleich darauf an sein eigenes Café-Plaisir-Projekt dachte und an die neue Stellung, die er hatte antreten wollen, da krampfte sich sein Herz in solcher Abwehr zusammen, dass er von Kopf bis Fuß erzitterte. Wie hatte er das nur erwägen können – wieder ins kalte Wasser zu springen, wieder eine Arbeit zu tun, für die er keinerlei Talent oder Neigung besaß, wieder Handgriffe zu lernen, die ihm schauerlich fremd waren. Und wozu? Nicht des Geldes wegen oder aus Liebe zu einer Sache, nicht um irgendwelcher greifbaren Vorteile willen, nein, für einen wahnwitzigen, fernen Traum. Die Mutter war gestorben, ohne dass auf ihr Dasein je ein Schimmer des Besonderen gefallen wäre. Die Großtante würde sterben und niemals gesagt haben: Der Junge, so ein Künstler ist er jetzt geworden! Der Direktor würde bald in den Ruhestand treten und nirgendwo mehr damit prahlen können, dass aus seiner Schule einst eine Berühmtheit hervorgegangen war. Und die anderen, die vielen anderen, denen Michael sich hatte beweisen wollen? Robert? Manuela? Die Schuhlagerchefin? Eine nie gekannte Furcht trieb Michael den Schweiß auf die Stirn. Unsinn, Unsinn, jeder hatte mal ein Tief. Auch Proust konnte erst nach dem Tode seiner Eltern... Michael fühlte, wie in seinem Innern ein riesiges Kartenhaus zusammenstürzte.

Am Abend blieb er mit Dieter, dem Bruder, im verödeten Haus der Mutter allein. Fast schweigend leerten sie eine Flasche Schnaps; doch als Dieter völlig betrunken war, tat er überraschend den Mund auf und sagte: „Ich hab... dich als Kind... immer umbringen wollen..." Er sah Michael fest in die Augen dabei, er lächelte sogar, wie Betrunkene lächeln, verschämt und mühsam und verloren. Und Michael spürte wieder diese Furcht. Er hatte nicht gewusst, dass Dieter ihn hasste. Er hatte tatsächlich noch nie zuvor über seinen Bruder nachgedacht. Dieter war ein tüchtiger Automechaniker, dem in der Werkstatt immer die schwierigsten Reparaturen anvertraut wurden. Er schuftete verbissen und gründlich, wie ein Mensch, der sich nur durch seine Arbeit äußern kann. In Gesellschaft sagte er kaum ein Wort, besonders vor Frauen hatte er Angst. Der Tod der Mutter verurteilte ihn zum endgültigen Verstummen, zur absoluten, rettungslosen Einsamkeit. Michael zog innerlich den Kopf ein. Hatte er diesen Mann auf dem Gewissen? Hatte er ihn für nichts und wieder nichts in ein Schattendasein gedrängt? Hatte er seine Familie übers Ohr gehauen wie ein Hochstapler?

In der Nacht erbrach er sich und schluckte Tabletten, und bereits am folgenden Tag nahm er den Vormittagszug nach Jena – keinen Abend mehr wollte er so verbringen, Schnaps trinkend dem schweigsamen Bruder, in der verlassenen, unordentlichen Küche.

Der Zufall fügte es, dass in seinem Abteil noch zwei junge Burschen reisten, die seine düstere Miene witzig fanden und ihn immerfort in ihr Gespräch ziehen wollten. Angeekelt rückte er beiseite und suchte, um Abwehr zu demonstrieren, in seiner Tasche nach einem Buch. Er fand aber nur einen abgeschabten Hefter – das Manuskript seines eigenen „Schwarzen Regenbogens", das er auf Reisen immer bei sich führte. Als er es jetzt aufschlug und flüchtig durchsah, befiel ihn eine verzagte Stimmung. In der letzten Zeit hatte er seiner Mutter kaum noch etwas darüber geschrieben... Und die jungen Burschen neben ihm hörten nicht auf, ihn vollzuquatschen. Sein konstantes Schweigen reizte sie, schon gingen ihre Witzchen in Beschimpfungen über, aber Michael reagierte nicht. Er dachte an die Mutter, und nun schien ihm bereits, dass ihre Liebe die einzige Stütze seines Lebens gewesen sei und seine einzige Richtschnur ihr Wunsch, dem Ideal näher zu kommen, das sie sich einst von seiner Zukunft gebildet hatte. Er wollte sie doch nur für all den Kummer belohnen...

Einer der Burschen, ein kräftiger Blonder. schlug ihm

den Hefter aus der Hand. Michael sprang auf, doch es war schon zu spät. Sie rissen ihm die Arme nach hinten. Um Gottes willen, was hatten sie vor?

Der Blonde hob langsam den Hefter auf. Er blätterte darin und grinste.

„Hör zu, Harry!", trompetete er. „Da ham wir 'n Meisterwerk in die Finger gekriegt." Und er stellte sich in Positur, und er holte feierlich Atem, und er las mit lauter, theatralischer Stimme: „Sie wollte es festhalten, das rote Knäuel, das sich in ihrer Mitte ballte, doch es hatte sie beide bereits verschlungen, und sie wurden brüllende Ungeheuer, wurden Wölfe, die sich ineinander verbissen..."

Der Junge sächselte stark und konnte manche Worte nicht richtig aussprechen. Seine Hände waren breit, sein Blick ungerührt. Michael machte eine heftige Bewegung, um sich loszureißen, doch der Andere hielt ihn fest und schmerzhaft im Griff.

„...Ihre Worte peitschten durch bis auf die Haut", las der Blonde, „zerfleischten, rissen Eingeweide aus, und wenn sie sich dann satt getrunken hatten, einer am Blut und an den Tränen des anderen..."

Michael rührte sich nicht mehr. Er fühlte, wie das Grauen in ihm hochstieg. Seine Augen wurden dunkel, fahl sein Gesicht.

„...dann ließen sie erschöpft voneinander ab und schlichen stumpf und wund davon, ein jedes in einen anderen Winkel... Na, so ein Scheiß!"

Der Junge hatte schon genug. Die Sätze langweilten ihn, und das Vorlesen in dem schaukelnden Zug war ihm viel zu anstrengend. Verächtlich warf er den Hefter auf die Bank. Und sein Kumpel ließ Michael los. Die beiden hatten ihn ja gar nicht ernsthaft terrorisieren wollen. Sie waren halt nur ein bisschen aufgekratzt, ein bisschen sauer auf ihn und ein bisschen betrunken, und nun wussten sie schon nicht mehr, was sie mit ihrem Opfer anfangen sollten. Der Spuk war vorüber.

Michael rückte seinen Anzug zurecht und befühlte die schmerzenden Arme. Er ergriff sein Manuskript und drehte es sekundenlang zwischen den Fingern; und plötzlich lief er damit zum Abteilfenster und zerrte keuchend an dem eisernen Griff. Da er nur eine Hand frei hatte, musste er sich mit seinem ganzen Gewicht an das Fenster hängen, bevor es um wenige Zentimeter nachgab. Eiskalter Zugwind pfiff herein. Und der junge Autor zwängte blindlings und hastig sein Manuskript durch den schmalen Spalt. Der Wind verschluckte es. Das Fenster flog zu. Michael setzte sich und schloss die Augen. Er bewegte die Lippen, als wollte er zählen, wie viele Jahre seines Lebens da gerade in den Wind geflattert waren. Und die beiden jungen, harmlos-ruppigen Burschen hätten kaum verblüffter sein können, wenn ihnen ein Geist erschienen wäre.

„Ein Verrückter", murmelte der eine.

„Künstler", flüsterte der andere zurück – der hatte die Situation erfasst. Danach sprach niemand mehr ein Wort.

Gegen Mittag kam der Zug in Jena an. Michaels Straßenbahn war gerade weggefahren, und so legte er den Heimweg zu Fuß zurück. Er fühlte sich schwach, als hätte er schon eine lange, lange Wanderung hinter sich. Die Treppen stieg er hoch wie ein uralter Mann, schnaufend, schwer aufs Geländer gestützt. In seiner Wohnung angekommen, lief er ins Bad und trank gierig ein Glas Wasser. Unversehens fiel sein Blick auf den Spiegel. Er sah sich selber ins Gesicht. Er wurde nun dreißig, die Jugend war vorbei. Seine Haut sah ungesund und welk aus. Auf der Stirn blühten immer noch ein paar von den Pickeln aus seiner Produktionsarbeiterzeit. Um den Mund hatte sich ein böser, ehrgeiziger Zug eingefressen.

Die Augen aber, die blickten selbst jetzt noch mit dem gewohnten blanken Selbstbewusstsein in die Welt. Seit Jahren konsumierte er Tabletten, Tabletten gegen das beständige Herzflattern, Tabletten gegen den beständigen Kopfschmerz, Tabletten gegen Haarausfall, Tabletten zum Einschlafen und Tabletten für den Magen. Er war morsch wie ein Wrack und hässlich, so hässlich.

Er ging hinüber in sein Zimmer und erblickte den Schreibtisch, den teuren, altmodischen Schreibtisch, auf den er früher so stolz gewesen war. Früher. Am Aufsatz und darüber an der Wand hing noch immer die Bildergalerie mit den Porträts der Großen Kollegen. Da schauten sie herab, Zola und Tschechow und Thomas Mann und Hemingway und Dickens und Balzac und all diese Götter, die ihn verführt und verdorben hatten. Gab es denn jemals in seinem Leben etwas Ursprüngliches, Wertvolles, Echtes? Alles, was er ringsum sah, und jede seiner Erinnerungen war durchtränkt und verpfuscht mit Literatur und Ehrgeiz und verrückten, lächerlichen Illusionen, mit Millionen von Buchstaben und Viereckschachteln, die er auf Tausenen von Schreibblättern hinterließ.

Aber plötzlich fiel ihm doch etwas ein: wie er damals mit Robert auf den Berg stieg... Kurz vor dem Ziel war ihm die Puste ausgegangen, doch er hatte sich zusammengerissen, und er hatte den Gipfel erreicht. Als er jetzt daran dachte, lächelte er, und er wurde ganz ruhig und froh – er hatte auch schöne Tage erlebt. Ihm war, als atme er noch einmal die dünne, reine Bergluft ein, als sähe er die heimatliche Landschaft noch einmal ausgebreitet vor sich, und es packte ihn die Lust, noch einmal laut zu schreien: Halt mich fest, gleich heb ich ab!...

Am nächsten Tag wurde Michael mit Blaulicht zum Krankenhaus gefahren, und in der „Latte" ging das Rätselraten los: Warum hatte er das bloß gemacht? Hatte er so an seiner Mutter gehangen, dass er ihren Tod nicht verwinden konnte? Unterhielt er ein heimliches Liebesverhältnis, vielleicht mit einer verheirateten Frau, das ihm über den Kopf gewachsen war? Oder hatte ihn nur der große Horror gepackt, weil er unter den gegebenen Verhältnissen ja doch auf keinen grünen Zweig kommen konnte, und wenn er sich die Finger wund schrieb? Niemand wusste es genau zu sagen. Doch da sah man es wieder, so waren sie, die Künstler: unergründlich! Hochgradig sensibel! Nervenschwach und suizidgefährdet! Ein Glück jedenfalls, so fand man in der „Latte", dass die Nachbarin das Gas noch rechtzeitig gerochen hatte. Nun würden zwar die Ärzte den armen Micha eine Weile durch die Mangel drehen, aber sie würden ihn schon wieder hinkriegen, damit er weitermachen konnte.

Die Taube auf dem Dach

Jana Krüger ist ein siebzehnjähriges Mädchen, das mit seinen Eltern und zwei Geschwistern ein Grünauer Einfamilienhaus bewohnt und dessen Alltag abläuft wie folgt: Frühmorgens um Viertel sechs klingelt bei Krügers der Wecker. Eine halbe Stunde später erscheint die Mutter im Mädchenzimmer, um Jana und Annette zu wecken. Jetzt beginnt unter den Geschwistern der allmorgendliche Kampf ums Badezimmer, der sich je nach Laune der Beteiligten in fröhlichem Gekreische äußert oder aber in Keifen und Türenknallen. Endlich kommt die Familie am Frühstückstisch zusammen. Kurz vor sieben springt Jana auf, stopft sich das letzte Stückchen Stulle in den Mund und stürzt davon. Blicklos und hastig atmend durchläuft sie ein paar idyllische kleine Straßen, die durchweg von Einfamilienhäusern mit sehr gepflegten Gärten gesäumt sind. Sie rennt die Bahnhofstreppe hinauf und erreicht, wenn sie Glück hat, die S-Bahn um sieben Uhr sechs. Eingezwängt zwischen seufzenden und drängelnden Menschen fährt sie dem Stadtzentrum entgegen. Jana ist Lehrling in einer großen Berliner Bibliothek. Mit vier anderen Frauen hockt sie in einem Raum, an dessen Tür "Zentrale Einarbeitung" steht. Hier werden alle eingehenden Bücher für den bibliothekarischen Gebrauch vorbereitet – gestem-

pelt, systematisiert, mit einer Latexschutzschicht über-
pinselt, in Karteien registriert... Riesige Bücherberge
warten auf Jana, Arbeit für neun eintönige Stunden, und
dazu vier strenge ältere Kolleginnen, die der heutigen
Jugend im Allgemeinen und Jana Krüger im Besonderen
äußerst misstrauisch gegenüberstehen. Sieben Uhr
fünfundvierzig bis siebzehn Uhr. Drei Pausen bilden die
Stützpfeiler des Tages: die Frühstückspause um neun,
die Mittagspause um zwölf und die Kaffeepause um
fünfzehn Uhr. So zerfällt Janas Arbeitszeit in vier Teile:
Von acht bis neun ein gut erträgliches kleines Stündchen. Von halb zehn bis um zwölf der erste größere Bro-
cken. Von dreizehn bis fünfzehn Uhr die aller-
schlimmste Durststrecke, da scheint die Zeit beinahe
stehenzubleiben. Doch in der Kaffeepause lebt Jana wieder auf, der Feierabend winkt, und fast spielend bewältigt sie die restlichen anderthalb Stunden. Endlich wird
es fünf, sie zieht den Arbeitskittel aus. Jetzt könnte sie
ihre Freizeit genießen; doch nach neun Stunden Arbeit
fällt ihr das schwer. Manchmal trifft sie sich noch in
einem Café mit ihren beiden besten Freundinnen, der
Sabine und der Polter-Inge, Meist aber tritt sie sofort
nach der Arbeit den Heimweg an, und wieder zwängt
sie sich in eine volle S-Bahn, und wieder läuft sie achtlos
an den schmucken Vorstadtgärten vorbei. Gegen sechs
Uhr kommt sie zu Hause an. Da steckt die Mutter schon
mitten in der Hausarbeit, und der Vater buddelt im Garten, und weil beide ihre Sprösslinge gerne zu Hilfsarbei-
ten heranziehen, setzt auch meist der Familienkrieg
wieder ein, der frühmorgens im Bad seinen Anfang
nahm, dies Gerangel dreier halberwachsener Kinder, die
ständig bereit sind, ihre Ellbogen für irgendwelche
guten Rechte einzusetzen; und der Vater hält sich da
möglichst raus, und die Mutter ist oft mit den Nerven
am Ende. Nur selten findet Jana die Zeit, noch ein Weil-

chen zu lesen, bevor sie um sieben zum Abendessen gerufen wird. Nun kommt eine neue Runde Familienleben – Essen, Abwasch, Zankerei und Geplänkel. Spätestens um acht versammeln sich alle in der guten Stube vor dem Fernsehapparat, um das Abendprogramm zu verfolgen. Vater und Sohn trinken Bier dabei, die Mädchen knabbern Nüsse, und die Mutter ist mit Handarbeiten beschäftigt. Manchmal gibt es Tränen und lautstarken Krach, weil sie sich über das Programm nicht einig werden. Die Männer wollen Fußball sehen und die Frauen lieber einen Spielfilm. Zwischen zehn und elf rüstet man zum Schlafengehen, und wieder kabbeln sich die Geschwister ums Bad. Spätestens um elf hat Ruhe zu herrschen, das will der Vater, der als Erster aufstehen muss. Oft flüstern die Mädchen noch ein bisschen miteinander, so im Dunkeln vertragen sie sich recht gut. Dann wird es still im Haus, die Schläfer atmen, der Wecker tickt, bis er am nächsten Morgen pünktlich um Viertel sechs wieder losschrillt.

Das könnte alles sein, wenn nicht vor einem dreiviertel Jahr ein Mann in Janas Leben getreten wäre, und zwar kein Geringerer als – ihr Chef. Der Leiter der Bibliothek, in der sie arbeitet. Er heißt Alfred Körbel und ist vierunddreißig Jahre alt, Parteimitglied, verheiratet und Vater zweier Kinder. Obwohl er seinen Posten noch nicht lange bekleidet, kann er bereits große Erfolge vorweisen. Er hat mit den laxen Sitten aufgeräumt, die seine Vorgängerin einreißen ließ. Er hat frischen Wind in den Betrieb gebracht. Er hat seiner vorgesetzten Behörde schier Unglaubliches an Hilfsmitteln und Planstellen entrissen. Schon wird „seine" Bibliothek unter den vorbildlichsten Berlins genannt, schon ist man höheren Ortes auf den forschen jungen Kader aufmerksam geworden, und es heißt, er werde die Treppe bald noch ein Stück weiter rauffallen, und eines Tages werde er sicher – sonstwo landen, wenn der nicht, dann keiner. Dieser Mann hat Janas Leben verändert...

...und das kam so: An einem trüben Wintermorgen – Jana arbeitete noch nicht lange in der Bibliothek, drei Monate etwa – verspätete sie sich zum Frühstück und schloss als letzte den Arbeitsraum ab. Allein stieg sie die Treppe hinauf, um oben in der Kantine wie immer mit ihren Kolleginnen Kaffee zu trinken. Damals war sie fast immerzu traurig. Sie fühlte sich fremd in der Bibliothek, sie mochte die Kolleginnen nicht, sie hasste den weiten Arbeitsweg und hatte Sehnsucht nach ihrer Schulzeit. Und die Zukunft schien ihr nichts anderes zu bieten als ein graues, endloses Einerlei von Tagen, in dem es kein Ziel und kein Zentrum gab.

Ein schlanker junger Mann erschien hoch oben auf dem Treppenabsatz. Er trug einen Pelzmantel und sah Janas letztem Physiklehrer etwas ähnlich: die gleichen hellen Augen, der gleiche Haarschnitt, die gleiche sieghafte, spöttische Miene. Ohne Eile schritt er die Stufen hinab, die Jana ihrerseits hinaufstieg, und als die zwei auf gleicher Höhe waren, blickte er ihr unverhohlen und wohlgefällig ins Gesicht. Jana fühlte sich geschmeichelt und konnte ein kleines Lächeln nicht unterdrücken. Das war alles.

In der Kantine angekommen, erfuhr sie, dass sie soeben etwas verpasst hätte: Der zukünftige Bibliotheksleiter. der zum Januar seinen Posten übernehmen sollte, war inoffiziell vorgestellt worden und hatte jeder einzelnen Kollegin die Hand gedrückt. Er sehe gar nicht übel aus, meinten die Frauen, und wirke ausgesprochen nett. Einen tollen Pelzmantel habe er getragen ...

„Ja, dann hab ich ihn auf der Treppe getroffen", sagte Jana, „wie mein Physiklehrer sah er aus."

Noch wusste sie natürlich nicht, dass sie diese Begegnung auf der Treppe einmal für schicksalhaft halten würde. Was sie aber schon damals fühlte, war ein winziger froher Auftrieb, ein Kribbeln wie beim Achterbahnfahren ; weil jener fremde Mann, der ihrem verehrten Physiklehrer ähnelte, sie so streichelnd angesehen hatte, weil er bald schon ihr Vorgesetzter sein würde und weil das Leben selbst an diesem tristen Ort nicht nur aus Staub und Systematikzettelkleben bestand.

Doch die Tage verstrichen, Jana vergaß den erregenden Eindruck des Augenblicks, und den ganzen Dezember über dachte sie kaum an den neuen Chef. Anfang Januar aber fand eine Vollversammlung statt, auf der sich Alfred Körbel offiziell als Bibliotheksleiter präsentierte. Und als er aufstand, um eine kleine Begrüßungsansprache zu halten, als alle Augen sich neugierig auf ihn richteten, kam Jana unversehens in den Sinn, wie sie einander auf der Treppe angeschaut hatten, der Bibliotheksleiter und das Lehrmädchen, der Mann und die heranreifende Frau, und das erschien ihr jetzt so seltsam und lustig und geradezu unglaubhaft, und als Herr Körbel ernst und würdevoll sagte: „Darum möchte ich auf jeden einzelnen von Ihnen zählen können, wenn ich...", da lächelte sie wonnig in sich hinein...

Am nächsten Tag unternahm Herr Körbel einen ersten Rundgang durch sein Reich und besuchte bei der Gelegenheit auch die Frauen in der Zentralen Einarbeitung. Da er den Wunsch hatte, möglichst rasch die gesamte Belegschaft kennenzulernen, nahm er sich die Zeit, an jede einzelne Kollegin ein paar Fragen oder Bemerkungen zu richten, und als er Jana gegenüberstand, fand zwischen den beiden folgender Dialog statt:

„Ach, und das ist sicherlich unser Lehrling."

„Ja."

„Ich weiß schon, Ihr Name ist – ich komm gleich drauf... Gärtner? Ach nein, Förster, Fräulein Förster."

„Krüger."

„Krüger, natürlich, Anja Krüger, jetzt weiß ich's wieder! Das ist auch so ein altes Leiden von mir, ich kann mir keine Namen merken." Und er schaute freundlich in die Runde, wie um die Anwesenden zum Mitlächeln über seine Schwäche aufzufordern, und sie lächelten auch wirklich alle mit.

„Na und", wandte er sich nochmals an Jana, „wie geht's Ihnen hier, Fräulein F ... Krüger?"

„Gut."

„Gut, ja? Wie lange sind Sie jetzt hier, seit September?"

„Ja."

„Und? Schon einigermaßen eingewöhnt?"

„Na ja."

„Und die Kolleginnen sind doch hoffentlich nett zu Ihnen?"

An dieser Stelle ließen die anderen natürlich humoristisches Eigenlob hören – „Klar sind wir nett!" –, womit sie Jana der Antwort enthoben. Herr Körbel lachte kurz und herzlich auf. „Sehr gesprächig ist unser Küken aber nicht", sagte er abschließend, „was, Fräulein Krüger? Na, wird schon werden. Wird alles werden. Und falls Sie jemals meine Hilfe brauchen, Sie wissen, wo Sie mich finden können. Ich bin immer für Sie da."

Der letzte Satz galt natürlich nicht mehr Fräulein Krüger allein, sondern der gesamten Gruppe. Und nun drückte Herr Körbel einer jeden Kollegin noch ein letztes Mal die Hand, nickte freundlich in die Runde und entschwand, um die Damen vom Zeitschriftenmagazin kennenzulernen.

Mit zitternden Fingern und heißen Ohren blieb die kleine Jana zurück. Noch nichts im Leben hatte sie so aufgewühlt wie diese Szene. Ich kann mir keine Namen merken... Wie geht's Ihnen hier... Ich bin immer für Sie da... Oh, und wie hatte sie sich tölpelhaft benommen. Zu allen Leuten war sie lebhaft und geschwätzig, und er, ausgerechnet er hielt sie nun bestimmt für ein ganz dämliches Puttchen, mit dem man keine zwei Worte reden konnte. Warum hatte sie nicht wenigstens das blöde Lächeln abstellen können, von dem ihr noch immer die Backen weh taten...

Eine Kollegin riss sie aus ihren Gedanken, um sie auf etwas Profanes hinzuweisen: Jana hatte über ein Dutzend Buchecken auf die verkehrte Seite geklebt.

„Na, Mädel, wenn du das nicht mal kannst", sagte die Frau in kaltem Ton.

Aber eine andere rief herüber: „Lass sie doch, Gerda, der Herr Körbel ist schuld, der hat uns die arme Kleine verwirrt!"

Die Kolleginnen juchzten auf, und Jana bekam noch heißere Ohren. Zum ersten Mal im Leben erfuhr sie, wie peinigend und doch wie süß es war, einer Schwärmerei wegen gehänselt zu werden.

In den folgenden Wochen lernte sie noch weitere Liebesfreuden kennen. Unerwartete Begegnungen, in der Kantine etwa oder im Verwaltungsbüro, die sie bis ins Innerste erschreckten und entzückten; erwartete Begegnungen, auf die sie sich vorher tagelang freute – sie hatte gar nicht gewusst, wie zauberhaft eine ganz gewöhnliche Versammlung sein konnte, wie schön es war, einfach nur dazusitzen und sich seiner Stimme hinzugeben. Dann die Gespräche der Kolleginnen über Herrn Körbel – ach, wie alles in ihr aufhorchte, sobald nur sein Name fiel! Ihr Leben wurde endlich spannend, der Alltag bedrückte sie nicht mehr. Jetzt dankte sie dem Schicksal, dass es sie just in diese Bibliothek versetzt hatte, in die Nähe dieses einen Mannes. Jetzt hielt sie sich für glücklicher als andere Mädchen. Das handfeste Verhältnis, das die Polter-Inge mit einem Fernfahrer unterhielt, oder die biedere Verlobung der Schwester Annette, was war das alles gegen die stille, zitternde, reine Liebe, die sie, Jana, für Herrn Körbel fühlte. Sie hatte sich keinen x-beliebigen Durchschnittsjungen ausgesucht, sondern einen Mann von hohem, hohem Wert, und ihre Beziehung zu ihm war nicht von irdischer Hässlichkeit, wie sonst die Beziehungen der Frauen zu ihren Partnern, sondern traumhaft und poetisch. Seinetwegen war sie ein besonderer Mensch geworden, eine Liebende, wie sie im Buche stand.

Seinetwegen wollte sie auch ein vortrefflicher Lehrling werden – das war schließlich das mindeste, was sie für ihren aktiven Chef tun konnte. Einmal äußerte Herr Körbel auf einer Versammlung, es gehe nicht an, dass sich in der Zentralen Einarbeitung die Bücherpakete stapelten, während vorn die Benutzer vergeblich nach Buchtiteln fragten, die es schon vor Wochen im Handel gegeben hätte. Am nächsten Morgen erklärte Jana zur Überraschung ihrer Kolleginnen, sie wolle heute mal so richtig Bücher auspacken, und stünden die Dinger erst in den Regalen, dann würde sie sich von oben eine Liste der wichtigsten und meistgefragten Titel geben lassen, die man dann vorrangig fertig machen könnte.

Die Frauen blickten sie merkwürdig an – ob sie die Ursache ihres Arbeitseifers ahnten? Ach, egal! – und ließen sie gewähren. Den ganzen Tag über hievte Jana die schweren Pakete auf den Packtisch, sie schleppte Bücherstapel, zählte die Posten und verglich sie mit den Eingangslisten. Todmüde und selig fiel sie abends ins Bett. Für ihn sterben durfte sie nicht, für ihn zu arbeiten, konnte sie niemand hindern. Es war wunderbar, dass ihr seinetwegen alle Knochen weh taten, auch wenn er wahrscheinlich nie etwas von ihrer Anstrengung erfahren würde.

Er erfuhr aber doch davon, und Janas Einsatz wurde königlich belohnt: Sie kam vom Mittagessen und durcheilte gerade einen der Benutzerräume, als hinter ihr eine Tür aufgerissen wurde und seine Stimme rief: „Ach, Fräulein Krüger, einen Augenblick!" Jana stoppte im vollen Lauf, fuhr herum und erbebte von Kopf bis Fuß. Da stand er, schlank und sieghaft lächelnd, neben einer jungen hübschen Bibliothekarin. Jana ging langsam auf die beiden zu. Ihr Denken hatte völlig ausgesetzt. Sie fühlte nur, dass ihr die Knie weich wurden und dass in ihrem Kopf dunkle Strudel kreisten.

„Isolde, merken Sie was?", fragte Herr Körbel munter. „Sie hat Angst, sehn Sie das, ihre Augen sind ganz schwarz vor Angst. Sie denkt bestimmt, ich will sie anschnauzen, was, Fräulein Krüger, das denken Sie doch? Der böse Chef hat gerufen und will das arme Häschen anschnauzen."

Und nun tat er etwas ganz Enormes: Er fasste das Mädchen um die Schultern und presste es für eine Sekunde an sich. Jana fand natürlich keine Worte.

„Dabei hab ich Sie gerufen", fuhr Herr Körbel fort, „um Sie zu loben, und nun ahnen Sie wohl schon, wofür? Isolde, sehn Sie doch, sie ahnt es nicht, na, ist das nicht rührend, sie ahnt es nicht. Dieses Mädchen hat vorgestern den ganzen Tag im Alleingang Bücher ausgepackt... Ach, sehn Sie mal, Isolde, jetzt wird sie rot, na, ist das nicht rührend, sie kann noch rot werden! Jaja, die Frau Braun hat mir alles erzählt, und ich hab mich gefreut, dass Sie sich so engagieren..."

Das Gespräch dauerte volle zehn Minuten, lange genug für Herrn Körbel, kraft seines Charmes die verschüchterte Jana zu entkrampfen und ihr tatsächlich ein paar Äußerungen zu entlocken. So sprach sie, hochrot und mit flatternder Stimme, von ihrer Idee, eine Liste der vorrangig zu bearbeitenden Buchtitel einzuführen, und Herr Körbel quittierte das mit spöttischem Wohlwollen. Die hübsche Isolde mischte sich ein und nannte bei der Gelegenheit gleich ein besonders wichtiges Buch, worauf Jana eifrig den Titel notierte. Und als sie auseinander gingen, schenkte ihr Herr Körbel einen ausgesprochen feurigen Abschiedsblick.

Beschwingt setzte Jana ihr Tagwerk fort. Doch im Laufe des Nachmittags, sie ordnete gerade Karteikarten ein, überfiel sie auf einmal folternde Scham. Hatte sie sich nicht schon wieder furchtbar tölpelhaft benommen, noch tölpelhafter womöglich als damals im Januar? Verflixt! Es war besser, gar nichts zu sagen, als so dämlich daherzuschwatzen; er sollte sie lieber für schweigsam halten als für eine komische Figur! Doch nachts in ihrem Bett beruhigte sie sich wieder, sie dachte an seinen feurigen Abschiedsblick, und mit weichem Lächeln schlief sie ein. Sie gefiel ihm, sie war ihm sympathisch, und was war eigentlich dabei, wenn sie ihm aus Unbeholfenheit verriet, was sie für ihn empfand? Verliebte benahmen sich immer einfältig, das wusste Jana aus ihren Büchern, und wenn er merkte, wie es um sie stand, und wenn er sie auch ein wenig mochte, vielleicht...

Damit hörte Herr Körbel auf, der ferne Angebetete für Jana zu sein; unversehens verwandelte er sich in einen realen, erreichbaren Mann, und damit verwandelten sich auch ihre Träume und Phantasien. Zum Beispiel rückte nun eine Gestalt in den Vordergrund, an die das Mädchen bisher noch kaum einen Gedanken verschwendet hatte: die Frau, die seinen Namen trug, die ihm zwei Kinder geboren hatte. Was mochte diese Person empfinden, die ihn einfach Alfred nennen durfte und für die seine kostbare, kostbare Gegenwart an jedem Tag selbstverständlich war? Musste sie nicht glücklich sein, da sie in vollen Zügen aus dem Kelch der Liebe trinken durfte, während sie, Jana, nur die spärlichen Tropfen, die ihr herabfielen, gierig auffing? Genoss sie denn aber auch dieses Glück, und vor allem, war sie es wert? Und Herr Körbel, wie stand es um den? War Herr Körbel ein treuer Ehemann? Das waren die Fragen, die Jana auf einmal mehr als alles andere bewegten, und in tagelangen inneren Betrachtungen kam sie zu recht befriedigenden Schlüssen. Auf keinen Fall konnte Herr Körbel einer von diesen fanatischen Hausmännern und Familienfetischisten sein. Niemals hörte man ihn erzählen: Meine Frau macht dies, meine Frau sagt das. Er hatte sie auch, soviel Jana wusste, noch bei keiner Gelegenheit vorgezeigt. Indessen sprach er gern über seine Kinder. Aus alledem folgerte Jana: Die Körbelsche Ehe war eine von diesen langweiligen Zweckgemeinschaften, die nur noch vom Alltagskram und vom bürgerlichen Statusdenken und natürlich von den Kindern zusammengehalten wurden. Die Ehefrau war, wie Janas Mutter, ein blasses, verbrauchtes, entnervtes Wesen. Herrn Körbels Arbeitswut und sein enormer beruflicher Ehrgeiz waren ihm Ersatz für Liebe und Zärtlichkeit. Darüber hinaus war er kein Kind von Traurigkeit, das konnte jeder sehen, der Augen im Kopf hatte. Wer solche feurigen Blicke verschenkte, der war auch zu einem Seitensprung imstande, und ein Mädchen wie die attraktive Isolde bot weit mehr Grund zur Eifersucht als die ferne, aschgraue Frau Körbel. Sogar Janas unsensible Kolleginnen hatten sich schon darüber ausgelassen, dass der Herr Körbel der Isolde aber reichlich oft den Kaffee spendierte.

Jana verbrachte Stunden vor dem Spiegel. Sie studierte ihr Gesicht, sie betastete jede Linie, sie kam nicht los von ihrem eigenen Anblick. Sie wusste, dass sie auf naive, saubere und artige Weise hübsch war, doch sie sah auch, dass sie gegen Isolde nicht ankam. Und trotzdem, keinerlei Neid war in ihr, kein böses, herabsetzendes Gefühl, vielmehr bewunderte sie die Frau, die einen

Mann wie Herrn Körbel faszinieren konnte. Sie rühmte Isolde laut vor den Kolleginnen, die darüber schon belustigte Blicke tauschten. Zu gern wäre sie Isoldes Freundin geworden, aber nicht einmal das war sie wert, denn warum sollte sich ein so schönes, intelligentes und charmantes Wesen mit einem langweiligen kleinen Lehrling befassen? Jana wusste, dass Isolde einen riesigen Freundeskreis besaß, dass sie oft angerufen wurde oder selbst jemanden anrief – die Frau Schneider von der Telefonzentrale hatte schon mehrmals darüber geschimpft –, dass sie in einem Theaterzirkel mitwirkte und an den Wochenenden manchmal nach Prag fuhr. Auf Versammlungen ergriff sie unbefangen das Wort. Ihr Gedächtnis für Bücher war fabelhaft, nach jedem Titel konnte man sie fragen. Und wie gut sie sich immer anzog, so schlicht und dabei doch mit solcher Raffinesse. Für Jana war Isolde ein vollkommenes Geschöpf, ein Vorbild, nach dem sie sich ausrichten konnte, auch wenn es ihr unerreichbar blieb. Von einem Tag zum anderen legte Jana gesteigerten Wert auf ihr Make-up. Jeden Morgen stand sie grübelnd vor dem Kleiderschrank. Alle ihre Sachen fand sie trist und schäbig. Sie musste unbedingt einen Jeansrock haben!... Doch als sie dann endlich einen bekam, da saß er nicht halb so flott wie der von Isolde. Und wieder starrte Jana lange in den Spiegel und verzweifelte fast an ihrer äußeren und inneren Armseligkeit.

Aber eines Tages Anfang April gab es in der Bibliothek einen kleinen Skandal. Gerüchte kursierten um Herrn Körbel und Isolde: Er hätte versucht, bei ihr handgreiflich zu werden, doch sie hätte ihn brüsk zurückgewiesen. Man sah ihn jetzt nie mehr an ihren Platz treten, wo er sich doch bisher so gern mal ein Päuschen gegönnt hatte. Man sah ihn auch in der Kantine nicht mehr mit ihr zusammensitzen, im Gegenteil, einmal, als er hereinkam, ging Isolde demonstrativ hinaus, und allen fiel auf, wie finster die beiden aneinander vorbeigeblickt hatten.

Jana sagte sich, sie müsste eigentlich froh sein. Wie auch immer, es gab keine Rivalin mehr, sie war in ihren Träumen wieder mit ihm allein. Woher kam dann aber dieser nagende Ärger, den sie bei der ganzen Affäre empfand? Es war alles nicht so, wie es sein sollte. Nicht Herr Körbel hatte Isolde verschmäht, sie hatte ihn abblitzen lassen, IHN, für den Jana die Welt aufgegeben hätte! Und alle schienen ihm die Niederlage zu gönnen, sie verfolgten ihn mit hämischen Blicken, sie tuschelten, sie lachten über seine Schwäche. Zum ersten Mal stellte Jana fest, dass ER bei der Belegschaft nicht beliebt war. Man hielt ihn für arrogant und kalt, man stöhnte über seine ewige Hektik, man fürchtete seine Antreiberei und die Härte, mit der er ein Vergehen bestrafte. Es kam der Tag, da sich Isolde bei einem zufälligen Kaffeeklatsch in der Zentralen Einarbeitung vor Janas Ohren über IHN ausließ.

„Er ist ein Macher", sagte sie mit ihrer schönen dunklen Stimme, „er muss immer in Aktion sein. Im Westen wäre so was Manager geworden. Nach außen scheißfreundlich und in Wahrheit eiskalt. Der liebt nichts und niemanden auf der Welt, dem geht's nur um seine Karriere. Die eigenen Kinder würde der schlachten, wenn er dadurch weiterkommen könnte."

Janas Kolleginnen schwiegen verstört. Sie mochten, wie gesagt, Herrn Körbel nicht leiden, aber was dieses Mädchen da in aller Ruhe von sich gab, das war ihnen doch zu stark, das überstieg die Grenzen des Erlaubten. Isolde hatte an diesem Tag mit Herrn Körbel Krach gehabt, den zweiten bereits innerhalb einer Woche. Er wollte sie in eine andere, kleinere Bibliothek versetzen lassen, das hatte er seinen engsten Mitarbeitern schon ganz offen gesagt und die Leute damit vor ein kniffliges Problem gestellt. Einerseits waren seine Vorwürfe gegen Isolde allesamt berechtigt – zu viele Anrufe, zu lange Pausen, häufige Besuche und Verspätungen –, andererseits war es natürlich befremdlich, dass er das Mädchen gerade jetzt so heftig angriff, und jedes Gerechtigkeitsgefühl musste sich dagegen sträuben. Isolde stand also zwischen einem Chef, der jede kleinste Blöße gegen sie benutzte, und einer Handvoll verängstigter Kolleginnen, die sie händeringend baten, ihm bloß keinen Anlass zum Zorn mehr zu liefern. Schon fühlte sie sich im Dienst nicht mehr wohl, schon mochte sie ihren Morgenkaffee nicht mehr in der Kantine trinken, wo sie Gefahr lief, Herrn Körbel zu treffen; und da saß sie nun bei den Frauen von der Zentralen Einarbeitung und hielt ihre kühle und hassvolle Rede, und Jana hörte ihr atemlos zu. Nach außen scheißfreundlich und in Wahrheit eiskalt... liebt nichts und niemanden auf der Welt... nichts und niemanden auf der Welt...

Dies war für Jana, seit sie Herrn Körbel liebte, der erste wirklich schreckliche Moment, der Moment, in dem sie ahnte, dass ihre Welt eines Tages zusammenbrechen könnte, womöglich bald schon zusammenbrechen würde. Auf einmal fühlte sie eine echte Angst und Not, sie wusste nicht, wie sie damit fertig werden sollte. Sie starrte Isolde an. Isolde war schön. Der Widerwille, der ihr Gesicht seit Tagen prägte, entstellte es nicht, sondern gab ihm etwas Unnahbares, Amazonenhaftes. Sollte sie, Jana, jemals einen Menschen verabscheuen, so würde ihr das bestimmt nicht so gut stehen. Vor einer Woche erst war sie zum Friseur gegangen. Sie wollte eine Innenwelle, wie Isolde eine hatte, doch es war dem Meister nicht gelungen, diesen schlichten Schwung in ihr Haar zu bringen, und nun wurde sie dauernd von den Freundinnen gehänselt, weil sie so bürgerlich onduliert und schafsköpfig aussah. Das alles war falsch und aussichtslos. Die Wirklichkeit stimmte einfach nicht mehr mit ihrer Phantasie überein. Vielleicht musste sie ihre Liebe zu Herrn Körbel aufgeben? Oder ihre Bewunderung für Isolde? Aber beides hing doch untrennbar zusammen...

Erst nachts, als sie vor Qual nicht einschlafen konnte, begriff sie allmählich, wie es richtig sein musste: Nicht die Liebe war blind, sondern der Hass. Nicht sie, Jana, machte sich von IHM ein falsches Bild, sondern Isolde, die ihn wie durch einen Zerrspiegel sah. Hatten nicht sogar die unbeteiligten Kolleginnen für IHN Partei genommen? Er sei doch aber wirklich sehr tüchtig, hatten sie Isolde entgegengehalten, er verstehe sein Fach und habe frischen Wind in den Betrieb gebracht, das müsse man ihm nun einmal lassen. Worauf Isolde mit hochgezogenen Brauen gesagt hatte: „0 ja, das muss man ihm wohl lassen", und alsbald gegangen war. Diese Frau hatte ganz bestimmt das Format, das ihr Jana in Gedanken gab. Sie war nur verblendet durch ihren augenblicklichen Ärger mit Herrn Körbel, so musste es sein. Und als Jana bis zu dieser Erkenntnis vorgedrungen war, konnte sie den Faden leicht weiterspinnen: Wer wusste denn, ob der Betriebsklatsch über Herrn Körbel und Isolde überhaupt der Wahrheit entsprach und was sich in Wirklichkeit zwischen den beiden abgespielt hatte? Wo soviel Hass war, da musste auch einmal eine große Liebe gewesen sein, denn Jana wusste aus ihren Büchern, dass Hass im Grunde nichts anderes war als die Umkehrung von Liebe. Schon stellte sie sich all die leidvollen Szenen, die Ausbrüche, Tränen und Beschwörungen vor, die den Bruch der Liebenden herbeigeführt hatten. Was war das aber auch für ein tolles Paar, Alfred Körbel und Isolde, beide gut aussehend, sicher und redegewandt, zwei höhere Wesen in einer Welt von Zwer-

gen, und doch hatte ihre Liebe scheitern müssen, und
nun hassten sie einander, das war bitter und ergreifend,
und es war eine Gnade, dass sie, Jana Krüger, an solch
einer wilden, ungewöhnlichen Affäre, wenn auch nur
von ferne, Anteil haben durfte. Alles war sinnvoll. Alles
war spannend. Und Jana seufzte vor Erleichterung und
wurde endlich ruhig und müde. Sie hatte alles wieder
in Ordnung gebracht.

Ein paar Wochen später verschwand die schöne
Isolde von der Bildfläche. Sie suchte von selbst um Versetzung nach, und die Frauen in der Bibliothek waren
darüber geteilter Meinung. Herr Körbel habe das Mädchen vergrault, sagten die einen, doch die anderen
waren überzeugt, dass er ihr nichts hätte anhaben können, wenn sie nur ein bisschen mehr Geduld und Ent-
gegenkommen gezeigt hätte.

Die Geschichte geriet bald in Vergessenheit, nur Jana
dachte noch manches Mal an Isoldes böse Worte über
Herrn Körbel. Wenn er nun wirklich ein kalter Karrierist war? Der die eigenen Kinder schlachten würde, um
weiterzukommen? Na wenn schon, dann war er eben
ein Karrierist. Jana zog dem Faust Mephisto vor. Ein aus-
gesprochener Bösewicht interessierte sie mehr als
diese laschen, lauen, mittelmäßigen Typen, die man an
jeder Straßenecke fand. Die schlimmsten Männer wurden am wahnsinnigsten geliebt, das wusste Jana aus
ihren Büchern. Und außerdem, war Herrn Körbels ver-
meintlicher Karrierismus nicht vielleicht nur die Oberfläche, die Fassade, die sein Wesen verbarg? Man sagte
doch, dass gerade die Aktiven und Forschen die größten
Komplexe zu überspielen hätten. Jana fragte sich also,
was für Komplexe das sein könnten, die Herr Körbel zu
überspielen hatte. Da war zum Beispiel sein Verhalten
im Fall Isolde, Der zynische Herr Körbel als verschmäh-
ter Liebhaber. Sucht die Nähe eines jungen Mädchens,

muss eine demütigende Abfuhr hinnehmen, gibt sich daraufhin die Blöße, das junge Mädchen rauszuschmeißen. dessen Gegenwart er nicht mehr ertragen kann. Ja, wenn das nicht die Handlungsweise eines zutiefst schwachen und bedauernswerten Mannes war! Doch erschreckenderweise kam außer Jana keine Seele auf den Gedanken, ihn für schwach und bedauernswert zu halten. Einsam schritt er durch den Betrieb, in den er frischen Wind gebracht hatte, und seine Mitarbeiter tauschten mit ihm freundliche Worte, um ihn hinter seinem Rücken zu verhöhnen und zu hassen. Der Ärmste, was nützte ihm all sein Erfolg, da ihm doch das Wichtigste fehlte, die Liebe, die Wärme echter menschlicher Gemeinschaft, jemand, der zu ihm hielt, was immer auch geschah.

Das war für Jana ein neuer und erregender Aspekt. Herr Körbel rückte ihr bedeutend näher, und es wurde ihr klar, dass sie, gerade sie eine Menge für ihn tun könnte, wenn er sie nur ließe. Sie allein verstand etwas von seinem verborgenen Innenleben. Sie hing an ihm in stiller, tiefer Ergebenheit. Und sie war ein naives, unverdorbenes Mädchen, an dessen Seite er vielleicht wieder gesund werden konnte. Oh, wenn er nur wollte, wie gern würde sie versuchen, seine versteckten, verkrusteten Gefühle zu befreien! Sie malte sich aus, wie der kühle Chef unter ihrem Einfluss zu einem fröhlichen, liebevollen Menschen wurde - was für ein wunderbarer Traum! Aber äußerlich blieb er ihr fern, obwohl er doch im Geiste schon zu ihr gehörte. Warum merkte er nicht, was sie ihm zu geben hatte? Warum bekam sie niemals Gelegenheit, ihre Unverdorbenheit vor ihm auszubreiten? Warum war das alles so hoffnungslos? Eine kurze Begegnung im Versammlungsraum, ein Lächeln beim Anstehen in der Kantine, guten Tag hin, guten Tag zurück, und wieder hatte er nicht erkannt, dass genau sie es war, die er brauchte, und sie brauchte ihn doch noch viel mehr. Vielleicht würde sie es bald schon müde werden, von der Liebe nur immer Appetitshäppchen zu kosten. Sie würde irgendeinen Spatzen in der Hand vorziehen und wieder ein Durchschnittsmensch werden wie die anderen.

Solche Befürchtungen belästigten sie umso dringlicher, als sie gerade zu dieser Zeit tatsächlich einen Spatzen in die Hand bekommen hatte: Harry, der Bibliotheksfahrer, ein Naturbursche von vierundzwanzig Jahren, war auf Jana aufmerksam geworden und machte ihr ungeschickt den Hof. Natürlich war er ein Trampel gegen Herrn Körbel, er war gewöhnlich, er war indiskutabel, doch er war ein realer Teil ihrer Umwelt, und da er sie vollkommen gleichgültig ließ, konnte sie souverän mit ihm umgehen. Sie gestand sich, dass es ihr durchaus schmeichelte, wenn er sie bewundernd mit seinen ehrlichen braunen Hundeaugen ansah. „Greif zu, Mädel, mit dem ziehst du's große Los!", rieten ihr die Frauen von der Zentralen Einarbeitung, deren Lichtleitungen und Holztruhen er zu Spottpreisen reparierte. Vielleicht war es das vernünftigste zuzugreifen, aber durfte sie, wollte sie denn vernünftig sein?

Einmal an einem milden Frühlingstag stand sie mit Harry am Hintereingang und erzählte ihm, von keinerlei Verwirrung gehemmt, wie sie ihren Sonntag zugebracht hatte und warum sie keine Gartenarbeit mochte. Unter seinen demütigen Augen wurde sie ein quirliges kleines Ding, wie es jeder richtige Junge gern auf den Sozius genommen hätte. Aber da kam Herr Körbel des Wegs. Er war bei irgendeiner Behörde gewesen, wo es anscheinend Ärger gegeben hatte, denn seine Miene wirkte verschlossen. Zerstreut erwiderte er die Grüße der beiden, und zu Harry sagte er noch: „Ach, gut, dass ich Sie treffe, die Pakete werden doch erst zu morgen fertig."

Jana schrumpfte in sich zusammen, sie wurde wieder das, was sie war, ein Nichts. Sie sah Herrn Körbel weitergehen, elegant gekleidet und mit einer steilen Sorgenfalte auf der Stirn. Ein kühler Hauch von Stress und Tragik und Verantwortlichkeit streifte ihr belangloses Dasein. Sie sah sich selbst zurückbleiben neben dem plumpen, hemdsärmeligen Harry, der ein lieber Junge war, wenn auch kein großes Kirchenlicht, den die Frauen immer riefen, wenn etwas kaputtging, der Elvis-Presley-Platten sammelte und Fontane mit Storm verwechselte. Das sollte der Mann sein, der ihr zukam. Das Salz der Erde. Das große Los. Ein Mann, der nicht soff, der sich zum Heimwerker eignete und der obendrein noch verliebt in sie war. Sie könnte einen Hausstand mit ihm gründen, ein paar Kinder von ihm haben; die Weichen wurden ja schon gestellt! Herrgott, was sollte sie bloß machen? Es war blanker Wahnsinn, Herrn Körbel zu lieben. Sie hatte nur dieses eine Leben, sie musste zusehen, es einzurichten, und heirateten nicht viele Frauen aus Vernunft, und war dieser Harry nicht wirklich ganz passabel?

In diese Richtung trieben ihre Gefühle, als sich auf einmal ohne Vorwarnung etwas Ungeheures ereignete: Jana verbrachte einen vollen Nachmittag und den dazugehörigen Abend in der Gesellschaft von Herrn Körbel! Sie, die es gewohnt war, nur für flüchtige Momente mit dem Geliebten in Berührung zu kommen, die sich ihre Informationen über ihn mühsam durch Wochen zusammenkratzen musste, sie erlebte eine Orgie von Körbel-Worte, eine Flut von Körbel-Blicken und darüber hinaus eine solche Fülle an kleinen Wundern und Überraschungen, dass sie noch Tage danach wie verzaubert war.

Die Sensation kam folgendermaßen zustande: Man hatte aus Anlass des Ersten Mai in der Bibliothek eine

Feier organisiert. Es gab Kaffee und Kuchen, Herr Körbel hielt eine sehr humorvolle kleine Rede und zeichnete zwei verdienstvolle Kolleginnen aus. Dann durfte, wer wollte, nach Hause gehen; und die meisten wollten, weil sie Kinder von der Krippe holen oder Wäsche waschen oder Fußball gucken mussten. Die übrigen aber, genau zehn Personen, holten ein paar Flaschen Hemus aus dem Kühlschrank und leisteten sich noch ein kleines inoffizielles Beisammensein. Die Tischrunde rückte enger zusammen, Herr Körbel kam Jana gegenüber zu sitzen, und er lächelte sie gleich so berückend an, dass sie einen ganz großen Schluck von ihrem Hemus trinken musste.

Es war alles nur ein Zufall, ein einmaliger Wurf im Spiel des Lebens. Jetzt bekam also Jana die Chance, nach der sie sich ein Vierteljahr lang ohne ernstliche Hoffnung gesehnt hatte. Blickte sie wirklich ihm in die Augen, hörte sie wirklich seine Stimme? Das kam ihr wie ein Wunder vor, und sie war unfähig, die Situation für ihre Ziele zu benutzen. Plötzlich hatte sie keinerlei Wünsche mehr, ließ alles stumm über sich ergehen. Nur von ferne sagte ihr der Verstand, dass Herr Körbel, wenn sie so weiterschwieg, auch diesmal nicht erfahren würde, was für ein aufgewecktes Mädchen sie war, und dass sich eine solche Gelegenheit, es ihm zu zeigen, nie wieder bot. Noch aber hielt ihre Seligkeit an. Als sämtliche Weinflaschen leer getrunken waren und man schon ans Aufbrechen denken wollte, holte der gute Herr Körbel aus seiner Tasche wie ein Zauberer aus dem Hut eine große Flasche Kognak hervor. Jubel und Beifall erhoben sich, die Gesichter der Frauen waren schon gerötet, und Jana schien es, als hätte sie niemals etwas Schöneres erlebt. Herr Körbel riss die Konversation völlig an sich, und sie bildete sich nun schon ein, dass er sie öfter ansah als die anderen Frauen...? Vielleicht brauchte sie gar nichts für ihr Glück zu tun. Vielleicht begriff er auch ohne Worte, was es mit ihnen beiden für eine Bewandtnis hatte. Vielleicht würde die Liebe so überraschend und überwältigend auf sie einstürzen wie dieser Nachmittag. Noch ein Kognak, und sämtliche Barrieren würden fallen. Sie würden einander in die Augen sehen, und dann, und dann...

Ihr schwindelte der Kopf. Sie fragte sich, wie diese Party enden würde. Während Herr Körbel unter dem Gekreische seiner Kolleginnen erzählte, wie er als kleiner Junge einmal in eine Jauchegrube gefallen war, überlegte Jana fieberhaft, wohin sie gehen könnten, falls es dazu käme. Zu ihm nicht und zu ihr nicht, das war klar, und draußen war es jetzt noch zu kalt. Herr Körbel gab Nachkriegserlebnisse zum Besten und rühmte die Findigkeit seiner Mutter. Jana fiel ein, dass sie bei nächster Gelegenheit ein Arrangement mit der Polter-Inge treffen könnte: Wenn die bei dem Fernfahrer übernachtete, stand ihre Bude ganz unnütz leer.

Harry, der übrigens auch noch da war, fasste Jana beim Ärmel und fragte leise, ob sie nicht anschließend mit ihm ins Kino gehen wolle. Auch dem hatte der Kognak Mut gemacht. Jana konnte ein Lächeln nicht unterdrücken. Wer mochte schon Wassersuppe löffeln, wenn er ein saftiges Steak haben konnte. Nein, danke, Harry, für heut und für immer. Sie müsste sich gelegentlich auch die Pille besorgen. Man konnte morgens nie wissen, wo man abends landete. Und ihre Seligkeit nahm noch immer kein Ende. Auch der Kognak ging den Weg alles Irdischen, und die heitere Gesellschaft, die mittlerweile auf sieben Personen geschrumpft war, wollte nun aber wirklich auseinander gehen, da schlug Herr Körbel sehr lebhaft vor, das angebrochene Gelage in einer Kneipe fortzusetzen. Die anderen riefen Huch und wollten nicht recht, doch Herrn Körbel gelang es mit viel

Charme und Willenskraft, einige von ihnen zu überreden. Wie feurig er war, wie kumpelhaft lustig. So hatte den Chef noch keiner gesehen, und alle wunderten sich über seine Verwandlung, bis auf Jana, die ja schon lange gewusst hatte, dass er in Wahrheit nicht der kühle Büromensch war, als der er sich im Alltag gab. Ihre Augen leuchteten, sie musste immerzu lachen. Sie spürte, wie sie den Überblick verlor. Gut so! Nur treiben lassen, nur genießen, alles andere würde sich finden. Auf jeden Fall hatte sie nun endlich ihre kindliche Schüchternheit abgelegt, sie konnte ungehemmt reden und reden, und Herr Körbel fand alles ganz reizend, was sie sagte. Er legte ihr den Arm um die Schultern, er nannte sie scherzhaft seine kleine Freundin, das Leben war schwerelos, alles fügte sich zusammen...

Auf einmal saßen sie in einem Weinlokal. Schummriges Licht, leise Musik im Hintergrund. Aber sie waren ja nur noch zu viert, auch der arme, arme Harry fehlte. Herr Körbel schmetterte durch den Raum: „Noch mal das gleiche für meine kleine Freundin!" Die Frau Schneider von der Telefonzentrale kreischte über jeden Witz, ihr Gesicht schien zu glühen, die war ja betrunken. Und die Frau Matrubeit, eine unscheinbare Person, geschieden, mit zwei halberwachsenen Kindern, stand plötzlich auf und ging hastig hinaus; als sie wiederkam, hing sie stumm und bleich am Tisch. Das alles erfasste Jana nur halb. Was ihr geschah, übertraf ihre kühnsten Träume: Herr Körbel widmete sich ihr allein, er presste ihre Finger, er streichelte ihr Haar, er senkte seine Blicke tief, tief in ihre, und die süßen, schönen Dinge, die er ihr sagte! Dass sie Augen habe wie ein scheues Tier und dass sie ihn an seine allererste Spielgefährtin vom Buddelkasten erinnere und dass er schon immer der Meinung gewesen sei, sie wisse viel, viel mehr, als sie ausspreche...

Es wurde elf, das Lokal wollte schließen. Herr Körbel packte Jana um die Hüfte. „Na schön", sagte er, „und wohin jetzt?" Er war noch immer nicht zu bremsen. Der Alkohol schien ihm gar nichts auszumachen.

Da erhob diese klägliche Frau Matrubeit die Stimme: „Das beste wär, wir gehn jetzt alle nach Hause." Und sie betonte das Wort „alle" so eigenartig und blickte Herrn Körbel dabei so fest an, dass gleich ein wachsamer Ausdruck über sein Gesicht zog. Auf der Stelle gab er Jana frei.

Schweigend und ernüchtert traten die vier auf die Straße hinaus. Jana fror. Es fiel ihr schwer, allein zu gehen, sie vermisste Herr Körbels warme, starke Nähe. Die Frau Matrubeit winkte schon einem Taxi. Was hatte diese Ziege bloß für ein Interesse, in einem fort ihr Glück zu sabotieren. Gott sei Dank, der Wagen fuhr vorüber. Eine grenzenlose Einsamkeit stieg in Jana auf. Noch ein paar Minuten, und alles war zu Ende.

„Ich will aber nicht nach Hause fahren!", maulte sie los, und plötzlich hatte sie den Mut, sich vor aller Augen an seinen Arm zu klammern. Denn war nicht jetzt schon alles egal! Hatte er ihr nicht deutlich zu verstehen gegeben, dass er sie lieber mochte als die anderen? Hatte sie da nicht das Recht, ihm ihrerseits ihre Liebe zu zeigen, in der kurzen Frist, die ihnen noch verblieb?

Aber er war auf einmal so matt, so abwesend. Er streichelte zwar ihre Hand, doch ohne das Feuer von vorhin, und der wachsame Ausdruck blieb auf seinem Gesicht, wie zärtlich und flehend sie ihn auch ansah.

„Taxi!", schrie wieder die Frau Matrubeit, und diesmal hörte Jana das Auto halten, und das Quietschen der Bremsen schnitt Ihr ins Herz. Der Fahrer wollte nur drei Personen mitnehmen, und ausgerechnet Herr Körbel erklärte sich bereit, auf das nächste Taxi zu warten.

„Komm, Jana", rief die Frau Matrubeit energisch.

Herr Körbel und Jana blickten sich in die Augen. „Frau Matrubeit", sagte Herr Körbel feierlich und mit schwerer Zunge, „schon Lenin sagte, ein Küsschen in Ehren kann niemand verwehren." Und damit küsste er Jana zum Abschied, richtig auf den Mund, wie es sich gehörte.

„Komm, Jana!", wiederholte die Frau Matrubeit, und die hilflose Jana fühlte sich gepackt, schon sah sie nicht mehr seine Augen, sondern das .verkniffene Gesicht der Frau Matrubeit, und im nächsten Moment fuhr das Taxi an. Jana warf verzweifelt den Kopf herum – da stand er verlassen auf der leeren Straße und schaute dem davonfahrenden Wagen nach. Es kam eine Kurve, und alles war vorbei.

„Was für Dreckschweine sind doch besoffene Männer!", sagte angeekelt die Frau Matrubeit. „Ich glaube, da gibt's nichts, wozu die nicht fähig sind in dem Zustand."

„Recht hast du, Traudel", sagte die Frau Schneider. „Kinder, Kinder, ich bin ja so voll..."

Sie wurde als erste abgesetzt, und ein paar Minuten später war auch die Frau Matrubeit zu Hause. Bevor sie ausstieg, rief und schüttelte sie Jana, bis diese dem Fahrer ihre Adresse verriet. Der Anblick des zurückgesunkenen Mädchens schien in der Frau ein mütterliches Mitleid zu wecken.

„Na, Kleine, ist ja noch mal gut abgelaufen", sagte sie tröstend, „und in Zukunft hältst du dich ein bisschen zurück, was?" Und sie tätschelte Janas Wange, die vor wenigen Minuten erst von Herrn Körbel berührt worden war, und Jana blickte auf die Frau, die ihr alles kaputtgemacht hatte, und wehrte sich nicht. Um dreiviertel zwölf war sie zu Hause. Sie erklärte ihren Eltern, sie komme von einem Betriebsvergnügen, und legte sich schlafen, ohne zu denken.

Doch um fünf Uhr morgens erwachte sie mit dem Gefühl einer grundlegenden Veränderung. Der Kopf tat ihr noch gehörig weh, aber die beklemmende Traurigkeit von der gestrigen Nacht war restlos verschwunden. Herr Körbel liebte sie, was wollte sie mehr. Die Frau Schneider und die Frau Matrubeit hatten alles gesehen und würden die Neuigkeit noch heute im ganzen Betrieb verbreiten. Die Kolleginnen würden einander anstoßen, wenn sie vorüberging: Seht mal, die neue Flamme vom Chef! Jede hätte er kriegen können, aber die hat er sich ausgesucht, die Jana Krüger von der ZE! Ihr wurde vor Aufregung schwach und heiß, sie hörte draußen die Vögel zwitschern und im Treppenflur die Schritte ihrer Eltern, und ein triumphierendes, fast boshaftes Lächeln legte sich über ihr Gesicht.

Wie würde dieses Liebesdrama weitergehen? Wie würde Herr Körbel, nein, Alfred, sie nachher empfangen? Mit herzlicher Munterkeit wie immer? Oder eher schüchtern? Vielleicht war es ihm peinlich, dass er so lieb mit ihr gesprochen hatte, dass er sich sogar hinreißen ließ, sie zu küssen? In diesem Fall musste sie ihm offen gestehen, wie zärtlich, wie grenzenlos sie ihn liebte und wie lange sie schon auf solch einen Abend gewartet hatte. Aber das würde sich ja alles ergeben. Fürs erste war es doch die Hauptsache, dass die Fremdheit zwischen ihnen beiden gebannt war, dass endlich der Grundstein ihrer Liebe festlag. Janas Phantasie übersprang die wenigen kleinen Hürden, die noch verblieben. Sie probierte spaßeshalber den Namen Jana Körbel an. Sie sah sich, plastisch wie nie zuvor, mit Herrn Körbel, mit Alfred, in einem breiten, weichen Bett, und sie fühlte seine Lippen, seine Hände, seinen Körper an den ihren gedrängt, und sie schloss die Augen und ließ sich überfluten von Seligkeit. Wie war sie zu beneiden, dass der erste Mann, mit dem sie schlafen würde, zugleich ihre einzige große Liebe war! Sie würde es anders erleben als die Polter-Inge, deren Fernfahrer beim ersten Mal gleich so rücksichtslos in sie hineinstieß, dass sie blutete wie ein abgestochenes Schwein und sich wand vor Schmerzen und nicht wagte zu schreien; anders als die Sabine, über die nach einem Tanzabend ein besoffener Jüngling herfiel, der es dann noch nicht einmal richtig schaffte. So war es üblich, und so war die Welt, aber sie, Jana Krüger, würde davon verschont bleiben, für sie würde die erste Nacht in Wahrheit ein Fest der Liebe sein. Sie warf sich auf den Rücken, sie befühlte ihren Körper, fand ihn reif und fraulich und blühend wie nie...

Zwei Stunden später betrat sie mit hochrotem Kopf und pochendem Herzen ihre Arbeitsstätte. Starrte man sie vielleicht schon an, flüsterte man ihr hinterher, quälte man sie durch Anspielungen? Nichts dergleichen. Die Kolleginnen wussten offenbar noch nicht Bescheid und waren zu ihr genau wie immer. Der ganze Tag war genau wie immer, und noch vor dem Mittagessen spürte Jana, die auf Sensationen gefasst gewesen war, wie ihre Aufregung sich legte und in den Alltagsgefühlen unterging. Mit erschreckender Schnelligkeit verlor der vergangene Abend an Gewicht. Wären nicht ihre Kopfschmerzen gewesen, sie hätte gezweifelt, ob überhaupt etwas Besonderes geschehen war. Die Frau Matrubeit hatte sich krank gemeldet. Das wunderte keinen, sie kränkelte oft. Die Frau Schneider erschien einmal kurz in der Zentralen Einarbeitung, um den Frauen etwas mitzuteilen, und als ihr Blick auf Jana fiel, blitzte es freundlich und komplizenhaft darin auf. Sie nickte dem Mädchen zu und fragte unbefangen: „Na, gut nach Hause gekommen?" Mehr nicht. Wahrscheinlich war sie zu betrunken gewesen, um die zarten Fäden zwischen Jana und Alfred zu bemerken, also konnte sie auch jetzt nichts darüber verbreiten. Na schön, Jana würde noch früh genug im ganzen Hause verschrien sein. Aber Alfred selbst, warum ließ der sich nicht blicken? Er könnte doch leicht einen Vorwand finden, die Zentrale Einarbeitung zu besuchen, und Jana ein paar nette Worte sagen. Doch er kam nicht, wie sehr sie auch zur Tür starrte. Es wurde fünf, unwillig zog Jana den Kittel aus. Morgen würde sicher etwas passieren.

Aber auch der nächste Tag verging ohne besondere Ereignisse. Noch immer war die Frau Matrubeit krank, und noch immer unternahm Alfred nichts, um seine Jana wiederzusehen. Am dritten Tag endlich begegneten sie einander: Gegen Mittag wurde Jana von ihren Kolleginnen ins Lohnbüro geschickt; sie sollte eine wichtige Frage nach bestimmten Zusatzgeldern klären. Eben saß sie bei der Buchhalterin am Tisch, da ging die Tür auf, und Herr Körbel, ihr Alfred, marschierte eilig mit einem langen wehenden Plakat herein. Als er die erregte, erschrockene Jana erblickte, stutzte er kurz und zuckte, wie ihr schien, sogar vor ihr zurück. Doch sofort hatte er sich wieder in der Gewalt und sagte leichthin: „Ach, Tag, Fräulein Krüger."

Er legte das Plakat quer über den Tisch und gab der Buchhalterin ein paar Anweisungen. Er sprach schnell und knapp und in leicht gereiztem Ton. Er trug braune Kordhosen und ein weißes Hemd. Er sah besonders gut aus an diesem Tag und wirkte vornehmer und unnahbarer denn je. Jana konnte ihre Augen nicht von ihm wenden. Mit einem Schlag wurde ihr klar, dass sie an jenem fernen Abend nichts, aber auch gar nichts bei ihm erreicht hatte. Dieser Chef dort, der gerade mit nervöser Kopfbewegung sagte: „...und die sollen mir bloß nicht wieder mit Terminverschiebungen kommen...", das war nicht der Mann, der sie gestreichelt und geküsst hatte. Dem war ihre Person völlig gleichgültig. Der bereute und verleugnete es, dass er sich einmal hatte gehen lassen, und er würde daraus lernen, dass ihm so etwas um Gottes willen niemals wieder passieren durfte. Und was sie für den eigentlichen Beginn ihrer Liebe gehalten hatte, das war schon deren Höhepunkt und Schluss gewesen.

Im Besitz dieser schrecklichen Erkenntnis fühlte sich Jana außerstande, ihren Kolleginnen sogleich wieder unter die Augen zu treten. Sie lief in den Waschraum und wollte weinen, brachte aber keine Träne heraus. Ihr war zumute, als hätte man eine beschützende Glocke von ihr weggezogen und sie von einem Augenblick zum andern dem grellen Tageslicht preisgegeben. Auf einmal erriet sie mit schneidender Klarheit Herrn Körbels Gedanken ihr gegenüber: Wie konnte ich nur, das Mädel ist siebzehn, dass da bloß kein Gerede entsteht und kein Nachspiel, so was kann mich in Teufels Küche bringen... Von jetzt an würde er ihre Existenz nur noch als störend und ärgerlich empfinden; er würde sie meiden wie eine Aussätzige, vielleicht sogar abschieben wie damals Isolde. Und die Kolleginnen, großer Gott! Wie hatte sie jemals glauben können, dass der Betriebsklatsch sie als ernsthafte Geliebte zu Herrn Körbel emporheben würde! Was mochte wohl die Frau Matrubeit erzählen, wenn sie morgen wieder zur Arbeit kam? Er hat sich besoffen und an die Kleine rangemacht – so etwa würde sie es ausdrücken, und ihr Gesicht würde leuchten in moralischer Entrüstung, genau wie die Gesichter der anderen Frauen –, natürlich war sie zu dumm und zu blau, um sich zu wehren, als er sie betatscht hat, und ich sag euch, wenn ich nicht dazwischen gegangen wäre, der hätte es fertiggekriegt und hätte sich an ihr vergriffen, dieser fiese, geile, dreckige Hund... Jana krümmte sich über dem Waschbecken. Ihr ganzer Körper war heiß vor Scham. So katastrophal erschien ihr die eigene

Lage, dass sie einen Moment lang glaubte, sie müsse durchbrennen oder sich umbringen. Wieder einmal war ihre. Phantasie mit der üblen Wirklichkeit zusammengeprallt, und diesmal sah es ganz so aus; als könnte ihre Liebe nicht weiterbestehen. Eine Kollegin betrat den Waschraum. Sie fragte das Mädchen nach der Uhrzeit, und Jana stellte fest, dass sie durchaus noch imstande war, zu reagieren und zu überleben. Mit weichen Knien ging sie hinaus.

Reagieren und überleben, das tat sie auch während der folgenden drei Tage. Sie stand morgens auf, ging tagsüber arbeiten und legte sich am Abend schlafen, aber sie wusste nicht mehr, wozu. Die Mutter fragte sie, ob sie krank sei, die Freundinnen, ob sie Liebeskummer habe. Ja, wäre es doch Liebeskummer gewesen! Aber solch ein kraftvolles Gefühl war es nicht. Es war vielmehr ein beständiger Druck, der auf ihrem Herzen lastete und allem ein hässliches Aussehen gab. Wie konnte sie bloß damit fertig werden? Jeder Schmerz ließ irgendwann einmal nach, jede Leidenschaft tobte sich aus, doch von dieser Niedergeschlagenheit schien es keine Befreiung zu geben. Jana wusste aus ihren Büchern, dass alles Leerlauf war, wo der Halt, der Mittelpunkt fehlte. Woran aber konnte sie sich halten? Sie besaß keine besonderen Talente, keine ausgeprägten Interessen. Sie wusste weit und breit keine große Aufgabe, der sie ihre Kraft hätte widmen können, sie kannte niemanden, der sie brauchte, und selbst ihre Liebe, ihr stärkstes Gefühl bisher, hatte sich als banal erwiesen. Und trotzdem!... Das konnte nur ein Irrtum sein. So war die Welt in Wahrheit nicht, sonst hätte ja niemand mehr Freude am Leben. Sie hatte nur den guten Blick auf die Dinge verloren, wie schon einmal nach der Pleite mit Isolde. Den guten Blick auf die Dinge des Lebens, den musste sie nur wiederfinden...

Endlich, am vierten Tag nach dem Zusammenbruch, hatte sie ein reizendes kleines Erlebnis. Sie hörte im Benutzerraum zufällig ein Gespräch mit an. Zwei junge Bibliothekarinnen hechelten ihre Männer durch, und auf, einmal fiel auch der Name Körbel.

„Was, der Körbel?", rief die eine und schüttelte sich. „Um Himmels willen, da kannst du dir doch gleich 'n Computer mit ins Bett nehmen! Der würd dich beim Bumsen genauso auf Zack halten, wie er uns hier beim Arbeiten triezt!"

„Aber so schlimm ist er nun auch wieder nicht", erwiderte in friedlichem Ton die andere, „und von den paar Mannsbildern, die wir hier haben, da ist er immer noch mit Abstand der Ansehnlichste. Ich würde ihn jedenfalls nicht von der Bettkante schubsen."

„Na, ich würd ihn runterschubsen, aber mit Karacho! Nee, wenn schon mit einem vom Betrieb, dann lieber..."

Das Gespräch nahm eine andere Richtung, und Jana sah zu, dass sie ungesehen hinauskam. Sie zog sich in den Waschraum zurück, ihre Zuflucht, wo sie ungestört lächeln konnte, und sie umklammerte das Waschbecken und himmelte ihr strahlendes Spiegelbild an. Wie anregend es war, wie pikant und komisch, wenn zwei wildfremde Menschen so sachlich über die Qualitäten ihres Geliebten debattierten! Dabei hatten diese Weiber doch keine Ahnung... Noch stundenlang hallte die Szene in ihr nach: Da kannste doch gleich 'n Computer nehmen... Beim Bumsen genauso auf Zack wie beim Arbeiten... Ich würd ihn nicht von der Bettkante schubsen...

Und ihre grundlose Freude hielt an. Weder der abendliche Familienkrieg noch das morgendliche Gedränge in der S-Bahn noch die sterbenslangweiligen Arbeitsstunden konnten sie in ihre Apathie zurückstoßen. Es war alles wieder gut. Sie liebte Herrn Kürbel wie am ersten Tag. Und überhaupt, man musste lieben, das war der

Schlüssel, nach dem sie gesucht hatte. Noch der durchschnittlichste Mensch konnte glücklich sein, wenn er nur stark und tief genug liebte. Und war diese Liebe auch absurd, und bestand auch nicht die kleinste Hoffnung auf Erfüllung, das steigerte doch nur den Wert des Liebenden. Jana wollte Herrn Körbel einfach weiterlieben. Sie wollte genügsam wie ein Schäfchen sein, von einem einzigen Blick eine Woche lang leben, wollte dankbar sein für jede Begegnung, und jedes Wort, das er achtlos an sie richtete, wollte sie als ein Heiligtum in sich bewahren. Ließ er sie links liegen, sie musste es hinnehmen. Hatte er Lust, eben mal mit ihr zu schlafen, bitte sehr, sie stand ihm immer zur Verfügung. Wie konnte sie verlangen, dass er sie wiederliebte, das hieße ja, Lohn fordern für einen Dienst. Aber was konnte schöner sein, bitterer und süßer, als eine Ergebenheit, die niemand in Anspruch nahm, als ein unermesslich kostbarer Schatz an Liebe, von dem niemand wusste als sie allein!

Schon am nächsten Tag in einem kleinen Café bearbeitete sie die Polter-Inge, um deren Wohnung zeitweilig benutzen zu dürfen. „Kann ja sein, ich schlepp auch mal einen ab", sagte sie mit einer Nonchalance, die sie vorher lange geübt hatte. Und als ein paar Wochen später in der Bibliothek gemunkelt wurde, der Herr Körbel schenke neuerdings seine Gunst einer Sachbearbeiterin namens Bärbel und die vergönne ihm offenbar den Erfolg, der ihm damals bei Isolde versagt geblieben war, da fühlte Jana schon gar keine Schmerzen mehr. Sie hatte ihr Leben ganz nach innen verlagert...

...und hier ist noch einmal ihr Tageslauf, der richtige diesmal, der spannende und schöne: Sie hört frühmorgens im Halbschlaf die ersten Geräusche, sie weiß, dass die Mutter sie bald wachrufen wird, und sie träumt sich weit weg ins kleine Zimmer der Polter-Inge, wo sie in

Alfreds Armen erwacht und schelmisch lächelnd zu ihm sagt: Jetzt müsste ich mich eigentlich mit meinen Geschwistern ums Badezimmer prügeln. Und Alfred lächelt verschlafen zurück, und seine Hand berührt ihre Brust, zärtlich zuerst, aber dann immer hitziger, und Jana seufzt vor Erregung auf und wälzt sich in ihrem einsamen Bett auf den Rücken. Ihr Geist ist von wüsten Bildern erfüllt, ihre Hände gleiten den Leib entlang, und Alfred, der ihr die Haare zerwühlt, und Alfred, der ihr die Lippen zerbeißt, und ihr Körper ist noch so müde, so müde, diese Wonne, diese Qual, dass Annette nur nichts merkt, aber die scheint zu schlafen, und Jana knetet ihren Bauch, ihre Hüften, und die Finger schieben sich zwischen die Schenkel...

Später, beim Frühstück in der Küche, wird sie von Annette unwirsch angefahren; und sofort sitzt sie im Geist mit Alfred an einem viel schöneren Frühstückstisch und plappert ihm von ihrer Schwester vor. Ich könnt so nicht leben, wär mir zu langweilig, mit neunzehn schon heiraten, und auch noch'n Seemann, nee, die ist bestimmt nicht glücklich, die Ärmste, was meinst du, was die für Stielaugen macht, wenn ich zu Hause von dir erzähle...

In Panik hastet sie die Straße entlang, sie darf auf keinen Fall ihre Bahn verpassen, sie riskiert ein Stirnrunzeln von Alfred!... Ihm zuliebe quält sie sich durch einen Band Proust, sie hat ihn einmal sagen hören, dass er Proust für den Größten halte. Die Leute in der S-Bahn seufzen und drängeln, aber Jana knackt unverdrossen Proustsche Schachtelsätze und versenkt sich, wenn auch mühsam, in die Welt des Herrn Swann, und sollte sie Herrn Körbel jemals gewinnen, so wird sie gleich imstande sein, mit ihm über seine Lieblingsbücher zu sprechen.

Bald nähert sie sich ihrer Bibliothek, und anstatt mit Grauen an die kommenden neun Stunden zu denken, eilt sie federnden Schrittes über das Pflaster und fragt sich, ob sie Alfred heute wohl sehen wird. Jede einzelne Minute ihres Arbeitstages ist reich an Hoffnungen und heimlichen Freuden. Herr Körbel besucht die Frauen von der Zentralen Einarbeitung recht oft, und da er jedes Mal ohne Voranmeldung kommt, darf Jana ihn eigentlich immer erwarten. Wenn Schritte sich nähern, hebt sie den Kopf... Jeden Moment kann er vor ihr stehen...

Die Sekretärin kommt herein und bestellt die Frauen für Dienstag zu einer Arbeitsbesprechung, und kein Mensch ahnt, wie grenzenlos sich Jana über die einfache Mitteilung freut. Etwas später ruft von oben die Bärbel an, Herrn Körbels Geliebte oder Vielleicht-Geliebte, und Jana, die zufällig am Apparat ist, hört ihre plärrende Stimme durch die Leitung und vergleicht sie seufzend mit Isolde.

In der Frühstückspause kann Jana Herrn Körbel fast jeden Morgen in der Kantine sehen. Natürlich sitzt er an einem anderen Tisch, aber immerhin verfolgt sie seine Gebärden; manchmal schnappt sie sogar einen Satz von ihm auf. Zum Mittagessen sind ihre Chancen nicht so gut, denn das nimmt er gewöhnlich auswärts ein. Doch es kommt auch vor, dass er ganz überraschend in der Kantine erscheint, und zweimal hat er auch schon den Stammtisch der Zentralen Einarbeitung mit seiner Anwesenheit geschmückt. Er legt nämlich Wert darauf, sich von Zeit zu Zeit unters Volk zu mischen, „die Kontakte zu halten", wie er das nennt. Für alle Fälle trinkt Jana sogar ihren Nachmittagskaffee in der Kantine, und zwar ohne die Kolleginnen, ganz allein, und sie stellt sich dann immer vor, wie Herr Körbel auf einmal eilig hereinfegt, der Kantinenfrau erklärt, er brauche dringend einen Kaffee, sich zögernd umsieht, mit der Tasse in der Hand – und dann tritt er an ihren Tisch heran und fragt, ob er sich zu ihr setzen dürfe... Denn was spricht eigentlich dagegen, dass Herr Körbel sie mag? Nichts spricht dagegen, vielmehr spricht eine ganze Menge dafür! Ein Mädchen, das ihm einmal gefiel, kann ihm leicht auch ein zweites Mal gefallen. Am Ende hätte er sie viel lieber als diese fette, dumme, spießige Bärbel, die ihm doch höchstens was fürs Bett sein kann. Am Ende wartet er nur auf ihren achtzehnten Geburtstag, oder er wartet, genau wie sie, dass die Gelegenheit der Maifeier sich wiederhole. Am Ende hat er jedes Mal, wenn er sie sieht, eine Freundlichkeit, eine Zärtlichkeit auf den Lippen, und jedes Mal zwingt er sich mühsam zum Schweigen. Gleichgültig ist sie ihm jedenfalls nicht, und wenn sie seine jetzige Gezwungenheit mit der munteren Herablassung vergleicht, die er ihr früher immer bezeigte, darf sie getrost in die Zukunft blicken. Es wird geschehen, irgendwann, ganz unverhofft, wie damals an jenem Abend. Dann wird sie das Gewicht seines Körpers fühlen, wird ihre weibliche Macht über ihn erproben, wird den vornehmen Mann stöhnen hören – hm, wenn sie daran denkt, vergisst sie alles...

Nein, niemand soll sagen, Janas Arbeit sei langweilig. Die winzigen Sekunden der Berührung mit dem Gegenstand ihrer Liebe, Sekunden, die sie gierig an sich reißt, um sie im Geiste tausendfach wiederzukäuen, sie zu lutschen wie Bonbons und immer neue Phantasien daran zu schüren, sind ihr spannender als jeder Krimi. Langweilig ist da schon eher ihre Freizeit. Heute beispielsweise ist Freitag, und vor Jana liegt ein schales Wochenende, das von keinem Liebesreiz erhellt wird. Kummervoll zieht sie ihren Kittel aus, schweren Herzens fährt sie nach Hause. Im Vorübergehen hört sie aus einem der Grünauer Gärten eine Weise von spröder Traurigkeit:

*„Eine Liebe, eine Nacht lang, einen Morgen,
eine Liebe, ohne Schwüre, ohne Sorgen..."*

Diese Worte lassen die süße Qual der Sehnsucht in
Jana übermächtig werden, und sie wirft sich, im Mädchenzimmer angekommen, aufs Bett und flüstert heißes, ungestümes Zeug: Komm, komm, warum kommst
du nicht, ich brauche dich so, bitte nimm mich, nimm
mich, ich kann nicht länger sein ohne dich... Ihre Eltern
und Geschwistern sind sehr beschäftigt; im Garten wird
Laub gefegt und verbrannt, und in der Küche hört man
es zischeln. Doch Jana sitzt allein an ihrem Schüler-
schreibtisch und entwirft einen Brief an die Redaktion
der Radiosendung „Her mit den Sorgen, junge Leute!"
Noch immer tönt in ihrem Kopf das Lied von vorhin. „Da
ich regelmäßig eure Sendung höre..." Nachher wird die
Mutter mit ihr schimpfen. „Ich habe nämlich ein schwe-
res Problem. Seit über einem halben Jahr liebe ich einen
verheirateten Mann, der gesellschaftlich hoch über mir
steht. Zugleich umwirbt mich ein sehr netter Junge, von
dem alle sagen, dass er gut zu mir passen würde..." Das
ist übrigens nicht mehr wahr. Harry hat Jana aufgegeben und behandelt sie jetzt mit einer düsteren Verle-
genheit, als hätte er sich unsterblich vor ihr blamiert.
„Ich weiß, er würde alles für mich tun, doch meine Gefühle sind unverbrüchlich..."
Zunehmend heftig plagt sie das Bedürfnis, den
Schleier über ihrem Innenleben wenigstens andeu-
tungsweise zu lüften. Auch den Freundinnen hat sie bereits gestanden, dass sie sich in eine Liebesaffäre
verstrickt hat. Natürlich tut sie dabei sehr geheimnisvoll
und genießt es, wenn die Mädchen dann herumrätseln
und sie um Einzelheiten bestürmen. Doch die ganze
Wahrheit mag sie niemandem verraten. Dafür hat sie
sich neuerdings etwas anderes einfallen lassen: Es wäre

ja möglich, dass sie Herrn Körbel einmal außerhalb des Betriebes begegnete, auf freier Wildbahn sozusagen; und dann müsste sich doch etwas ergeben! Wenn sie mit ihren Freundinnen im Cafe sitzt, schaut sie immerzu auf die Tür und malt sich aus, dass er hereinkommt: Er sieht sie, sein finsteres Gesicht leuchtet auf. Jana, wie kommen Sie denn hierher?

Überall kann es sein, dass Herr Körbel plötzlich auftaucht, im Kino, im Schwimmbad, im Park von Sanssouci... Sogar an den trostlosen Wochenenden, wenn sie tief im Familienleben watet, sogar dann taucht Herr Körbel manchmal auf. Es klingelt an der Tür, sonntagnachts um halb elf, die Krügers sind vor dem Fernseher versammelt. Wer kann das sein? Die Mutter geht öffnen. Und in Jana rollt sofort eine dramatische Geschichte ab: Draußen vor der Tür steht niemand anders als Alfred, bleich, mit wirrem Haar und der Miene eines Menschen, dem nun schon alles egal ist. Nur eben die nötigste Höflichkeit wahrend, begehrt er Jana dringend zu sprechen. Kaum sind sie oben im Mädchenzimmer allein, da bricht es auch schon aus ihm heraus: Ich kann nicht mehr, ich kann nicht mehr so leben...

Die Mutter kommt mit dem Nachbarn zurück. Der Mann muss dringend Krügers Telefon benutzen, seine Frau hat soeben einen Herzanfall erlitten. Doch Jana, die durchaus damit rechnete, dass nicht Alfred es war, der so spät noch geklingelt hat, spinnt unverdrossen ihre Story fort. Herr Körbel weinend und außer sich, das ist eine ihrer Lieblingsvorstellungen, ein besonders süßer Bonbon sozusagen, von dem sie niemals genug bekommt. Sie sieht ihn klein und gestürzt und gebrochen, sie sieht ihn blind oder unheilbar krank, sie sieht ihn als Verbrecher entlarvt und mit fürchterlicher Schande bedeckt, so dass alle Menschen sich von ihm abwenden und nur sie, Jana, noch zu ihm hält. Jetzt also sitzt er mit ihr im Mädchenzimmer. Er hat sich just an diesem Abend hoffnungslos mit seiner Frau zerstritten. Eine langjährige Ehe steht vor dem Aus. Wie soll er die Trennung von den Kindern überstehen? Und der Stress auf seinem Posten kotzt ihn an. Er scheißt auf die Karriere, er braucht nur einen Menschen, der für ihn da ist, für ihn allein! Er habe sich sogar... etwas antun wollen – Jana erschrickt und greift nach seiner Hand –, doch da habe ihm plötzlich ihr Bild vorgeschwebt... Und Jana sagt mit kindlich reiner Stimme: Es wäre mir schrecklich, wenn Ihnen was passierte.

Und so weiter. Sie lutscht und lutscht ihrem Bonbon alle Süßigkeit aus, und wenn der Geschmack restlos aufgekostet ist, so findet sie wieder etwas Neues zum Lutschen. Der Fernseher läuft, es geht auf elf, der Vater mahnt zum Schlafengehen. Mürrisches Gerede, Kampf ums Badezimmer, endlich liegen sie alle in den Federn. Jana liebt diese Dunkelheit und Stille. Sie ist fast immer die letzte, die einschläft. Ihre Gedanken pendeln ganz friedlich hin und her, bald streifen sie glückliche Minuten der Vergangenheit, bald schwingen sie sich hoch in eine herrliche Zukunft... Jetzt steht sie mit ihm vor dem Weinlokal, und er schickt sich an, sie zum ersten Mal zu küssen. Noch einmal fühlt sie seine Lippen, und sie kriecht in sich zusammen vor Zärtlichkeit und Wohlbehagen... Und jetzt wandern sie beide an der Ostsee entlang, es ist ihr erster gemeinsamer Urlaub, und sie fragt ihn unter dem Rauschen des Meeres: Weißt du noch, wie du mich zum ersten Mal geküsst hast, damals vor dem Weinlokal? Und so schläft sie ein, unter dem Rauschen des Meeres, während ganz in ihrer Nähe ein Wecker tickt, der am nächsten Morgen pünktlich um Viertel sechs wieder losschrillen wird.

Fern von Cannes

Meine Mutter will über meinen Vater ein Buch schreiben. Sein Andenken, meint sie, gerate in Vergessenheit; und damit hat sie sicherlich recht. Sie weist auf erschreckende Anzeichen hin: Seit drei Jahren sei kein einziger seiner Filme mehr gezeigt worden! Die Kinder von heute kennten kaum noch seinen Namen! Und die letzte Ausgabe des Lexikons widme ihm sage und schreibe elf Zeilen, eine Schande, es gab Zeiten, da hatte er sechzehn! Meine Mutter hält es für ihre Pflicht, der Öffentlichkeit die Bedeutung meines Vaters mit Nachdruck wieder vor Augen zu führen. Schon lange hat sie dafür Material gesammelt, und nun scheint die Sache tatsächlich akut zu werden: Ein Verlag zeige Interesse, behauptet sie.

Ich wurde ein wenig unruhig, als ich das hörte, und beriet mich mit Anne, meiner Frau: Ob sie es wohl für möglich halte...? Anne hielt es durchaus für möglich. Ich bat also meine Mutter, mir das Material zu zeigen, bevor sie weitere Schritte unternehme. Falls die alte Dame sich lächerlich machte, musste ich mir irgendetwas einfallen lassen.

Die Mutter freute sich über meine Anteilnahme. Sie gab mir eine dunkelbraune Mappe, die enthielt in erster Linie Fotos – das geplante Buch sollte reich illustriert

sein – und außerdem Briefe, Broschüren und Zeitungs-
ausschnitte, alle sauber nach Jahr und Tag geordnet und
mit handgeschriebenen Kommentaren versehen.

Es ist das erste Mal nach langer Zeit, dass ich mich
wieder mit dem Vater beschäftige. Die Mappe kommt
mir vor wie ein Familienalbum. Am kuriosesten sind die
frühen Bilder. Mein Vater als Halbwüchsiger mit
Schmachtlocke und Hornbrille, mein Vater als Operet-
tenbuffo an einer Provinzbühne – oh ja, von diesen Zeiten erzählte er gern –, mein Vater in Wehrmachts-
uniform – na, das werden sie wohl kaum bringen; aber
das: mein Vater 1948 als Leiter einer Volkstanzgruppe.
Darüber amüsiert sich sogar Anne.

Und jetzt kommt meine Person ins Spiel: Ein Glanz-
foto zeigt die strahlenden Eltern mit einem glatzköpfi-
gen Wickelkind. Die Bildunterschrift meiner Mutter
lautet:

*Hurra, ein Stammhalter! Zwei Tage nach der glanz-
vollen Premiere des „Zerbrochenen Kruges" kann Richard Bronikowsky auch privat einen Erfolg
verbuchen: die glückliche Geburt unseres Sohnes
Alexander.*

Als Nächstes stoße ich auf den Artikel „Zu Gast bei Richard Bronikowsky" aus einer Tageszeitung von 1956.
Auch hier finde ich meine Person erwähnt:

*Doch trotz der zahlreichen Verpflichtungen findet
Richard Bronikowsky immer Zeit für seine Familie.
Mit besonderem Stolz spricht er von Alexander, dem
siebenjährigen Sohn, der die Liebe zur Kunst schon
von ihm geerbt zu haben scheint: „Wenn ihr meine
Filme vollzählig wissen wollt, dann fragt nur den Sascha, der kennt sie besser als ich."*

*

Als kleiner Junge konnte ich wirklich die Filme meines
Vaters auswendig hersagen. Ich war stolz darauf, sein
Sohn zu sein; ich betete ihn an. Am Abend durfte ich länger wach bleiben, wenn im Fernsehen ein Film lief, in
dem er mitspielte. Und von seinen Rollen aus jener Zeit
habe ich mir viele bis heute gemerkt, Könige und Bau-
arbeiter, Matrosen, ruppige Familienväter... Da gab es
Sätze, Tonfälle, ganze Szenen, die prägten sich mir ein
wie Offenbarungen. Einmal zum Beispiel war er ein
Werkleiter, der von Problemen so überhäuft ist, dass er
keine Zeit mehr für seine Familie findet. Und mir steht
noch immer deutlich vor Augen, wie er nach einer
durcharbeiteten Nacht vor seine Frau hintritt und sagt:
„Entschuldige, Karin, mit dem Urlaub wird es wieder
nichts..." Jedes Mal wenn sein Gesicht auf der Mattscheibe erschien, fuhr mir ein kleiner Schock durch die
Glieder, Liebe und die Angst, er könnte sich blamieren,
und dabei so ein Hochgefühl persönlicher Wichtigkeit:
Das war nun mein Vater, und in diesen Minuten ruhten
Millionen Blicke auf ihm.
Auch meine Person wurde dadurch bedeutend. Wo
immer ich meinen Namen nannte, horchten Leute auf,
sogar den Diskreten sah man das Interesse an, und viele
gab es, die fragten ganz direkt: „Bronikowsky? Hast du
da vielleicht was zu tun mit dem, na, dem Richard Bronikowsky?" Oder noch direkter: „Ach, da bist du wohl
der Sohn vom Richard Bronikowsky?" Ich zog dann
immer ein Gesicht, als wäre mir das ungeheuer lästig,
doch ich fühlte mich auserwählt vor allen anderen Kindern. Wenn ich den Vati ins Theater begleiten durfte,
bemühte ich mich, möglichst eingeweiht zu tun. Stand-
haft verbarg ich mein Entzücken über die bunten Kulis-
sen und Kostüme, über die Kollegen meines Vaters, von

denen manche ebenso berühmt waren wie er, über die flotte Roheit des Theaterbetriebes...

Aber einmal geschah es, dass mein Vater mich in die Kantine brachte, mir eine Brause kaufte und mich allein ließ, ganz kurz, wie er sagte, um etwas Wichtiges zu klären. Eine halbe Stunde verging, eine Stunde, mein Glas war längst leer, doch der Vater blieb fort. Wahrscheinlich hatte er Freunde getroffen, war ins Plaudern gekommen und hatte vergessen, dass ich auch noch auf der Welt war. In der ersten halben Stunde dachte ich: Wie gut! Jetzt kannst du dich endlich mal richtig satt gucken! Und ich versuchte, meinen Aufenthalt nach Kräften zu genießen, bewunderte die Schauspieler in ihren Kostümen, verfolgte einen kleinen Streit am Nebentisch... Bald gestand ich mir ein, dass ich gar nichts genoss, dass mir elend war, dass ich nur Augen für die Tür hatte, durch die doch bitte bald mein Vati kommen sollte... Als eine volle Stunde vergangen war, hatte ich das Gefühl, ich müsste irgendwie handeln. Losgehen vielleicht, den Vater suchen, aber wo? Mir graute, wenn ich an die vielen, vielen Gänge und Treppen und Zimmer dachte, die ich ohne Begleitung nie betreten hatte. Auch den Weg nach Hause wusste ich nicht sicher, damals war ich erst acht oder neun. Blieb nur übrig, jemanden um Hilfe zu bitten. Und an dieser Stelle spürte ich zum ersten Mal, wie fremd ich hier im Grunde war. All die netten Theaterleute, die mich immer so freundlich begrüßt hatten, wenn ich an der Hand meines Vaters kam, jetzt liefen sie geschäftig an mir vorbei, beredeten wichtige Dinge miteinander und schienen mich gar nicht zu erkennen. Niemals hätte ich es gewagt, einen von ihnen anzusprechen. Ich war ein Nichts, ich gehörte nicht dazu, ich hatte keinerlei Rechte hier ohne meinen Vater. Einmal hörte ich eine Frau ihren Begleiter fragen: „Was macht denn der Junge da so ganz allein?" Jetzt würden sie gleich kommen, dachte ich, und mich mit freundlichem Mitleid traktieren. Ich erschrak voller Hoffnung, und doch zog ich den Kopf ein vor Scham über meine klägliche Lage. Dann kam die Antwort des Mannes: „Der? Das ist doch der Sohn vom Richard. Der wird wohl auf seinen Vater warten." Sie gingen weiter, und ich wusste nicht, ob ich traurig oder erleichtert sein sollte. Schon waren anderthalb Stunden vergangen, seitdem mein Vater fort gegangen war. Ich fühlte mich grenzenlos verloren. Zum ersten Mal begriff ich den Sinn des Wortes Einsamkeit. Ich kam mir vor wie in einem russischen Märchenfilm: Iwanuschka hat sich im Walde verirrt. Er weiß, unweit lauert eine grausige Meute, jeden Moment kann sie irgendwo hervorbrechen, die Baba-Jaga mit ihrem wilden Anhang...

Endlich, volle zwei Stunden nach dem Abgang meines Vaters, fiel ich der Souffleuse auf. Sie sprach mich an, und nun kam, was ich befürchtet hatte, lautstarkes Mitleid und Händezusammenschlagen, ja, wo ist denn der Richard, holt doch mal einer den Richard, und an sämtlichen Tischen wurden Leute aufmerksam, bald umringte mich eine Menschentraube, und ich hätte in den Erdboden sinken mögen: Mich umtanzten die Scharen der Baba-Jaga...! Aber dann flog endlich die Türe auf, im Sturmschritt eilte mein Vater herbei, seine Augen waren glasig, die Haare wirr, und ich konnte die Tränen nicht mehr zurückhalten. Er presste mich an sich, brummte zärtliche Worte: Na, na, na, ist ja gut, bist doch mein Junge... Auf seinen Armen trug er mich zum Taxi. Als daheim die Mutter erfuhr, was geschehen war, schlug sie ihm einen Riesenkrach, und ich stand etwas verblüfft daneben; denn ich selbst wäre nie auf den Gedanken gekommen, ihm den Vorfall übel zu nehmen. Vom Theater allerdings war ich seither geheilt.

*

Ich finde nun in der Mappe meiner Mutter ein Büchlein aus dem Jahre dreiundsechzig mit dem Titel „Bei uns ist der Erfolg zu Hause – sechs deutsche Filmkünstler im Porträt". Fünf dieser Filmkünstler sind noch am Leben und heute ebenso erfolgreich wie damals. Nur meinen armen Vater hat es erwischt. Hier widmet ihm ein gewisser Rudolf Hirschmeisl einen Artikel von vierunddreißig Seiten, dessen Anfang lautet:

Richard Bronikowsky! Wie viele unvergessliche Filmerlebnisse steigen in unserer Erinnerung auf, wenn wir diesen Namen hören! Nur zwei Figuren seien hier genannt: der grüblerische Christian Simmerath aus dem heute schon beinahe klassischen Filmepos „Schatten über der Morgenröte" und Kulle Baumann, der poltrige Schiffer aus der beliebten Fernsehserie „Schiffer Baumann". Zwei völlig unterschiedliche Charaktere, in deren Auslotung dieser große Menschendarsteller die breite Palette seiner Ausdrucksmittel offenbarte...

Und so euphorisch geht es weiter, vierunddreißig Seiten lang.

*

Mein Vater war zeitweise äußerst eingespannt. 1959 zum Beispiel, als er „Schatten über der Morgenröte" drehte, da ging es besonders hektisch bei uns zu. Der Film wurde damals als sehr wichtig empfunden. Während der Dreharbeiten gab es laufend irgendwelche aufregenden Zwischenfälle, das Team versammelte sich in unserem Wohnzimmer, es wurde diskutiert, gebrüllt, gesoffen, und für mich war das ein faszinierendes Schauspiel. Ich empfing die Leute in der Eingangstür, ich stellte ihnen Aschenbecher auf den Tisch, ich war ja so ein liebes Kerlchen. Wahrscheinlich rettete ich in aller Unschuld so manche peinliche Situation, denn meine Mutter hatte damals eine aufsässige Phase und erfüllte nur sehr ungern ihre Pflichten als Gastgeberin. Sie vertrug es nicht, wenn sich mein Vater in lange, laute Reden hineinsteigerte. Sie hasste es, an den Vormittagen die vielen Gläser abzuwaschen. Sie entwickelte ihrem Mann gegenüber einen knappen, angeekelten Tonfall, den sie manchmal auch in Gegenwart von Gästen anschlug. Mein Vater grämte sich darum nicht. Er hatte tausenderlei Dinge im Kopf. Die große Brigadeszene auf der Halde – der Konflikt zwischen Simmerath und dem Parteisekretär – und die Schlusslösung sollte noch verändert werden! Ich kann nicht sagen, ob um diese Zeit schon die Gudrun Horlamus im Hintergrund stand. Auf jeden Fall aber strahlte mein Vater ein pralles Erfolgsbewusstsein aus, und das war es, was meiner Mutter auf die Nerven ging – sie hatte ihn lieber, wenn er unglücklich war.

Ich dagegen fand es wunderbar, wie er sich im Strudel des Lebens tummelte. Oft war er von morgens bis abends unterwegs, so dass ich ihn nur selten sah. Aber spätnachts, wenn er nach Hause kam, wachte ich manchmal auf und hörte ihn; und dann wurde ich sofort von einer warmen Freude gepackt, die mich nicht wieder einschlafen ließ, und ich rief, so laut ich konnte: „Vati! Vati!"

Dann öffnete sich langsam die Tür, und in dem Lichtspalt. der vom Flur her einfiel, erschien der gewaltige Schatten meines Vaters... Ich liebte es, wenn er sich auf mein Bett setzte, mir den Kopf kraulte und brummelte: „Bist doch mein Junge..." Ich wollte genau wissen, wo er gewesen war und was er den ganzen Tag getrieben hatte. Ich genoss das Fluidum seiner Welt... Aber früher oder später stand die Mutter auf der Schwelle und sagte kühl, ich müsse nun aber schlafen. Und wenn ich stürmisch dagegen aufbegehrte, reagierte der Vater sehr vernünftig und gab der Mutter völlig Recht, und die glücklichen Minuten hatten ein Ende.

„Schatten über der Morgenröte" wurde fertig. Es nahte der große Augenblick der Premiere. Ich hätte furchtbar gern daran teilgenommen, doch der Film war P 14, und ich war noch keine elf. Ich las die Vorankündigungen, mir wurde ganz fiebrig: Was musste das für ein Kunstwerk sein, wenn es schon vor seiner Aufführung soviel Wirbel verursachte! Und die Rolle meines Vaters war natürlich die schwierigste und attraktivste von allen. Ich zerbrach mir den Kopf, was ich bloß anstellen könnte, um trotz meiner Jugend an diesen wunderbaren Film heranzukommen. Ich erwog die abenteuerlichsten Ideen: Noch einmal aufstehen, wenn die Eltern gegangen waren – durch den Notausgang in den Kinosaal schlüpfen... Ich bearbeitete meinen Vater bei jeder Gelegenheit: Bitte, bitte, nimm mich mit zur Premiere, bis er, gerührt von soviel Eifer, in Erwägung zog, mich zu irgendeiner internen Abnahme einzuschleusen, aber die Mutter war sehr dagegen, sie zankten hin und her, ich flehte und flennte...

Ich glaube, ich bin im Leben nie wieder auf einen Film so scharf gewesen wie auf diesen - nicht einmal im letzten Sommer, als ich Anne mühsam überredete, noch zwei Tage länger in Warschau zu bleiben, wo Coppolas „Apocalypse Now" anlaufen sollte. Mir war, als würde mein ganzes Leben öde, wenn ich „Schatten über der Morgenröte" verpasste. Und dann nahm mich mein Vater tatsächlich zu einer Voraufführung mit! Er lotste mich durch ein großes Tor, führte mich über Treppen und Korridore, irgendwo nahm er dann den Vorführer beiseite... Ich war wie blind und atemlos vor Angst; ich hatte vor dem Pförtner gezittert, vor dem Vorführer, vor jedem, der uns entgegenkam. Bis zum letzten Augenblick fürchtete ich, es könnte mich doch noch jemand zurückschicken. Erst als mir der Vorführer mürrisch erklärte, durch welches Guckloch ich sehen sollte, begriff ich langsam, dass meinem Glück nichts mehr im Wege stand.

Ich verbrachte die folgenden zwei Stunden auf einem knochenharten Schemel, ich verrenkte mir den Hals nach einem zugigen Guckloch – mit einem Wort, der raffinierteste Werbepsychologe hätte mich nicht besser einstimmen können. Mich packte die süße Gewalt der Kunst, erhob mich und schleuderte mich zu Boden. Als mein Vater auf der Leinwand starb, nachdem er noch eben seinen Kumpel aus einem einstürzenden Schacht gerettet hatte, rieselten mir Schauer über den Rücken, und ich spürte es kaum, wie mich das Weinen schüttelte, während mir, verhängnisvoll für meine Bindehäute, der Zugwind aus dem Guckloch direkt in die Augen pfiff und während der Vorführer neben mir gleichmütig mit seinen Rollen hantierte.

Vor etwa zwei Jahren sah ich den Film noch einmal. Er wurde im Rahmen einer Retrospektive wiederaufgeführt, und da meine Kollegen schon lange davon gesprochen hatten, dass sie meinen Vater einmal spielen sehen wollten, beschlossen wir, uns das Werk nicht entgehen zu lassen. Ich habe ausgesprochen lustige Kollegen, wir sind eine richtig gute Truppe. Zwischen Arbeitsschluss und Vorstellungsbeginn blieb uns ausreichend Zeit für einen Kneipenbesuch, und als wir endlich im Kino saßen, waren wir alle schon sehr animiert; und wir brauchten uns auch keinerlei Zwang anzutun, denn außer uns war kaum jemand im Saal. Oh Mann, wir haben ja so gelacht. Mir tut heute noch das Zwerchfell weh, wenn ich daran denke.

*

Für seine Darstellung des Christian Simmerath wurde mein Vater mit einer hohen staatlichen Auszeichnung geehrt. Ich sehe ihn lächeln, Hände schütteln, Blumensträuße entgegennehmen... Wenn man doch bloß herausfinden könnte, wie die Menschen damals wirklich geurteilt haben. Jener mürrische Vorführer zum Beispiel, der da ungerührt mit den Blechbüchsen klapperte, während ich schluchzend an meinem Guckloch hing, vielleicht war das ein echter Vertreter des Publikums?

Die braune Mappe meiner Mutter dokumentiert natürlich nur die Sonnenseite. Da finde ich eine richtige kleine Broschüre, die weiter nichts enthält als das Protokoll eines Podiumsgesprächs mit den Schöpfern des Films „Schatten über der Morgenröte"; und indem ich es lese, fällt mir wieder ein, dass ich ja selber dabei gewesen bin. Ich weiß noch, ich hatte furchtbare Zahnschmerzen, aber ich hielt durch, obwohl sich die Schaffe über zwei oder drei Stunden hinzog... Interessanter Text, ich könnte mich festlesen... Hier sagt eine Rosemarie Winker, Dreherin:

> *...und als ich die Worte des Simmerath hörte: „Wir haben ja alle dazugelernt", da war ich persönlich stolz darauf, und darum möchte ich den Filmschöpfern Dank sagen für ein Stück von unser aller Geschichte...*

Und hier, Richard Bronikowsky, Schauspieler:

Ich betrachte meine Arbeit als einen aktiven Beitrag zur Vorwärtsentwicklung unseres Staates... Wir dürfen nie aufhören, von unseren Künstlern die höchstmögliche Qualität zu fordern... Uns geht es nicht um abstrakte Kunstwerke, uns geht es um die Menschen unserer Zeit! (Beifall)...

Gewiss, jetzt sehe ich alles wieder vor mir, den Festsaal und meinen Vater und mich selbst in einer Ecke. Ich war stolz auf ihn und hatte Zahnschmerzen.

*

Als uns damals der Orden ins Haus flog, gaben meine Eltern ein Gartenfest. Sie luden wichtige Leute dazu ein. Die ersten kamen schon nachmittags an, sie räkelten sich in Liegestühlen, sie plauderten über Kunst und Politik, und ich war wieder mal der nette kleine Junge, der ihnen zwischen den Beinen herumlief. Schade, dass ich damals noch nicht aufpassen konnte. Das war bestimmt eine hochinteressante Gesellschaft von Speck ansetzenden Idealisten, die die Welt noch verbessern wollten, während sie sich schon darin arrangierten. Später am Abend schnappte ich das gereizte Gespräch zweier Männer auf: „Wenn ich ihm ruhig und vernünftig erkläre, dass die Szene so nicht geht..."

„Ach Quatsch! Dafür hat der jetzt keinen Nerv mehr. Der fühlt sich jetzt als der Schiller unsrer Tage. Guck dir doch die Leute hier an! Häng denen einen Orden um, und jeder einzelne fühlt sich wie ein Schiller – oder wie ein Laurence Olivier!"

Eine Art Kälte wehte mich an. Ich sah hinüber zu meinem Vater, der sich schon einige Zeit vergeblich bemühte, den Holzkohlengrill in Gang zu bringen; und plötzlich spürte ich das Verlangen, mich fest in seine

Arme zu schmiegen. Doch eine halbe Stunde später hatte ich den Zwischenfall schon wieder vergessen. Fasziniert verfolgte ich die Unterhaltung, die in der zunehmenden Dunkelheit sehr lebhaft wurde, und wenn die Frauen über schlüpfrige Witze kreischten, fühlte ich eine kitzelnde Freude.

Ich stand neben dem Vater am Holzkohlengrill, als gegen halb elf die Mutter kam und mich energisch zu Bett gehen hieß. Ich protestierte, klammerte mich an den Arm meines Vaters. Ein paar Gäste wurden aufmerksam und gaben heitere Kommentare. Die Mutter zerrte mich fast gewaltsam ins Haus. Als uns niemand mehr sehen konnte, holte sie aus und knallte mir eine. Ich stimmte ein anklagendes Geheul an. Sie lief hastig wieder hinaus zu ihren Gästen.

Als ich mich schlafen legte, heulte ich noch immer. Sehnsüchtig horchte ich nach draußen, auf das fremde Getrampel und Gläserklirren, auf das Zischen des Holzkohlengrills... Immer wieder brachen Lachsalven aus... Endlich langweilte ich mich und schlief ein.

Ich erwachte von lautstarkem Männergesang. Schritte polterten die Treppe hoch. Es musste sich um drei oder vier Herren handeln, die sich wahrscheinlich mit ein paar Flaschen Korn in das Schlafzimmer zurückziehen wollten. Ich unterschied die mächtige Stimme meines Vaters. „Mir nach", rief er, „hier finden die uns nie!" Er war schwer betrunken und in bester Stimmung. Kaum hatte er den Treppenabsatz erreicht, da stimmte er aus voller Kehle ein Solo an: „Sie hat mich nie geliebt, nein, ihr Herz blieb kalt..."

„Nicht so laut, Richard, sonst hören uns noch die Frauen", nuschelte ängstlich einer seiner Zechbrüder.

„Ach Quatsch!", donnerte Richard, und sein Bass schwoll noch mehr an: „Nein, nie hat sie mich geliebt, sie hat mich nie geliebt..." Er sang das wunderbar, so kraftvoll, so tragisch, ich wollte ihn unbedingt sehen, ihm nah sein, jetzt gleich, und ich brüllte: „Vati, Vati!"

Eine Schrecksekunde, der Gesang brach ab. Ich blickte auf die Tür und wartete. Draußen tuschelten sie verwirrt. Natürlich hatten sie mich gehört. Also noch einmal, im Befehlston: „Vati!"

Endlich öffnete sich die Tür, und wie in einer Einstellung von Hitchcock oder Welles erschien im Lichtspalt der riesige Schatten meines Vaters. Ich roch seine Schnapsfahne und fühlte auch schon sein Gewicht auf meinem Bett und seine Hand in meiner. „Aber Junge, du musst doch schlafen", sagte er schwerfällig, „es ist schon drei Uhr."

„Ich kann aber nicht schlafen, ich will mit dir reden!"

Draußen wurde meckernd gelacht. Drei fremde Gestalten lehnten an der Tür. „Der arme Junge", lallte die eine, „er kann nicht schlafen, weil ihr so 'n Krach macht!"

Und die anderen fielen ein wie ein Chor: „Eiwei, ja, was machen wir denn da?"

„Ogottogott, der arme, arme..."

„Seht ihr, ich hab's euch ja gleich gesagt!"

„Wollen wir ihm nicht ein Wiegenlied singen?"

„Du bist schuld, Richard, du wolltest, dass wir hierher gehn!"

Bald einigten sie sich, mir ein Wiegenlied zu singen, und zwar kein geringeres als „Stille Nacht, heilige Nacht". Doch ein kleiner Dicker namens Karl-Heinz kam mit der zweiten Stimme nicht zurecht, so dass mein Vater eingreifen musste. Er sang die zweite Stimme mit Inbrunst und Sicherheit. Prachtvolle Bässe erfüllten das Zimmer. Ich musste meinen Vater unverwandt ansehen. Sein Gesicht war verklärt, ganz dem Singen hingegeben. Sein Blick zielte schräg über mich hinweg ins Leere. Noch immer hielt er meine Hand, doch er hatte mich wieder einmal vergessen, und auch diesmal konnte ich nichts tun, um ihn mir zurückzuholen. Ich begriff, dass ich ihn an diesem Abend niemals hätte herbeirufen dürfen. Dass ich ihn und mich lächerlich machen würde, wenn ich ihm jetzt etwas Familiäres sagte. Dies war nicht die Stunde für Zärtlichkeiten. Dies war seine große Party, und sein Auftreten musste hart und glänzend sein. Auf einmal ahnte ich, was für ein Mensch er war: ein lieber Vater, wenn der Sohn an der Reihe war. Ein dufter Kumpel, wenn die Freunde an der Reihe waren. Ein charmanter und hingebungsvoller Gastgeber, wenn die Partygäste an der Reihe waren. Und jetzt waren die Partygäste an der Reihe, diese bedrohlichen fremden Männer, die mir nun schon das dritte Weihnachtslied vorsangen. Ich erkannte in einem von ihnen den gereizten Herrn aus dem Garten wieder – häng denen einen Orden um, dann fühlt sich jeder wie Olivier –, und abermals wehte mich Kälte an. Diese Menschen lachten und plauderten zusammen, aber hinter der fröhlichen Szenerie liefen böse, gefährliche Kämpfe ab! Ich bekam es mit der Angst zu tun. Wie gern wäre ich nun die Geister losgeworden, die ich dummerweise selbst gerufen hatte. In der feierlichen Stille, die dem dritten Lied folgte, versuchte ich schwach, mich bemerkbar zu machen. Ich zupfte meinen Vater beim Ärmel und sagte: „Vati...", mit einer dünnen und kläglichen Stimme, die in dem Moment sehr komisch gewirkt haben muss. Die Männer brachen in Gelächter aus, und ich fühlte mich dermaßen bedrängt und verletzt, dass ich am liebsten weggelaufen wäre. In den Halbstarkenfilmen der fünfziger Jahre kommen derartige Szenen vor: eine Bande, die ein Opfer terrorisiert...

Ich blickte flehend meinen Vater an, und richtig, er sprang auf und zischte: „Ruhe!" Die Männer verharrten in der Bewegung, Totenstille trat ein, und nun hörten wir es alle – leichte Schritte draußen auf der Treppe und die Stimme der Mutter: „Richard? Bist du oben?"

Mein Vater machte seinen Freunden ein Zeichen, einer ging und schloss leise, leise die Tür. Jetzt war die Mutter oben angelangt. Wir hörten sie unschlüssig umhertappen, sie fragte wieder: „Richard?", sah im Schlafzimmer nach...

Währenddessen lief in mir ein kleiner Kampf ab. Ich war elf, und die Eltern spielten festgelegte Rollen für mich. Der Vati, das war der liebe Spielkamerad, dessen Partei ich ergriff, dessen Gefühle ich teilte; die Mutter verkörperte die Strenge und die Pflicht. Aber nun war ich im Dunkeln allein mit vier Besoffenen, die, sobald sie konnten, wieder Weihnachtslieder grölen würden; und die Mutter wurde mir auf einmal der Schutzengel, den ich eben noch in meinem Vater gesucht hatte. Als ich „Mutti!" rief, erschrak ich vor der eigenen Stimme, und als die Tür aufging und wieder Licht einfiel, wagte ich den Vater nicht anzusehen. Meine Mutter aber hatte einen großartigen Auftritt. Ich habe etwas Ähnliches nur einmal noch gesehen: bei Shelley Duvall in Robert Altmans „Drei Frauen", in der Szene nach der Totgeburt des Kindes, wenn sie langsam vortritt aus dem erleuchteten Hintergrund, die Arme verkrampft und fassungslos die Miene... Ja, genauso kam meine Mutter auf uns zu, das Gesicht wie verrückt vor Abwehr und Entsetzen, und in dem gleichen stockenden Tonfall brachte sie hervor: „Was - ist denn - hier los?"

Die Männer erklärten sich mit unsicherem Humor: Sie hätten mir doch nur ein Wiegenlied singen wollen. „Der arme Junge kann sonst nicht einschlafen", stammelte Karl-Heinz fast weinend. Meine Mutter legte den Besuchern nahe, mein Zimmer aber sofort zu verlassen. Ich sah die Wut in ihren Augen, sie konnte sich kaum zur Beherrschung zwingen. Mein Vater gab mir, bevor er ging, einen kleinen Kuss und murmelte: „Schlaf schön." Ich hatte den Eindruck, dass auch meine Mutter mir gern noch etwas Liebes gesagt hätte, doch sie wollte wohl den Vater nicht kopieren und schwieg.

Draußen stritten sich die Eltern dann noch lange. Mit Rücksicht auf die Partygäste dämpften sie die Stimmen, doch ich konnte trotzdem das meiste verstehen. Der Vater warf der Mutter Humorlosigkeit vor – was sei denn schon so Furchtbares passiert? Ja, sie hätten alle einen sitzen, na und? Die Mutter zischte: „Mach du, was du willst, aber ich sag dir, halt den Jungen da raus!" Einmal entfuhr ihr, zur Empörung des Mannes: „Lass meinen Jungen in Ruhe!"

*

Heute erzählt sie die Geschichte so: „...und ich denke, dann kann er ja nur noch oben sein, ich steig also die Treppe hoch, guck im Bad nach, guck im Schlafzimmer nach, kein Richard weit und breit. Ich will also gerade wieder runtergehen, da hör ich doch auf einmal den Jungen, Mutti, Mutti, ruft er ganz vergnügt, nachts um halb drei, das muss man sich mal vorstellen! Ich stürze ins Kinderzimmer, und was muss ich sehen? Meinen Richard und dazu noch drei von den Männern! Hocken da im Dunkeln bei dem Jungen und singen ihm Weihnachtslieder vor! Na, dem Sascha haben natürlich die Äuglein geleuchtet, nicht, Sascha, das hat dir Spaß gemacht! Ach, was war das aber auch für ein verrücktes Volk! Kinder, ich hab schon was durchgemacht..."

Wenn sie über meinen Vater spricht, hat sie immer so etwas Komisch-Entrücktes, wie Gloria Swanson in Wilders „Sunset Boulevard". Manchmal ist mir das richtig unheimlich. Wie würde sie wohl jetzt auf den Namen Gudrun Horlamus reagieren?...

Als die bei uns einbrach, das war die übelste Krise. Die Mutter mit verweinten Augen am Kochtopf. Von sämtlichen Nachbarn merkwürdige Blicke – zumindest bildete ich mir das ein. Im Wohnzimmer die klugen Freundinnen meiner Mutter, die Abende lang mit ihr Probleme wälzten. Sie hielten große Kognakschwenker in den Händen und sprachen mit fein gebildeten Stimmen von der Ehe – schöne Menschen, die sich in schöner Umrahmung über ihre schönen Gefühle verbreiteten wie in einem süßlichen französischen Liebesfilm. Ich flüchtete ins Kino, wenn sie kamen, oder schloss mich in mein Zimmer ein. Oft wurde ich nachts von wilden Szenen geweckt. Es war wie in einem von diesen tragischen Problemfilmen, in denen die sensiblen Kinder unter den Horrorehen ihrer Eltern leiden: Der kleine Held sitzt aufrecht in seinem Bettchen. Durch die Glastür des Kinderzimmers dringt Licht; der Schein fällt genau auf seine weit geöffneten Augen, in denen sich Entsetzen und Nichtbegreifen spiegeln. Der Ärmste sieht graue Schemen hinter der Tür. Er muss miterleben, wie eine Furie von Mutter seinen geliebten Vati beschimpft... Einmal schnappte ihre Stimme über und wurde vor meinen Ohren zu einem scheppernden Kreischen. Sie war einfach nicht imstande, die Haltung zu bewahren – sie muss völlig verzweifelt gewesen sein. Ich sah zu, wie sie hässlich wurde, blindlings reagierte, Fehler beging. Jeden Tag rechnete ich mit einem Ereignis wie Ohnmacht, Wahnsinnsanfall oder Nervenzusammenbruch, aber nein, sie hielt durch, bis alles vorbei war.

Mein Vater wirkte müde und verdrossen. Eines Morgens kam er an, als die Mutter mir Frühstück machte. Er sah blass und verknittert aus, weiß der Teufel, wo er die Nacht verbracht hatte. Gleich in der Tür hob er abwehrend die Arme und sagte zu meiner Mutter: „Ich weiß, ich bin ein Schwein, ich bin heut alles, was du willst, aber lass mich jetzt um Gottes willen erst mal schlafen." Ich höre noch seinen Ton, der sehr effektvoll war, verloren und abweisend und dabei doch von Schmerz erfüllt. Leider hat er so etwas im Film nie gespielt. Mir gegenüber hatte er die üble Neigung, Gespräche „von Mann zu Mann" anzuknüpfen, die Lage zu erörtern, mit Einleitungen wie: „Sieh mal, du bist doch nun schon ein großer Junge..." Herrgott, wie peinlich mir das immer war! Ich litt darunter, dass ausgerechnet meine Eltern solch ein leidenschaftliches Liebesleben führten. Ich litt unter der Popularität des Vaters – die Ringe unter den Augen der Mutter bildeten ein Thema für die ganze Kaufhalle, ja, der Skandal drang bis in meine Schule vor, wo eine Göre mich lüstern fragte: „Will sich dein Vater wirklich scheiden lassen?"

Wollte er? Ich dachte lieber nicht darüber nach. Später stellte ich mir das gerne vor: Wenn er uns damals wirklich verlassen hätte... Er wäre mir zur Kindheitsepisode geworden. Wir hätten einander gründlich vergessen – er vergaß ja die Menschen immer so schnell. An seinem Grab hätte die Gudrun Horlamus geweint, vielleicht sogar mit ein paar Halbgeschwistern, und ich wäre dort weiter nichts gewesen als eben der Sohn aus erster Ehe. Dann würde sich die Mutter heute sehr genau an die hässlichen Phasen ihrer Ehe erinnern. Sie wäre eine einsame, verbitterte Alte, die ihre Nachbarn belauerte und auf die Teuerungen schimpfte. Für sie war es ohne Zweifel gut, dass uns der Vater erhalten blieb. Aber ich weiß nicht, dieses ungetrübte Witwenglück... Ich habe manchmal eine solche Lust, ihr den rosigen Schleier von der Vergangenheit zu reißen. Einmal nur möchte ich sie fragen: Weißt du noch, wie du den Vater ein Vieh genannt hast? „Dieses Vieh" – das hast du wörtlich gesagt! –, „und sowas hat man nun mal geliebt!"

*

Von den nächtlichen Szenen, die ich damals erlebte, war das wohl die allerschrecklichste. Ich erwachte davon, dass meine Mutter brüllte: „Dann wehr dich doch, verdammt noch mal! Bring Gegenargumente, überzeug mich! Wie soll ich... Wie kann ich es denn begreifen, wenn ich dir nicht mal eine Antwort wert bin..." Ich hörte sie schluchzen. Mein Vater lief ins Bad und knallte die Tür hinter sich zu.

„Was soll ich bloß machen", weinte die Mutter, „sag's mir doch... Was soll ich tun..."

Ich drehte mich zur Wand, zog mich zusammen wie ein Embryo. Ans Einschlafen war vorläufig nicht zu denken. Eine Stunde verging, das Weinen hörte auf. Ich muss dann doch ein bisschen eingeschlafen sein; die Stimme meiner Mutter ließ mich hochfahren. „Richard?" Sie klopfte an die Badezimmertür. „Richard! Richard!" Keine Antwort. Sie schien einen Augenblick zu zögern, dann drückte sie die Klinke nieder... Und dann, das werde ich nie vergessen, hörte ich sie schwach und seltsam aufschreien... Ich war im Nu halb bewusstlos vor Angst, die grässlichsten Bilder schwebten mir vor, aufgeschnittene Pulsadern, Blut in der Badewanne, ein letztes hohles Röcheln von grauen Lippen, ich musste das aus irgendeinem Krimi haben. Minutenlang war ich nicht imstande, mich zu rühren. Dann beschloss ich, mir Gewissheit zu verschaffen. Ich erhob mich also schlotternd aus meinem Bett, tappte barfuss bis zur Tür, wo ich innehielt und noch einmal meinen Mut zusammenraffte, dann trat ich hinaus auf den hellen Korridor.

Die Mutter lehnte vor dem Badezimmer an der Wand. Ihr Gesicht sah verheult aus, ihr Haar war ungekämmt. Mein Anblick schien sie nicht zu überraschen. Mit irrem Lächeln winkte sie mich näher. „Komm her..." Sie sprach

im Flüsterton. „Das sollst du auch mal gesehen haben."
Ich erwartete noch immer das Entsetzlichste; außerdem dachte ich einmal mehr, sie werde verrückt. Ganz langsam, gepresst atmend, wagte ich mich näher; und sie lockte mich, wie man ein Kätzchen lockt: „Na komm, hab keine Angst, schau ihn dir ruhig an!" Jetzt war ich an der Tür, jetzt hob ich die Augen: Mein Vater schlief ganz einfach auf dem Klo, breitbeinig, mit herunterhängender Hose. Sein massiger Oberkörper war schräg nach hinten auf den Klodeckel gesunken, der Spülkasten stützte seinen Kopf, er schnarchte mit halbgeöffnetem Mund, aus dem in langen Fäden der Sabber troff.

Meine Mutter packte mich bei den Schultern: „Schau ihn dir an" Schau ihn dir gut an!" Und dann kam es, voller Abscheu: „Dieses Vieh! So was hat man nun mal geliebt!" Ihr Gesicht in diesem Moment war mir ebenso neu wie der Anblick des Vaters. Meine Blicke tasteten sich behutsam zwischen den beiden hin und her wie die Kamera in einem von diesen brutalen amerikanischen Underground-Filmen... Ich dachte nichts Fassbares. Was ich empfand, war einfach ein beklemmendes Gefühl von Auflösung und Niedergang, und als ich mich wieder in meine Bettdecke wickelte, noch immer zitternd an allen Gliedern da war ich überzeugt, dies sei das Ende unserer Familie.

*

In den nächsten Wochen schien sich das auch zu bestätigen: Mein Vater zog zu dieser Gudrun Horlamus, meine Mutter tat, als wäre die Scheidung perfekt und als hätte sie sich nahezu erleichtert damit abgefunden. Dann aber trat die positive Wende ein – der Familiensinn des Alten trug den Sieg davon. Eines Abends, als ich aus dem Kino kam, hockte er verlegen im Wohnzimmer. Er hatte der Mutter teure Blumen mitgebracht und war eben dabei, sich mit ihr auszusprechen. Sie wollten auch mich in die Versöhnungsfeier einbeziehen, aber ich entwischte ihnen auf mein Zimmer.

Am nächsten Morgen war mein Vater noch immer ein geknicktes Häuflein Elend. Hilflos versuchte er mit mir zu konversieren. Meine Mutter hielt ihren Triumph hinter Würde und Sachlichkeit verborgen. Sie hatte ihm verziehen – er war ja so unglücklich! Als ich einmal in der Küche mit ihr allein war, forderte sie mich flüsternd auf, doch endlich zum Vati etwas netter zu sein. In diesem Zusammenhang teilte sie mir auch mit, weshalb er seine Freundin verlassen hätte: meinetwegen. Aus Liebe zu mir. Ich kam mir vor wie in einer Parodie auf eine noble Hollywoodschnulze: Da verabschiedete mein Vater seine Geliebte – versteh doch, ich hänge nun mal an dem Jungen –, und mit genau denselben Worten trug er sich der Mutter wieder an. Seine nächste Rolle würde also die des vortrefflichen Vaters sein. Ich ahnte, dass mir Schreckliches bevorstand.

Und so kam es auch. Bei jeder Mahlzeit wollte der Alte tiefe Gespräche mit mir führen. Er stellte mir Fragen über mein Innenleben, erzählte mir von seiner eigenen Jugend. Er reiste auf die sympathische Kumpelmasche, wie Dustin Hoffman in „Kramer gegen Kramer", aber mir war immer zumute, als wäre ein aufdringlicher Untermieter eingezogen. Bald wollte der Vater meine Schularbeiten sehen, bald nahm er mich zu einer Vorführung mit – er legte offenbar Wert darauf, dass man uns zu dritt in der Öffentlichkeit sah, die gesunde Familie, Vater, Mutter, Sohn. Ich erinnere mich auch an gewisse folternde Wochenendfahrten, da musste Schloss Rheinsberg besichtigt werden, oder es wurde durch den Spreewald gegondelt...

Ein neues Leben in Tugend und Harmonie. Das

drückte mich nieder. Ich sehnte mich allen Ernstes zurück nach den Zeiten der Sauftouren und des nächtlichen Gebrülls. Mir schien, wenn ich den Vater nur einmal wieder stockbesoffen sehen könnte, so richtig ramponiert und fertig, als eine negative Figur, mit der ich mich verbunden fühlen durfte, ich hätte gleich viel wärmere Gefühle für ihn. Aber als das eines Tages wirklich eintrat – denn er hielt natürlich die Familientour nicht durch, ein paar Monate nur, und der falsche Kitt zerbröckelte –, da war meine Reaktion ganz anders, als ich gehofft hatte. Es geschah an einem Winterabend, ich kam aus dem Kino, und in der Diele trat mir mein Vater entgegen, schwerfällig, mit glasigen Augen, wie gehabt. Beim Anblick meines wintergesunden Gesichtes – zu meinem Unglück trug ich auch noch eine Pudelmütze – packte ihn auf einmal hemmungslose Rührung. Seine Augen schwammen in dicken Tränen, schon begann ihm die Kinnlade zu wabbeln. Ich sah ihn auf mich zutorkeln und erschrak: Das war ja – Orson Welles in „Citizen Kane"!... Die Szene, nachdem ihn seine Frau verlassen hat... Ich versäumte es, mit Anstand zurückzutreten. Mein Vater zog mich überfallartig an sich und brabbelte an meiner Schulter: „Bist doch mein Junge, Sascha, nicht..."

Ich stieß ihn zurück; ich zitterte vor Ekel. Und daran merkte ich, dass ich ihn hasste: denn wie die Liebe alles entschuldigt, so findet der Hass in allem das Gemeine. Egal, ob der Alte soff oder nüchtern war, ich fand ihn zum Kotzen, zum Kotzen, zum Kotzen!

*

Und ausgerechnet um diese Zeit kam unser Gruppenratsvorsitzender, Sigi mit Namen, auf die Idee, mein Vater müsste für unsere Klasse einen Pioniernachmittag gestalten. In einer Pause, ganz unverhofft, nahm er mich beiseite: Er habe gestern nach der Versammlung noch lange über unserm Kulturplan gebrütet, der ja in diesem Halbjahr, wie ich selber wisse, ziemlich mager ausgefallen sei, und plötzlich habe es bei ihm gefunkt – warum in die Ferne schweifen, wenn in der eigenen Klasse der Sohn von Richard Bronikowsky sitze. „Ich denke mir, er könnte uns vor allem von seiner Filmarbeit erzählen. Wie entsteht so ein Film, wie läuft ein Drehtag ab, ganz locker und allgemeinverständlich. Ja? Das würde er doch bestimmt gerne machen, dein Alter, wenn wir ihn bitten, meinst du nicht?"

Und ob er das gerne machen würde. Ich brachte kein Wort heraus, und Sigi nahm mein Schweigen als Bejahung und schlug mir auf die Schulter. „Also schön, dann spitz ihn sobald wie möglich an, damit wir den Termin und alles festlegen können."

Fort war er, und ich saß voll in der Patsche. Schon an einem der nächsten Tage richtete unsere junge Deutschlehrerin nach dem Unterricht ein paar Worte an mich: Ich höre, dein Vater... Ja, der Sigi hat mir erzählt... Ja, ein feiner Gedanke, ich freu mich schon. Und Sigi, der aufschnappte, worum es ging, schoss auch gleich auf uns zu und mischte sich ein: „Ja, wird er kommen? Hast du ihn gefragt?"

„Noch nicht."

Und das Widrige rückte immer näher, heizte mir ein, ließ mir keine Ruhe mehr. Jeden Morgen fragte mich Sigi gespannt: „Na? Hast du deinen Vater gefragt?" Und es waren noch keine zwei Wochen vergangen, da herrschte er mich auch schon ungeduldig an: „Du hast ihn wieder nicht gefragt? Du hast wieder nicht dran gedacht? Sag mal, bist du wirklich so blöde, oder ist das jetzt schon Sturheit von dir?"

Ich wollte Sigi keinen Ärger machen. Er war ein

grundanständiger Junge, der Jahr für Jahr, weil sich kein anderer finden wollte, zum Gruppenratsvorsitzenden gewählt wurde. Ich hatte ihn schon oft bewundert, weil er mit einer trägen Schulklasse kämpfte wie Don Quichote mit den Windmühlenflügeln. Es traf mich hart, dass ich es nun war, den er vergeblich zu bearbeiten suchte, dass seine ehrlichen braunen Augen meinetwegen entrüstet blickten und dass er mir, geradlinig, wie er war, seine Verachtung entgegenschleuderte: „Wie kann man nur so lasch sein, so tranig, so ohne jeden Mumm in den Knochen! Ich würd mich schämen an deiner Stelle!"

Ich versuchte, da ich keinen Ausweg sah, mich dem Projekt zu nähern und zu stellen: Angenommen, mein Vater käme wirklich in die Schule – warum wäre das denn eigentlich so schlimm? Was berührte mich daran? Konnte es mir nicht schnuppe sein, ob er abends im Theater auftrat oder nachmittags vor meiner Klasse? Aber wenn ich mir das dann bildlich vorstellte, mein Vater am Lehrertisch, sich produzierend und Charme versprühend wie zu Hause für mich – nein, dann half mir keine Vernunft, dann fühlte ich, dass ich diesen Gedanken als Wirklichkeit nicht ertragen könnte. Es wäre zu erbärmlich. Es durfte nicht geschehen. Und wenn ich den vortrefflichen Sigi belügen und wenn ich ihm Widerstand leisten müsste, mein Vater sollte das Schulhaus nicht betreten!

So zappelte ich heimlich zwischen zwei Ängsten, bis ein paar Tage später, an einem Sonnabend, die Entscheidung fiel, die falsche natürlich, und ohne dass ich sie hätte verhindern können. Es war unmittelbar nach Schulschluss. Da mir die Mutter am Morgen eingeschärft hatte, ich solle mich heute besonders beeilen – wir wollten übers Wochenende zu Bekannten aufs Land hinausfahren –, verließ ich das Klassenzimmer als Letzter. Gedankenverloren schlenderte ich am Fenster vorbei, als mein Blick einen blauen Wagen streifte, der direkt vor dem Schulhaus parkte. Ich stutzte, blieb stehen, sah genauer hin und erkannte den neu erworbenen Škoda meiner Eltern. Vorne rechts saß die Mutter mit einem Korb auf dem Schoß, der Vater aber war ausgestiegen und schaute über den Wagen hinweg auf das Gewimmel der Kinder, die aus der Schule drängten.

Da sollte ich also gleich eingesackt und in die Natur hinausbefördert werden. Ich hoffte sehr, dass die Mutter mein Buch nicht vergessen hatte. Ich las nämlich gerade ein reißerisches Buch, das den verheerenden Verfall der Filmkunst in der kapitalistischen Welt behandelte. Es enthielt auch erregende Fotografien, von nackten Frauen und würgenden Killern und Westernhelden mit gezogenem Colt, die auf beeindruckende Weise Unmoral und Barbarei dokumentierten. Diesem Werk, das mich über das bevorstehende öde Wochenende unter Fremden hinwegtrösten sollte, galt meine allererste Sorge. Doch gleich darauf fiel mir das andere wieder ein, Sigis Initiative, die Gefahr, in der ich schwebte, und mein Vater stand dort unten vor seinem blauen Škoda, gut sichtbar und für jedermann zugänglich, und die Schüler quollen unaufhaltsam aus dem Hoftor hervor, und als es in meinem Kopf Alarm schlug – Ich muss runter! Ich muss laufen, so schnell ich kann! –, da erschien auch schon Sigi auf der Bildfläche, und die Szene rollte an, die mir der Schreck prophezeit hatte, unbeeinflussbar und zwingend wie ein Fiebertraum, und ich sah gleichsam von der Loge aus dem fatalen Stummfilm zu.

Sigi befand sich in Gesellschaft eines Freundes, auf den er lebhaft einredete, so dass er meinen Vater zunächst nicht bemerkte. Aber dann sah er doch in dessen Richtung und blieb wie angewurzelt stehen... Jetzt bedeutete er seinem Gefährten, er habe noch etwas zu erledigen Jetzt straffte er sich, ging drei federnde Schritte vorwärts Doch plötzlich zauderte er und wagte sich nicht weiter. Für mich wurde das nun wirklich spannend. Vielleicht sollte ich doch noch hinunterrennen, an Sigi vorbei, vielleicht... Aber nein, jetzt pirschte er sich näher, Schritt für Schritt, jetzt pflanzte er sich vor meinem Vater auf... Sogar aus der Ferne konnte ich sehen, dass der gute Sigi hochrot geworden war, und ich glaubte auch zu erkennen, dass er beim Sprechen stotterte und stammelte. Doch mein Vater verhielt sich natürlich sehr nett. Er war verblüfft, war angenehm überrascht; er fragte etwas, Sigi redete sich in Eifer; dann wechselten sie ein paar schnelle Sätze, und plötzlich lachten sie zusammen laut auf. Sie verstanden sich großartig, die zwei, ich brauchte keinen Text, um das zu begreifen.

Endlich blickte mein Vater auf die Uhr und dann verständnislos auf das Hoftor, und er sagte etwas zu Sigi, was offensichtlich mich betraf, denn Sigi antwortete unter Kopfschütteln und sah verwundert zum Schulhaus hinauf. Doch gleich darauf durchzuckte ihn ein Impuls, und als er sich nun wieder meinem Vater zuwandte, konnte das nur bedeuten, dass er mich suchen wollte. Die Szene war zu Ende, ich musste hervortreten.

Ohne Eile stieg ich die Treppe hinunter, und siehe da, an der Tür lief mir Sigi entgegen. „Ja, Sascha, wo bleibst du denn", rief er, „dein Vater holt dich ab!" Er strahlte mich an. Er war dermaßen glücklich, dass er vergaß, scharf und feindlich mit mir zu sprechen wie sonst immer in den letzten Tagen, und sogleich bekam ich meine Stummfilmszene als überschwängliche Erzählung serviert: „...Ich konnte einfach nicht hingehen, meine Knie waren wie Blei. Aber dann hab ich gedacht: Ach was!..." Schließlich sah er mich doch etwas aufmerksamer an, und es kam ihm ein richtiger Gedanke: „Sag mal, ist dir das etwa peinlich, wenn dein Vater so vor der Gruppe spricht? Tatsächlich? Aber warum denn nur? Du bist komisch, Sascha, ich versteh dich nicht. Mensch, wenn ich deinen Vater hätte..."

Es war sinnlos, sich noch zu wehren. Was geschehen sollte, geschah. Ich ließ mich von Sigi zum Wagen begleiten, er lieferte mich sozusagen ab. Und während er mit dem Vater noch irgendwelche Termine und Regelungen besprach, erfuhr ich von meiner Mutter, dass sie wirklich vergessen hatte, mein Buch für die Wochenendfahrt einzupacken. Aber das sei doch nicht so schlimm, meinte sie, der Hausherr habe einen Sohn in meinem Alter; und ich käme sowieso viel zu selten an die frische Luft. Und der Vater ließ sich gutgelaunt ins Auto plumpsen und startete und erklärte, er werde also demnächst vor den Pionieren sprechen, wie ein Veteran, haha, und als wir um die Ecke bogen, sah ich im Rückspiegel, dass Sigi noch immer mitten auf der Straße stand. Er war nicht mein Feind. Er meinte es nicht böse. Und es war ja auch nur in meiner Einbildung schlimm. Kein anderer Junge an meiner Stelle hätte aus einem harmlosen Pioniernachmittag eine solche Affäre gemacht. Ich musste es überstehen, und ich würde es überstehen.

Und ich überstand es, obwohl die Veranstaltung viel größere Ausmaße annahm, als ich gedacht hatte. Unsere Deutschlehrerin schlug vor, wir sollten uns, um eine Gesprächsgrundlage zu haben, den heiteren Jugendfilm „Karola im Abseits" ansehen. Er spielte in einem Ferienlager und handelte von einem bockigen Mädchen, das in einer duften Truppe erzogen wird, wobei mein Vater als verständnisvoller Erzieher fungiert. Als die Parallelklassen von diesem Projekt erfuhren, wollten sie sich auch daran beteiligen. Man organisierte also eine geschlossene Filmvorführung im nahe gelegenen Klubhaus, wo anschließend auch der Auftritt meines Vaters stattfinden sollte. Über Wochen durchzog der Name Richard Bronikowsky das schulische Leben. Beständig forderte man mich auf, meinem Vater einen „neuesten Stand" auszurichten, und jeden Morgen ging ich auf dem Schulhof an einem großen Plakat vorbei, das Sigi mit eigener Hand am Stamm einer Eiche befestigt hatte und das alle Interessenten herzlich einlud, an der Vorführung des Spielfilms „Karola im Abseits" sowie an der darauf folgenden Diskussion mit dem Hauptdarsteller Richard Bronikowsky teilzunehmen. So kam es, dass ich eher erleichtert war, als der gefürchtete Tag dann endlich anbrach: Morgen konnte ich Sigis Plakat von der Eiche reißen, dass die Fetzen flogen, morgen durfte ich wieder untertauchen in meiner geliebten Anonymität.

Diese Gewissheit ließ mich die Schule nahezu selbstbewusst betreten. Aber mittags in einer Pause wurde ich Zeuge des folgenden Zwiegesprächs: „Kommst du heute wieder mit zur Kiesgrube?" Das fragte einer von unseren Jungs. „Geht nicht", erwiderte das angesprochene Mädchen, „heut ist doch dieser Pioniernachmittag."

„Ach, du lieber Himmel, sag bloß, du gehst da hin?"

„Ich muss, ich hab schon zweimal geschwänzt. Na, freiwillig würd ich mich bestimmt nicht in diese..."

Doch der Junge hatte mich inzwischen bemerkt und versetzte seiner Freundin einen Rippenstoß. Die beiden blickten mich schweigend an und gingen dann zusammen weg.

Von da an fühlte ich mich mutlos. Ich lief nach Schulschluss nicht mit den anderen zum Klubhaus, sondern fluchtartig in die entgegengesetzte Richtung, bis ich schließlich vor einem Kino landete, das ich schon tagelang umkreist hatte; denn hier lief gerade, unerreichbar für mich, der Film meiner Träume, „Der Mann mit dem goldenen Arm". Und wiederum suchte ich den Hof nach unverschlossenen Notausgängen ab, und wiederum studierte ich die Gesichter der Schließerinnen, um eine zu finden, die vielleicht ein Auge zudrückte, wenn ein dreizehnjähriger Junge da hindurchschlüpfen wollte, aber wiederum zog ich weiter, ohne eine Lösung gefunden zu haben. Ich dachte an meinen Vater, an „Karola im Abseits"... Was würde das für einen Eindruck machen, wenn ausgerechnet diese Veranstaltung ausgerechnet von mir geschwänzt wurde. Ich raffte mich also auf und ging doch noch zum Klubhaus, wobei ich hoffte, ich würde zu spät kommen und könnte ohne Aufsehen untertauchen.

Aber als ich den Kinosaal betrat, stellte ich erschrocken fest, dass die Vorführung noch keineswegs begonnen hatte. Die Schüler unserer drei siebenten Klassen lümmelten sich auf den Sitzen, sie schwatzten und warfen mit Bonbonpapier, und ich lief das Spalier der Gesichter entlang, bis ich mich in einer möglichst leeren Reihe niederließ. Zum Glück erlosch nach wenigen Minuten das Licht. Ich versuchte, Karolas Geschichte zu verfolgen, doch ich sah nur immer mich selbst, und während auf der Leinwand die „dufte Truppe" über Karolas Erziehung beriet, witterte ich plötzlich die Atmosphäre von Schülerfilmen aus alter Zeit, die in Kadettenanstalten spielen oder in Collegeinternaten oder in k. u. k. Gymnasien und in denen fast immer ein Opferlämmchen vorkommt, ein schwaches Geschöpf mit irgendeinem Makel, das von einer rohen Horde gehetzt wird. Und das war ich – ja, das war ich. Ich hatte ein geheimes Übel entblößt, und alle hatten es gemerkt - dass ich mit Absicht zu spät gekommen war, dass zwischen mir und meinem berühmten Vater irgendetwas nicht funktionierte... Und er selbst, mein Vater, der mich nie zuvor in dieser Sphäre gesehen hatte, was mochte er wohl davon halten, dass mich keiner gerufen hatte: Sascha, hierher! und dass links und rechts von mir die Plätze leer waren?

Mir wurde schwer und traurig zumute. Jetzt sah ich sie vor mir, die dunkle Katastrophe, die ich von diesem Auftritt erwartet hatte. Das Unerträgliche, das war gar nicht die Einmischung des Vaters, das waren gar nicht die Kinderfragen und die neugierigen Blicke und die Dankesformeln. Es war der Gedanke, dass ich womöglich ein Ausgestoßener, ein seelischer Krüppel war oder dass mich die anderen dafür halten könnten; denn dieser Gedanke, der würde mir bleiben und alles auf vernichtende Weise erklären. Du bist komisch, hatte Sigi gesagt. Aber so war ich doch nicht immer gewesen! Noch in der vierten Klasse hatte ich Theaterbesuche organisiert, hatte Filme weiterempfohlen – mit lauter Stimme, nicht auszudenken! –, ich hatte wie Sigi im Einklang mit der Welt gelebt, hatte weder Scham noch Fremdheit gekannt... Wann hatte ich angefangen, „komisch" zu werden – allein ins Kino zu gehen, die falschen Filme zu mögen? Warum konnte ich die Aktivität meines Vaters und seine Erfolge nicht mehr ertragen? Die Filmkinder sangen jetzt ein Lied, das klang so herzzerreißend fröhlich, und ich lehnte mich auf in meiner Hilflosigkeit, ich rief mir zu, dass das ja Lüge war, was die da sangen, dass der ganze Film von Anfang bis Ende eine einzige geballte bunte Lüge war, dass meine Mitschüler recht hatten, wenn sie lieber zur Kiesgrube gehen als Karolas „dufte Truppe" lügen sehen wollten, und dass ich recht hatte, ich, ich, wenn ich mich gegen meinen Vater sträubte. Schon kam mir der Gedanke, einfach wegzugehen, hinaus auf die Straße, hinaus in meine Freiheit! Das würde wieder „komisch" wirken? Ach was! Es wäre noch viel komischer, wenn ich bliebe!

Bald hielt es mich kaum noch auf meinem Platz, und während einer lärmerfüllten Szene fand ich den Mut, mich zu erheben und unauffällig den Saal zu verlassen. Dann stand ich noch lange wie benommen vor dem Klubhaus.

Als mich abends mein Vater fragte, wo ich denn nur so plötzlich abgeblieben sei nach der Veranstaltung, sagte ich, mir wäre schlecht geworden; und ich hatte gar nicht das Gefühl zu lügen. Am nächsten Morgen, als auf dem Schulhof gerade niemand zu sehen war, ging ich und riss Sigis Plakat von der Eiche. Den „Mann mit dem goldenen Arm" habe ich erst Monate später gesehen.

*

Bald darauf begann mein Vater seinen „Schiffer Baumann" zu drehen, das lenkte seine Aufmerksamkeit wohltuend von mir ab. Unser Haus wurde wieder zum „geselligen Zentrum", und diesmal blieb meine Mutter loyal. Sie, die sich doch früher eher abgestoßen fühlte von dem lauten Freundeskreis ihres Mannes, hielt, nachdem sie fast von ihm verlassen worden wäre, „für jeden eine Tasse Kaffee und ein bezauberndes Lächeln bereit" – so schreibt Rudolf Hirschmeisl, der Verfasser des bereits erwähnten Aufsatzes über meinen Vater. Er widmet fast eine Seite unserem Familienleben. Ich will die Stelle ausführlich zitieren:

> *In dem gemütlichen Heim der Bronikowskys steht den ganzen Tag die Tür nicht still. Kollegen, Nachbarn, ganze Gruppen von Zuschauern, sie alle wenden sich an Richard Bronikowsky, suchen seinen Rat, bitten ihn zu Diskussionen, entwickeln neue Gedanken mit ihm... Und die Frau des Hauses hält für jeden eine Tasse Kaffee und ein bezauberndes Lächeln be-*

reit. Ich kann mir vorstellen, dass ihr Leben an der
Seite dieses viel beschäftigten Mannes manchmal
gar nicht so einfach ist. Als ich sie danach frage, ver-
tieft sich ihr Lächeln. "Gewiss, man braucht viel Ge-
duld und Verständnis", sagt sie, "aber wissen Sie,
ohne diesen Trubel – da würde mir schon richtig was
fehlen."

Es fällt auf, dass über meine Person kein Wort mehr
fällt. Heute tut mir das richtig leid. Ich hätte Anne gern
vorgelesen, dass Richard Bronikowsky neben anderen
Kostbarkeiten auch einen hoffnungsvollen Sohn besaß.
1963 aber, als Rudi Hirschmeisl sein Werk verfasste,
war ich gerade vierzehn und schon nicht mehr präsen-
tabel. Wenn ich hörte, dass unten Gäste waren, verließ
ich nach Möglichkeit mein Zimmer nicht. Es bürgerte
sich ein, dass mir die Mutter dann zu essen brachte, wie
einem Gefangenen in einem Abenteuerfilm. Kam ich
aber abends aus dem Kino nach Hause und sah in der
Garderobe fremde Mäntel hängen, so lief ich mit einge-
zogenem Kopf die Treppe hoch, voller Angst, die Tür
könnte aufgehen und ich wäre gezwungen, guten Abend
zu sagen. „Unser Sohn ist ein bisschen menschenscheu",
pflegten die Eltern mich lächelnd zu entschuldigen. Und
das haben sie bestimmt auch zu Rudi Hirschmeisl gesagt, woraufhin er mich gleich für eine Niete hielt.
Er ahnte nicht, und auch sonst ahnte niemand, dass
ich trotz meiner Menschenscheu ein hoffnungsvoller
Sohn war, so voll der Hoffnung wie später nie wieder.
Mein Leben war Kino, Kino, Kino. Täglich entdeckte ich
neue Handschriften, neue Namen; und ich war nicht
wählerisch, ich nahm alles, alles mit, ich ertrug selbst
Filme, die mich heute erbittern würden, und gewissen-
haft las ich alle Fachliteratur, deren ich habhaft werden
konnte, auch wenn sie noch so langweilig war.

Jeden Freitag wechselte an der Litfasssäule das leuchtend gelbe Kinoplakat. Dann war ich vormittags ganz zapplig vor Spannung, und kaum hatte ich die Schule überstanden, schon lief ich hin und studierte alle Titel und baute meinen Zeitplan für die folgende Woche. Es gab ja so vielerlei zu beachten! Welche Filme liefen neu an? Manche, die seit Monaten fällig waren, ließen ewig auf sich warten! Dann gab es auch gewisse ältere Filme, die vor meiner Zeit gelaufen waren und die ich nur aus Büchern kannte – aber manchmal wurden sie noch irgendwo gespielt! Wie oft fuhr ich mit dem Stadtplan in der Hand durch halb Berlin, weil ganz weit draußen in einem kleinen Kino Tschuchrais „Klarer Himmel" wiederaufgeführt wurde oder Clouzots „Lohn der Angst". Und diese Altersbeschränkungen, welch lästiges Problem I Konnte ich vielleicht dafür, dass ich erst vierzehn war? Unter nervenzerreißenden Aufregungen hatte ich ein Flohkino entdeckt, in dem die Schließerinnen so alt und so vertrieft waren, dass sie mich einfach gedankenlos einließen, auch wenn ein Film P 18 war. Noch heute könnte ich sentimental werden, wenn ich an jene Weiblein zurückdenke, deren Schwäche ich ausnutzte und die nie erfuhren, wie dankbar ich ihnen dafür war. Doch es dauerte immer so quälend lange, bis ein Film, der P 18 war, in ebendiesem Flohkino landete, und mancher landete niemals dort, so dass ich jeden Freitag aufs Neue enttäuscht war...

Abenteuer Litfasssäule! Von hier aus steuerte ich mein Leben, das in den Kinosälen von Berlin stattfand. Mir fehlte nichts, und niemand störte mich. Von Zeit zu Zeit fragte mich die Mutter, wohin ich ginge oder wo ich gewesen sei. Aber wenn ich ihr dann etwas vom Kino erzählte, lächelte sie und glaubte mir nicht. Einmal sagte sie, ich solle mir doch endlich etwas Originelleres einfallen lassen. Wahrscheinlich dachte sie, ich hätte ein

Mädchen oder wenigstens eine Clique. Ich hatte niemanden, ich sprach zu meinen Mitmenschen nur über Dinge, die mir gleichgültig waren, doch wie schön fand ich damals meine Einsamkeit! Ich war schon selig, nur den leisen Gong zu hören, der den Beginn einer Vorstellung anzeigte – und wenn dann langsam, langsam die Dunkelheit kam... Und zu welcher Begeisterung war ich fähig! Als ich zum erstenmal Kramers „Urteil von Nürnberg" sah, ging ich hinterher noch tagelang umher wie im Nebel. Mechanisch absolvierte ich mein äußeres Leben, ich erledigte die Schularbeiten in den Pausen, ärgerte mich über jede Minute, die ich der Gesellschaft opfern musste. Was sollten mir all diese banalen Verpflichtungen, und was ging mich eine Schule an, in der keine Filmkunde unterrichtet wurde. Erst als der Abschluss der zehnten Klasse bevorstand, bekam ich es mit der Angst zu tun. Was, wenn die Leute an der Filmhochschule meine Fähigkeiten nach dem Zensurendurchschnitt beurteilten? Es gab ja Beispiele genug von verpatzten Russischarbeiten, die sichere Studienplätze hinwegfegten. Ich stellte mit einiger Unruhe fest, dass zwischen der Schule und meiner Zukunft anscheinend doch ein Zusammenhang bestand, und setzte zu einem mühseligen Endspurt an. Die endlosen chemischen Reaktionsketten, die Logarithmentafeln und Russischvokabeln. auf die ich mich widerwillig konzentrierte, das alles war mir der Berg von Brei, durch den ich mich hindurchfressen musste, um das Schlaraffenland zu erreichen, das sich Filmhochschule nannte. Ich glaubte, wenn ich dort erst angekommen wäre, dann würde es keine Trennung mehr geben zwischen der inneren und der äußeren Welt; keine Pflichtlektüre mehr, kein Büffeln, keine Sehnsucht nach der Freizeit. Ich würde Filme sehen, Filme analysieren, mit Gleichgesinnten über Filme sprechen, und das an jedem Tag von morgens bis abends. Und später – doch das wagte ich noch kaum zu denken – würde ich selber Filme machen... Ich würde keine Marionette an den Fäden einer fremden Idee sein wie mein Vater; ich würde mir meine eigenen Ideen zu wirklichen, klaren Bildern formen, würde Teil dieser Welt sein, die ich so sehr bewunderte, würde Cannes sehen, die Palmen, die Stars, meine Götter, Wajda und Visconti, Chaplin und Kramer...

Zu fern, zu traumhaft war diese Herrlichkeit, aber eines war glaubhaft und real für mich: dass ich etwas in mir hatte, dass ich für das Kino geboren war, dass ich meinen Weg bis ans Ziel gehen musste, allen Hindernissen zum Trotz! So sicher war ich, so blind vor Selbstvertrauen, so unverletzbar in meinem Wahn... Ich sah aus dem Dunkel auf die leuchtende Leinwand, sah Stummfilmkomödien und Ritterromanzen und Krimis und tiefenpsychologische Dramen, sah Tschapajew schießen und Fred Astaire steppen, sah Oliviers und Smoktunowskis Hamlet, und es kam mir vor, als hortete ich in mir einen gewaltigen Reichtum. Ich betrieb mein Vergnügen und meine Karriere.

*

Um die Mitte der sechziger Jahre reiste mein Vater häufig nach Moskau; er spielte einen höheren Wehrmachtsoffizier in einem mehrteiligen sowjetischen Kriegsepos, und außerdem wirkte er in einem utopischen Weltraum-Abenteuerfilm mit, einem technisch aufgedonnerten Streifen, dessen Handlung kaum zu ergründen war. Ich weiß das, weil ich später einmal zufällig die erste Hälfte davon gesehen habe. Diese Periode im Leben meines Vaters wird von der Mutter als die „Moskauer Zeit" bezeichnet und in der braunen Mappe mit besonders bunten und freundlichen Bildern belegt.

Ich erinnere mich sehr gut an die Moskauer Zeit. Das Haus war so schön friedlich, wenn mein Vater nicht da war. Ich konnte es benutzen vom Keller bis zum Boden. Damals entdeckte ich, dass auch im Fernsehen hin und wieder gute Filme gezeigt wurden; und ich gewöhnte es mir an, schon um halb sechs ins Kino zu gehen, dann war ich spätestens um acht wieder zu Hause, falls das Abendprogramm etwas Lohnendes bot.

Schön waren auch die Vormittage in den Ferien. Ich hatte das Haus ganz für mich allein, denn die Mutter arbeitete halbtags in einem Buchladen. Was konnte es Paradiesischeres geben, als sich im Wohnzimmer breit zu machen, wenn auf dem Tisch ein gutes Frühstück stand und im Kasten eine Ufakomödie lief. Wer jahrelang wie ich auf ein Zimmerchen beschränkt war, wird mir die Freude nachfühlen können, mit der ich damals die große Wohnung in Besitz nahm – und wird auch verstehen, wie schockiert ich war, als urplötzlich mitten in den Sommerferien mein Vater in die Idylle einbrach.

Ich hatte vielleicht für ein paar Tage mit ihm gerechnet – dass er mir kurzfristig das Haus wegnahm, war auch schon früher vorgekommen –, aber diesmal verkündete er gleich am ersten Abend, er habe seinen Mehrteiler so gut wie abgedreht, bis auf eine Kleinigkeit, die im Herbst fällig werde, und er wolle jetzt erst mal so richtig ausspannen – Unkraut zupfen, das Dach reparieren, ach ja, so was habe er nötig nach all den geistigen Strapazen, und niemand solle ihn in den nächsten Wochen von seinem trauten Eigenheim fortlocken. Er reckte sich und schwärmte von irgendwelchen Blumenzwiebeln, die er auf dem Moskauer Markt erstanden hatte, und mich fragte er, ob ich nicht mit ihm Schach spielen wolle, er habe dort immer mit Anatoli gespielt, und nun dürfe er nicht aus der Übung kommen... Mit einem Wort, der Hausherr war wieder da.

Am nächsten Morgen kam er die Treppe herunter, als ich gerade frühstückend vorm Fernseher saß. Es lief ein tschechischer Kriminalfilm, ein simples Ding, aber pfiffig gemacht. Ich hatte mir Hörnchen gekauft und Rührei gebraten. Mein Vater wünschte mir guten Appetit, besah sich belustigt mein kleines Paradies und sagte: „Na, du lebst ja nicht schlecht." Ich lächelte höflich, ich wusste wirklich nichts zu antworten; doch er blieb noch minutenlang wartend vor mir stehen, und ich starrte blicklos auf die Mattscheibe und hätte viel darum gegeben, allein zu sein. Ich fühlte, dass hier der gute Wille umsonst war, dass wir uns nun einmal nicht verstanden. Endlich ging mein Vater hinaus, und ich hörte, wie er sich in der Küche umständlich einen Topf Kaffee brühte.

Als er wiederkam, schien er entschlossen, die Stille auf jeden Fall mit Worten zu füllen; er hat nie ein Schweigen zwischen uns ertragen. So setzte er sich neben mich und schwatzte drauflos: Das sei aber ein herrliches Wetterchen heute, und warum ich mich denn im dunklen Zimmer vergrübe, ich könnte doch längst schon im Strandbad sein, ja, als er in meinem Alter gewesen wäre... Ich versuchte mich auf den Film zu konzentrieren, aber jedes seiner Worte riss an meinen Nerven, und ich fürchtete, ich müsste gleich grob werden. Doch plötzlich tat mein Vater das einzig Gescheite: Er erkundigte sich nach dem Film, der da lief. Und weil ich ihn darüber ausführlich informierte, fragte er mich immer weiter und ließ sich die ganze Handlung erzählen, und schließlich packte ihn echtes Interesse, und er regte sich auf, kommentierte alle Vorgänge, lachte dankbar über jeden Gag... Auf einmal waren wir zwei Kumpels, die zusammen knackige Hörnchen aßen und dabei rieten, wer wohl der Täter war – Rudi Hirschmeisl hätte seine helle Freude an uns gehabt.

Ich gestehe, ich schmolz nur so dahin in der Kuhwärme unserer Gemeinschaft. Und der Tag, den ich dann mit meinem Vater verlebte, ist mir bis heute in guter Erinnerung geblieben. Zuerst saßen wir im Garten und spielten Schach. Später brieten wir uns Koteletts, die natürlich missrieten. Mein Vater erzählte mir von Moskau, von dem Film, den er dort gedreht hatte und der von den Kämpfen des ersten Kriegsjahres handelte: Also, wenn der so bliebe wie geplant, dann würden da endlich einmal Fakten aufgedeckt, von denen hierzulande kein Mensch wusste! Ein ganz heißes Ding würde das, ein Film von schonungsloser Offenheit, ja, die Eingeweihten würden das schon verstehen! Und ich erzählte plötzlich, weiß der Teufel, warum, von dem Einzug des jungen Orson Welles in die Studios von Hollywood: Kommt ein frischgebackenes Genie aus New York, das Erfahrung noch durch Selbstvertrauen ersetzen muss, und krempelt die Ärmel hoch und stellt mir nichts, dir nichts eine kleine Revolution auf die Beine, einen Film, der neben den üblichen Produktionen aufragt wie ein Wolkenkratzer neben Katen! Mein Vater konnte kaum sein Erstaunen verbergen, als er mich so begeistert sah und so viele Sätze hintereinander reden hörte. Gegen Abend sprengten wir gemeinsam den Garten, und mein Vater sprach von seinem Freund Anatoli, einem tollen Kerl, der abstrakt malte und hervorragend Schach spielen konnte und dem es als erstem Menschen gelungen war, ihn, Richard Bronikowsky, unter den Tisch zu trinken. Als die Mutter heimkam, saßen wir in Liegestühlen und erwogen meine Chancen an der Filmhochschule. Sie freute sich über das harmonische Bild und rief uns zu, die Küche sehe aus wie ein Saustall. Mit einem Wort, uns fehlte nur noch Flipper oder Lassie.

Nach dem Abendessen, das gleichfalls in bester Stimmung verlief, schaltete mein Vater den Fernseher ein. Er wollte sich ein Fernsehspiel mit dem Titel „Die Löwenbrigade" ansehen, in dem er, noch vor seinen Moskau-Projekten, eine kleinere Rolle übernommen hatte. Ich aber ersah aus der Programmvorschau, dass ausgerechnet an diesem Abend Michael Curtiz' „Casablanca" gegeben wurde, ein Film, über den ich erst kurz zuvor einen euphorischen Artikel gelesen hatte. Mein Herz machte einen freudigen Sprung, und ich bat meinen Vater, er möchte doch bitte für heute auf die „Löwenbrigade" verzichten, die würde garantiert noch hundertmal abgenuddelt, während sich die Chance, „Casablanca" zu sehen, bestimmt so bald nicht wieder biete.

Mein Vater zeigte sich befremdet, dass ein Ergebnis seiner Arbeit mich anscheinend weniger interessierte als ein Amischinken von 1943. Ich merkte, dass er sich persönlich herabgesetzt fühlte, dass er nun erst recht auf seinem Willen bestehen würde und dass ich ernstlich Gefahr lief, der „Löwenbrigade" wegen „Casablanca" zu verpassen. Doch diese Möglichkeit erschien mir so absurd, dass ich einfach nicht daran glauben und mich folglich auch nicht davor fürchten konnte. Es war mir schon ein paar Mal im Leben passiert, dass ich einen Film, auf den ich scharf war, um ein Haar nicht gesehen hätte; und dann hatte ich es doch noch irgendwie geschafft. Ich durfte nur jetzt keinen Fehler machen. Ich musste vor allem ganz, ganz ruhig bleiben. Vorsichtig setzte ich dem Vater auseinander, dass „Casablanca" nicht irgendein „Amischinken" sei, sondern eine Perle der Weltfilmkunst, eine der schönsten Liebesgeschichten aller Zeiten... Er hörte mir nicht zu. Er blickte trübe vor sich hin. Schließlich sagte er: „Früher warst du so ein aufgeschlossenes Kind." Er fühlte nur den sentimentalen Schmerz der Eltern, denen die Kinder aus den Fingern gleiten. „Casablanca" interessierte ihn nicht die Bohne. Und als ich trotzdem weitersprach, immer flehender, immer verängstigter, da wurde er wütend und herrschte mich an: „Schluss jetzt! Du hast in deinem Leben nie gearbeitet, sonst könntest du jetzt nicht so..." Er wusste nicht gleich weiter; und die Mutter, die für den Familienfrieden fürchtete, schaltete sich behutsam ein: „Wirklich, Sascha, du kannst nicht verlangen, dass sich alle Leute immer nur nach dir richten. Der Fernseher ist nicht für dich alleine da."

Ich hätte mit dem Fuß aufstampfen mögen. Was ich fühlte, war ganz unmöglich: dass nämlich ich hier die Zimmer bewohnte, dass ich die Blumen goss, dass ich den Fernseher benutzte und dass sich mein Vater gefälligst wieder in die weite Welt scheren sollte, wo er hingehörte. Aber er war der Hausherr, und ich war von ihm abhängig. Durch seine Arbeit hatte er das Haus erworben, die Ledersessel, die ich so gern hatte, das Bier, das ich gerade trank, den Liegestuhl, in dem ich mich immer sonnte. Sogar die Filme, die mir heilig waren, hatte ich allesamt nur deshalb gesehen, weil mein Vater so freundlich war, mir etwas abzugeben von dem vielen Geld, das er als „Schiffer Baumann" verdiente oder als Nazioffizier. Und wenn ich mich an der Filmhochschule bewarb, dann würde es bestimmt ins Gewicht fallen, dass ich der Sohn von Richard Bronikowsky war, der die Kultur des Landes so bereichert hatte.

Mein erster Impuls war, hinauszulaufen und die Tür hinter mir zuzuknallen. Dann aber kam mir der Gedanke, dass die „Löwenbrigade" vielleicht kurz genug war, um wenigstens noch den letzten Teil von „Casablanca" zu erhaschen. Ich hätte mich nun trotzdem für ein Stündchen zurückziehen können, das wäre sogar das Vernünftigste gewesen, doch aus irgendeinem Grunde blieb ich sitzen und führte mir die „Löwenbrigade: zu Gemüte.

Der Film handelte von einem naiven jungen Mann, der mit hohen Idealen und wenig Lebenserfahrung aus

einer Kleinstadt nach Berlin kommt und auf einer Groß-
baustelle zu arbeiten beginnt. In der Brigade, der er zugewiesen wird und deren Leiter Kurt Löwe heißt,
herrschen nun alle möglichen Missstände: Da wird ein
bisschen mit den Normen geschummelt, und da werden
Engpässe im Materialnachschub aus Bequemlichkeit
geduldet, ja gutgeheißen. Das alles schockiert den naiven jungen Mann, und er beschließt mit dem ihm eigenen Idealismus, die rechte Ordnung wiederherzustellen.
Er verlangt vom Bauleiter die Richtigstellung der Normen und schafft im Alleingang das fehlende Material
herbei. Natürlich stößt er damit seine Kollegen vor den
Kopf. Nach einem großen Krach ist er nahe daran, alles
hinzuschmeißen und wieder heimzufahren. Aber
nachts auf dem Bahnhof wird ihm klar, dass sich seine
Ideale nur am Leben beweisen können, dass er sich also
den Schwierigkeiten stellen muss. Unterdessen hat der
Bauleiter, dargestellt von meinem Vater, den Brigade-
mitgliedern erklärt, was für einen prächtigen Menschen
sie doch in ihr Kollektiv aufgenommen hätten und dass
gerade sein jugendlicher Überschwang etwas sehr
Schönes und Wertvolles sei. Nun steht der Versöhnung
nichts mehr im Wege. Die Parteien kommen einander
entgegen, Missverständnisse klären sich, Überspitzun-
gen werden zurückgenommen, und ein zünftiges Be-
säufnis besiegelt die Freundschaft.

Als die Handlung so weit gediehen war, wollte ich
schon aufatmen; aber ich freute mich zu früh. Denn die
Mitglieder der Löwenbrigade haben auch privat ihre
Sorgen und Nöte. Brigadier Löwe beispielsweise eckt
ständig mit seiner Familie an – ihre Wohnung ist zu
klein. Der naive junge Mann macht also von seinem Elan
nunmehr auf dem Wohnungsamt Gebrauch, und bums,
er zaubert dem Meister eine Wohnung herbei, die dann
von der ganzen Brigade mit viel Schwung und Hallo ge-

malert wird. Ein anderer, jüngerer Kollege hat jede Menge Frauengeschichten. Der Hallodri nimmt die Liebe nicht ernst. Endlich aber findet er die Richtige, die ihn fesseln kann. Auch der naive junge Mann lernt ein Mädchen kennen, mit dem er verwickelte Probleme hat, aber was für welche, das konnte ich leider nicht herausfinden, obwohl ich böse konzentriert bei der Sache war. Soviel verstand ich, dass der naive junge Mann von seinem Mädchen „Unbedingtheit" fordert. Er ist halt in der Liebe genauso idealistisch wie auf dem Bau.

Bald hatte ich das Gefühl, schon stundenlang so zu sitzen und den endlosen Debatten über „Unbedingtheit" zu folgen, die das junge Paar auf dem Bildschirm austrug. Bestimmt war „Casablanca" längst zu Ende. Mein Schmerz verwandelte sich in Erbitterung, und die simple Fabel von der Löwenbrigade, die ich unter normalen Umständen vielleicht sogar belustigend gefunden hätte – ich ließ mich hin und wieder ganz gern von sozialistischen Courths-Mahler-Geschichten berieseln –, schien mir nun ein geradezu gefährliches Ausmaß an Dummheit und Verlogenheit zu offenbaren. Doch mein Vater, der seine Verstimmung über mich bald vergessen hatte, konsumierte den Film genauso feurig wie am Vormittag die tschechische Kriminalkomödie. Er sagte: „Sehr schön!", wenn ihm eine Dialogpassage besonders witzig und gelungen erschien, oder er lobte einen der Darsteller, und ich konnte mich kaum mehr beherrschen.

Endlich näherte sich der Schluss: Der vormalige Hallodri feiert Hochzeit mit der Richtigen, die er gefunden hat. Während der Feier, an der natürlich wieder die gesamte Löwenbrigade teilhat, kommt es zum endgültigen Bruch zwischen dem naiven jungen Mann und seinem Mädchen. Er ist für sie zu unbedingt, sie dagegen ist ihm nicht unbedingt genug. Traurig taucht er unter im Kreise seiner Kumpels, die ihn mit tiefsinnigen Rauheiten trösten.

Ich hatte schon während der letzten Sätze neben dem Fernsehapparat gestanden, und sowie die Schlussmusik einsetzte, schaltete ich mit gierigen Fingern um. Da war „Casablanca"! und da war es auch schon vorüber. Ich hatte tatsächlich die allerletzten Meter erwischt, noch ein Zipfelchen von der berühmten Abschiedsszene, ein paar halbe Sätze, ein paar Tränen, ein paar Klänge, doch ich fühlte den ganzen Schmelz einer bittersüßen Schönheit, und mit schneidendem Herzweh erkannte ich, wie unsagbar viel ich hier verlor. Warum hatte man mir das angetan? Wofür wurde ich so grausam bestraft? Ich war doch den ganzen Tag artig gewesen, ich hatte nichts verlangt als nur diesen einen Film! Hilflos sah ich den Bildschirm an, der in teilnahmsloser Korrektheit bereits die Spätnachrichten übertrug. Hätte mein Vater in diesem Moment ein tröstendes, bedauerndes Wort für mich gehabt, ich wäre sicher schweigend hinausgegangen, und am nächsten Morgen spätestens hätte ich mir gesagt, dass man solch einen Film nicht für immer verpasste. Ich habe ihn inzwischen dreimal gesehen und finde, dass er so gut nun auch wieder nicht ist. Aber damals, als ich mein Gesicht in sprachloser Anklage zum Vater aufhob, traf mich nur ein kühl erstaunter Blick.

„Und diesen Kitsch", fragte er verächtlich, „wolltest du dir wirklich ansehen?"

Das reichte aus, .mir die Augen zu trocknen, mir im Nu den Zynismus wiederzugeben, mit dem ich die „Löwenbrigade" verfolgt hatte. Wie einen Feind sah ich den dicken, grauhaarigen Mann, der da so unbeirrbar sicher in seinem Ledersessel thronte. So einer wagte es, die Schönheit zu beschmutzen. Ein Heino, der Beethoven kitschig fand. Aber ich würde ihn genauso tief verwunden, wie er mich verwundet hatte. Und zitternd trat ich vor, und ich schoss auch schon los: „Soll ich dir mal sagen, was ich von deiner Löwenbrigade halte? Und was ich überhaupt von der Scheiße halte, die du spielst? Und was ich von deinem ganzen Leben halte?"

Die Mutter, die den Tisch abräumte, wies mich zurecht: „Sascha! Jetzt langt's aber, geh sofort ins Bett!" Der Vater aber sagte leichthin: „Wieso, lass ihn ruhig ausreden, ist doch interessant." In seinem Gesicht rückte und rührte sich nichts, sein Lächeln saß fest in der herablassenden Miene, und doch war ich sicher, es müsste mir gelingen, dieses Gesicht wie eine Schaufensterscheibe zu zerschmeißen. Wenn ich nur immer weiterredete, dann würde er schon irgendwann losbrüllen oder heulen oder mich sogar schlagen, und das war es, das war es, was ich erreichen wollte.

„Dieser Schund, den du drehst… " Ich strengte mich an, meine flatternden Gedanken in Sätze zu bannen. „Dieser Staub… Diese, diese sinnlose Verschwendung von Zelluloid… Deine Arbeit, oder wie du das nennst… Zum Affen hast du dich gemacht, weiter nichts… Und redest und redest… Als ob das irgendwas – irgendwas mit Kunst zu tun hätte! Du hast schon unter Hitler Operetten gespielt, und dann habt ihr auf Stalin Loblieder gesungen, und heute…"

So unerforscht, so schwindelerregend war die Höhe, in der ich mich auf einmal bewegte, dass ich nun doch nach Luft schnappen musste, und in diese Pause hinein sagte mein Vater: „Vielleicht hab ich einfach kein Glück gehabt", und jetzt hätte schon ein Kind sehen können, dass ich ihn auf das Furchtbarste getroffen hatte, dass seine Stimme fremd klang, dass ihm sein Lächeln gerade noch an den Lippen hing wie eine Grimasse. Genauso hatte Montgomery Clift seine große Szene in Kramers „Urteil von Nürnberg" gespielt, mit ebendieser fadenscheinigen Heiterkeit, durch die in jeder Sekunde das Entsetzen brach. Aber ich fühlte nicht die Spur von Mitleid. Ich sah nur, dass mein Vater noch immer um Haltung rang und dass ich offenbar auf dem besten Wege war, ihm diese Haltung restlos zu vernichten. Immer lauter, immer sicherer fuhr ich fort: „Und ihr sitzt immer da und bildet euch ein, dass ihr wunder wie nützlich seid, dass es ohne euch gar nicht vorwärts geht, und dabei... Nichts, was du in deinem Leben je gemacht hast, nicht einer von diesen, diesen..., davon redet morgen kein Mensch mehr! Kein Mensch redet morgen mehr davon!" Jetzt kamen mir immer neue Einfälle. Ich fand mich glänzend – Rache für „Casablanca"! „Weißt du, was sie in meiner Klasse über euren Schiffer Baumann für Witze reißen? Ja, Witze, und ich werd deinetwegen zur lächerlichen Figur, weil ich verwandt mit so einem bin!"

Mein Vater erhob sich aus seinem Sessel – ah, weiterreden, weiterreden, gleich war es soweit, und ich konnte kaum noch atmen vor Furcht und Triumph... „Du willst mich reinziehen in diesen Dreck, ich soll verblöden, wie du verblödet bist... " Er kam mir näher, fahl, mit dunklen Augen, er sah wirklich aus, als wollte er sich auf mich stürzen... „Aber ich will nichts, nichts, nichts mit dir zu tun haben, ich werd jedem sagen, was ich von dir denke, na, hau doch zu, wenn dir sonst nichts mehr einfällt!" Dieses Letzte brüllte ich nur noch heraus, ich hatte einfach Angst vor dem ersten Schlag; mein ganzer Körper verkrampfte sich in Erwartung dieses Schlages, ich kniff sogar die Augen zusammen, so sicher war ich, gleich geschlagen zu werden... Doch mein Vater rührte mich nicht an; als ich aufblickte, war er bereits gegangen.

Meine Mutter packte mich bei den Schultern und flüsterte: „Sascha, geh und entschuldige dich!" Die Reaktionen meiner Mutter sind mir in der Erinnerung unklar.

Ich glaube, sie war in der Küche, als ich loslegte, und hatte das meiste nicht gehört. Oder stand sie von Anfang an dabei? Aber warum hatte sie dann nicht längst eingegriffen? Auch sie war nicht wütend, wie ich es gern gesehen hätte. Sie war betroffen, und das reizte mich noch mehr, und ich schrie, ich würde mich niemals entschuldigen, ich hätte nichts gesagt, was mir leid tun müsste... Bis meine Mutter die Achseln zuckte und schweigend hinausging, dem Vater nach.

Da stand ich nun vor meinem allzu leichten Sieg, verblüfft und geradezu beschämt. Ich begriff, dass an der Szene etwas faul war: All diese kindischen Beleidigungen hatte ich mir doch nur ausgedacht, um zu verletzen, zu zerfleischen. Ich hatte sie teilweise völlig aus der Luft gegriffen; zum Beispiel stimmte es in keiner Weise, dass ich meines Vaters wegen diskriminiert wurde. Aber trotzdem musste ich mit meinen Worten irgendeinen Nerv getroffen haben, über den ich keine Kontrolle hatte. Mir kam sogar der naive Verdacht, mein Vater hätte mich bewusst keiner Diskussion gewürdigt, hätte mir aus dunklen Gründen seine Argumente vorenthalten, hätte mich zur Strafe so allein zurückgelassen, vor dem sinnlos eroberten Fernsehapparat, der noch immer lief und lief...

Nach drei Tagen hatte mein Vater von der Gartenarbeit genug. Auch genierte ihn meine Existenz – zwar blieb ich nach Möglichkeit in meinem Zimmer, aber ab und zu lief ich ihm ja doch über den Weg, und das war für beide Seiten peinlich. Mein Vater verzog sich also an die Ostsee. Er wohnte dort bei einem Kollegen, der auf dem Darß ein Landhaus besaß. Erst im September kehrte er zurück und kaufte mir einen kleinen Fernseher für mein Zimmer.

*

Ich ziehe unter einem Stapel Fotos ein knalligbuntes Stück Papier hervor, das mir gleich beim ersten Durchsehen unangenehm aufgefallen war. Es ist ein Werbeprospekt zu der beliebten Sendereihe „Links um!", die seinerzeit in flotter und jugendgemäßer Form über Fragen des Wehrdienstes bei der Nationalen Volksarmee informierte: „Junge Leute, aufgepasst!... Links um geht um... Jeden Dienstag aktuell... " Die Reihe war nicht ungeschickt gemacht und wurde damals viel gesehen. Aktuelle Berichte vom Alltag der Soldaten wechselten mit Spielszenen, Umfragen und Schlagern. Und für die Spielszenen war kein anderer als mein Vater verantwortlich. Er arbeitete eng mit einem Obersten zusammen, der sich oft in unserem Haus aufhielt. Der Mann war klein und rund und eine Frohnatur. Bis auf mein Zimmer hörte ich seine ungehemmte, völlig sorg- und gedankenlose Lache. Manchmal kamen auch junge Leute, Mitglieder eines Nachwuchszirkels, den das Fernsehen ins Leben gerufen hatte, und wenn ich ihnen im Flur begegnete, starrten sie mich verlegen und neugierig an. Damals muss ich auf normale Menschen gewirkt haben wie ein Wesen von einem anderen Planeten. Sogar dem Obersten stockte der Redestrom, wenn ich ihm fest in die Augen sah. Ich hatte mittlerweile aufgehört, mich meiner Abgeschiedenheit zu schämen. Ich versuchte nicht mehr, auch nur so zu tun, als interessiere mich die Sphäre meines Vaters. Ich war stolz darauf, dass ich niemanden brauchte.

Dieser Widerwille!... Dabei lebte ich doch in denkbar günstigen Verhältnissen. Mir war nie ein großes Unrecht widerfahren. Ich war nie zurückgesetzt, gedemütigt worden. Das Leben hatte mir noch keine schweren Wunden geschlagen; es hatte mir allenfalls ein paar von den üblichen Nadelstichen versetzt. Und trotzdem, der Widerwille wuchs und wuchs, bis ich es dann endlich zum ersten Mal in klaren Worten dachte und sagte... Es geschah an einem warmen Sommerabend, und ein Gast war dabei, den meine Eltern außerordentlich respektierten: Herr Müller-Wesel, der bekannte Filmkritiker.

Ich muss doch wirklich einmal nachschauen, ob sich nicht in der Mappe meiner Mutter auch ein Text von Müller-Wesel findet ... Hier, tatsächlich, eine kleine Rezension von 1970. Es geht um eine DEFA-Komödie, die ich nie gesehen habe. Herr Müller-Wesel ist ganz begeistert von ihr:

Nach einer langen Durststrecke im heiteren Genre zeigt sich endlich wieder ein Lichtblick! ... Und wenn Richard Bronikowsky als Alois Kleidermann ebenso verbiestert wie temperamentvoll zum Sturm auf die Höhen der Kultur antritt, dann erdröhnt der Zuschauerraum schier vor Lachen...

Ich sehe den Mann noch ganz deutlich vor mir, sein edles, vielleicht etwas weiches Gesicht, gekrönt von einer eisgrauen Mähne, seine Augen, die den wachen Blick des geborenen Intellektuellen hatten. Ich wäre ihm normalerweise gar nicht begegnet, doch er kam gerade ganz frisch aus Cannes, und damit hatte mich die Mutter gelockt. „Aber Sascha", hatte sie fast flehend gesagt, „der Arthur ist in Cannes gewesen, das müsste dich doch auch interessieren..."

Sie redete mir damals häufig zu, ich solle mich mehr in Gesellschaft zeigen. Es beunruhigte sie, dass ich noch immer so für mich und so miesepetrig war. Tatsächlich rückte mir um diese Zeit die Wirklichkeit schon empfindlich zuleibe. Am Tag, bevor Herr Müller-Wesel kam, hielt mein Deutschlehrer, ein strenger, grauhaariger

Mann, mich nach dem Unterricht im Klassenzimmer auf. Er setzte sich rittlings auf ein Schülerstühlchen, fasste mich ins Auge und kam gleich zur Sache. Es ging darum, dass ein junger Mann mit einem derart exklusiven Studienwunsch gut daran tat, sich spontan zu entschließen, seinen Ehrendienst bei der NVA auf drei Jahre zu erweitern. Dazu sollte ich jetzt bitte Stellung nehmen, aber klipp und klar, ohne billige Ausflüchte. Ich sagte leichthin, ich würde es mir überlegen, und stand auf, als wäre der Fall damit erledigt. Da sprang auch mein Deutschlehrer in die Höhe. „Jetzt tun Sie bitte nicht weltfremd", sagte er in sehr ungehaltenem Ton. „Sie wissen schon lange, was auf Sie zukommt. Sie müssen sich eine Meinung darüber gebildet haben. Also machen Sie jetzt gefälligst den Mund auf und bekennen Sie endlich mal Farbe!"

Ich war verstört von der Antipathie in seiner Stimme. Am liebsten hätte ich den Kopf eingezogen. Etwas kleinlaut bat ich um Bedenkzeit. Mein Deutschlehrer erwiderte: „Wissen Sie, bei Ihnen hab ich immer das Gefühl, Sie streben nur nach dem nächsten grünen Zweig. Aber ein Hochschulstudium, das soll doch eine Auszeichnung sein, und wenn Sie nicht in der Tat beweisen können..."

Und nun ereiferte er sich mehr und mehr. Ich könne mich nicht überall herauswinden, und wenn ich mir etwa einbilde, man würde meines Vaters wegen eine Ausnahme mit mir machen, dann hätte ich mich aber gewaltig geschnitten, auf Taten komme es an und nicht auf Beziehungen!

Und so weiter und so fort. Ich sah in seinen Augen ein triumphierendes Leuchten, und mir wurde klar, dass er mich nie gemocht hatte und dass er vielleicht sogar ernsthaft glaubte, ich sei ein subversives Element. Aber das stimmte nicht. Ich hatte einfach Wichtigeres zu tun, als gesellschaftliche Pflichten zu absolvieren. Ich war nicht engagiert, und ich war nicht renitent, ich zuckte bloß die Achseln und ging ins Kino. Hatte man mir das übel genommen? Wollte man mich jetzt dafür bestrafen?

Ich kam mir vor wie ein Held eines sozialkritischen Problemfilms, ein einsamer Vorkämpfer für das Recht, der nur Gutes will und doch von allen gehasst wird. In den Zügen meines Deutschlehrers las ich einen hässlichen Sieg über mich: Hast dich die längste Zeit von uns ferngehalten, jetzt brauchst du uns, jetzt sollst du uns kennen lernen ! Du willst studieren, bitte schön, aber vorher wirst du dies und jenes für uns tun.

Vor dieser grimmigen Logik stand ich ratlos. Ich wollte ja alles tun, alles. Ich wollte büffeln Tag und Nacht, ich wollte auf Knien nach Babelsberg rutschen. Aber das! Drei Jahre Fahne!

Ich erwog, mich mit meinen Eltern zu beraten: Was sollte ich von der Geschichte halten? War das nur die leere Drohung eines Deutschlehrers, der mich nicht leiden konnte, oder...? Ich muss gestehen, dass ich im Innersten hoffte – obwohl ich mich gleichzeitig dafür schämte –, mein Vater werde nur lächelnd abwinken: Lass dich nicht verrückt machen, Sascha, das regeln wir doch alles mit links... Aber wenn er nun meinem Deutschlehrer Recht gab, er, der Spielmeister der beliebten Sendereihe „Links um!", welche die Jugend in lockerer Form für die Nationale Volksarmee begeistern sollte? Er konnte ein ernstes Gesicht aufsetzen und mich würdevoll darauf hinweisen, dass drei Jahre Fahne meinem Charakter gut täten, dass ich keine Sonderrechte beanspruchen durfte und dass es meinen Ambitionen nichts schaden konnte, wenn ich mir erst mal ein bisschen rauen Wind um die Nase pfeifen ließ.

Man beachte, wie schlecht ich meinen Vater kannte. Ich hatte tatsächlich keine Ahnung, wie er reagieren würde: augenzwinkernd oder prinzipienfest? Beide Varianten erschienen mir wahrscheinlich und beide übrigens gleichermaßen widerwärtig, denn mir graute ebenso davor, protegiert, wie zurückgewiesen zu werden. Während ich mit meinen Eltern und Herrn Müller-Wesel auf der Terrasse unseres Hauses zu Abend aß und zerstreut darauf wartete, dass der Letztere endlich anfing, seine Cannes-Erlebnisse zu berichten, dachte ich daran, dass überall Hände mich festhielten und dass schon eine Kleinigkeit genügte, mich womöglich vom Wege abzubringen. Eine Petroleumlampe spendete mildes Licht, die Grillen zirpten, die Mücken bedrängten uns, und das Abendessen war, Herrn Müller-Wesel zu Ehren, besonders gut: flambierte Ente auf Reis. Die beiden Männer klatschten Mücken tot und aßen mit gesundem Appetit; ihre Kragen waren bereits gelüftet. Eben noch hatten sie auf hohem Niveau das kulturelle Leben der Hauptstadt besprochen; doch das gute Essen lockerte die Stimmung, man tauschte die ersten politischen Witze, man lobte enthusiastisch die Kochkunst der Hausfrau und fluchte auf die gottverdammten Mücken.

Ich bedachte meine Zukunft mit einer Abwehr, als wüsste ich schon genau, was mich erwartete. Dabei ahnte ich doch überhaupt nicht, was das bedeutete, Armeezeit, für einen verwöhnten Einzelgänger wie mich, der sein Leben lang Ruhe und Filme um sich hatte. Ich konnte mir Schinderei und schmerzende Knochen nicht wirklich vorstellen, nur in Worten denken. Ich wusste nicht, wie fürchterlich eine fremde, laute Stimme an den Nerven zerren konnte. Und ich hatte noch nie zu spüren bekommen, was mein allergrößtes Leiden werden sollte: den Heißhunger nach Kunst, nach Filmbildern, Filmgeschichten... Dass ich nachts wach liegen und mich so inbrünstig nach dem leisen Kinogong sehnen würde wie andere Männer nach ihren Geliebten, dass ich krachende Partisanenfilme süchtig verschlingen würde, Filme, über die ich draußen gelacht hätte, dass ich die Tage und Stunden zählen würde, bevor ich Urlaub hatte und ins Kino rennen konnte – das alles fürchtete ich nicht, weil ich es gar nicht erst voraussah. Was mich schreckte, war einfach diese Unmenge an Zeit...

Herr Müller-Wesel fühlte sich wohl bei uns. Er betonte mehrmals, wie gut es tue, wieder in der Heimat zu sein. Noch immer fiel kein Wort über Cannes. Ich überlegte, ob ich es wagen sollte, Herrn Müller-Wesel direkt danach zu fragen, schließlich wollte ich den Abend nicht umsonst auf der Terrasse verplempert haben. Doch Herr Müller-Wesel erzählte gerade einen endlos langen Witz, eine Art Parabel. Er sprach langsam, aber wohlklingend und suggestiv wie ein Pfarrer, man konnte ihm unmöglich dazwischenfunken. Mittlerweile hatte ich auch erfahren, dass für die Zulassung an der Filmhochschule ein Volontariat erforderlich war. Das bedeutete den Zusammenbruch meiner naiven These, ich könnte gleich ins Schlaraffenland Filmhochschule eingehen, sobald ich mich nur durch den Breiberg Schule brav und fleißig hindurch gefressen hätte. Ich musste vielmehr irgendwo beim Fernsehen oder bei der DEFA noch ein oder zwei Jahre lang Brei löffeln, bevor ich ordnungsgemäß ins Schlaraffenland delegiert wurde. Na schön, ich hatte mich auch damit abgefunden. Aber weitere drei Jahre hinzugeben, das war eine schrille Zumutung, mit der ich mich einfach nicht abfinden konnte. Meine Instinkte sagten mir, dass nach soviel Brei kein Schlaraffenland mehr kam. Aber andererseits, wenn ich in diesem Punkt stur blieb, musste ich dann nicht mein Leben lang Brei essen?

Jetzt hatte Herr Müller-Wesel endlich seinen Parabelwitz beendet, eine Pause trat ein, und ich öffnete schon den Mund, um endlich meine Fragen loszuwerden, doch in der Stille der Nacht begann mein Herz laut zu klopfen, ich musste schlucken, und die Gelegenheit ging vorüber. Ich dachte mir, Herr Müller-Wesel würde gewiss von ganz allein auf seine Auslandserlebnisse zu sprechen kommen. Kein Weltreisender konnte es sich verkneifen, früher oder später einzuflechten: Als ich neulich in New York über die Fifth Avenue spazierte... Indessen fiel mir, Herrn Müller-Wesels langsame Sprechweise furchtbar auf die Nerven, und ich dachte, wenn ich vor zwei Tagen erst aus Cannes zurückgekommen wäre, ich würde garantiert nur vom Kino reden. Die unfassbare Lässigkeit des Herrn Müller-Wesel konnte nur zweierlei bedeuten: Entweder dieser Mann war zu blöd, um die Schätze zu würdigen, die er genießen durfte, oder er hatte sich schon so an sie gewöhnt, dass er ihren Glanz wie Budenzauber hinnahm. Im ersten Fall war er zu verachten, im zweiten aber zu bewundern, und ich konnte mich für keins von beiden entscheiden. Bald betrachtete ich ihn mit dem säuerlichen Neid des armen Verwandten: Der darf und ich nicht; und er erschien mir wie ein Ketzer, der unbefugt und unbedacht und unfähig zur Andacht ein Heiligtum betritt. Dann wieder meinte ich, das gebe es nicht, soviel Reichtum ganz ohne Verdienst, nein, Herr Müller-Wesel war ein richtiger Fachmann, er hatte tausendmal mehr Filme gesehen als ich, und ich sehnte mich danach, ihn arglosen Herzens verehren zu können. Doch es gelang mir beim besten Willen nicht, seine kühlen, gewichtigen Sätze mit meiner eigenen Kinoleidenschaft in Zusammenhang zu bringen, und ich fühlte ihm gegenüber einen absurden, unsicheren Stolz, der immerzu unterging und steil wieder emporstieg.

Endlich, als meine Mutter das Dessert servierte, Kirschkompott mit Schlagsahne, fiel Herrn Müller-

Wesel eine haarsträubende Geschichte ein, die er in Cannes mit einem Straßenhändler erlebt hatte: „Und ich saß wie auf Kohlen, ich musste doch zur Vorführung, ausgerechnet an dem Tag lief 'Blow up', und nach anderthalb Stunden kam der Kerl zurück..."

Blow up! Ich wurde zapplig vor Ungeduld. Meine Hemmungen und Vorbehalte schmolzen dahin, und ich ließ Herrn Müller-Wesel kaum die Zeit, seinen letzten Satz geruhsam zu vollenden – glücklicherweise ging daraus hervor, dass er gerade noch zur Vorführung zurechtgekommen war –, da platzte ich auch schon heraus: „Und wie hat Ihnen 'Blow up' gefallen?"

Es war an diesem Abend meine allererste nennenswerte Äußerung. Herr Müller-Wesel drehte mir seinen schönen Kopf zu und musterte mich eindringlich und etwas befremdet. Vielleicht gefiel ihm meine Frage nicht, oder es gefiel ihm nicht, dass ein Spund wie ich so achtlos über seine schöne Pointe hinwegging. Mein Gesicht aber war in diesem Moment nichts als schülerhaft aufgeschlossen, vertrauensvoll und rein. Und mein Vater, der das Zögern des Gastes bemerkte, erklärte entschuldigend, aber stolz: „Unser Sascha ist nämlich ein begeisterter Filmfan und beneidet jeden, der nach Cannes fahren darf."

„So?" Herr Müller-Wesel schenkte mir einen zweiten Blick, und seine Miene entspannte sich. Jetzt sah er mich, wie er mich sehen sollte: als einen aufgeweckten jungen Mann mit einem löblichen Interesse für die schönen Künste. Er würdigte mich sogar eines Schmunzelns und einer freundlichen Bemerkung: „Ach, wissen Sie, so toll ist es dort gar nicht. Glauben Sie mir, die kochen auch bloß mit Wasser!"

Meine Stimmung verfinsterte sich wieder. Privilegierte Leute haben es anscheinend nötig, uns unaufhörlich zu versichern, ihr Privileg wäre ihnen gar nicht so wichtig. Das ist schlimmer als bewusster Hohn; das ist, als klopfe ein Millionär einem Bettler wohlwollend auf die Schulter und versichere ihm, Geld allein mache auch nicht glücklich.

Natürlich bemerkte Herr Müller-Wesel nichts von meiner neu erwachten Abneigung. Gerade schob er mit sanfter Geste seine Kompottschale beiseite. Er nahm sich eine lange, schneeweiße Zigarette und bot auch uns von der Schachtel an. „Blow up", sagte er sinnend und bediente sein Feuerzeug. Er lehnte sich zurück und ließ den Rauch gemächlich durch die Nase strömen. „Tja, was soll man dazu sagen... Der Antoniotti hat da schon viele wesentliche Aspekte ganz richtig erfasst... Entfremdung, Vermarktung der Gefühle... Die Absage an die Gesellschaft, den Rückzug auf die reine Beobachterposition... Natürlich stößt er noch nicht zu den Ursachen vor, wie sollte er auch... Vom Ochsen kann man schließlich keine Milch verlangen. Das bleibt alles hübsch friedlich an der Oberfläche und tut keinem Menschen weh..."

Das Zirpen der Grillen passte vortrefflich zu Herrn Müller-Wesels dunkler, pastorenhafter Stimme. Sogar die Eltern hörten ihm jetzt ganz anders zu. „Formal natürlich ausgezeichnet gemacht – da stimmt jedes Detail und jede Geste... Tja, das muss man ihm schon lassen, Ideen hat er, der gute Antoniotti, aber..."

Aber diesem zweiten „Antoniotti" konnte ich nicht mehr widerstehen; ich sagte leise und mit Nachdruck: „Antonioni!"

Herr Müller-Wesel wurde aus dem Konzept gerissen und warf mir über die Schulter ein herrisches „Wie?" hin. Doch im selben Moment begriff er, dass ich recht hatte, und er schnellte mit dem Oberkörper ganz zu mir herum und sagte eifrig lächelnd und nickend: „ Ja, natürlich, Antonioni... Wieso, was hab denn ich gesagt?"

„Antoniotti", antwortete ich. Wir sahen einander direkt in die Augen, Herrn Müller-Wesels Lächeln erstarb, und ich fühlte, dass er mich wie mein Deutschlehrer für überheblich hielt, dass ich ihm unsympathisch war wie meinem Deutschlehrer, und auch, dass ich es gar nicht anders wollte, dass ich stolz war auf meinen Zufallstriumph und stolz darauf, Herrn Müller-Wesel wie meinen Deutschlehrer zum Feind zu haben.

Mein Vater witterte die Spannung und warf sich noch einmal für mich in die Bresche: „Der Sascha kennt jede Menge Filme. Er will sich an der Filmhochschule bewerben. Wer weiß, vielleicht macht er dir mal Konkurrenz?" Er sagte das wieder beflissen und entschuldigend, doch wieder schwang sein Vaterstolz unüberhörbar mit.

Und da geschah es. Mich erfasste eine wütende Auflehnung. Von einem Augenblick zum anderen wurde mir ganz schwindlig vor Hass, ich wollte irgendwie zuschlagen, und ich rief, zu meiner eigenen Überraschung: „Keine Angst, ich mach niemandem Konkurrenz!... Und die Filmhochschule ist überhaupt das letzte..."

Ich sprach laut und grob wie im Familienkrach. und die Erwachsenen hoben erstaunt die Köpfe. „Was hast du denn auf einmal?", fragte meine Mutter. Mein Vater schielte nervös zu Müller-Wesel. Der beobachtete mich mit wachem, forschendem Blick, er studierte die Krise eines Halbwüchsigen. Die drei Gesichter blickten im Schein der Petroleumlampe fahl und schweigend zu mir auf, und vor meinen Augen verzerrten sie sich plötzlich zu Karikaturen, zu harten, bösen Fratzen. wie sie Staudte im „Untertan" gezeichnet hat. Meine Lage war unhaltbar; was blieb mir noch übrig, als ins Haus zu laufen, hinauf in mein Zimmer, und die Bettdecke über den Kopf zu ziehen.

*

So begann es. Mir verging ganz einfach die Lust. Ich malte mir aus, wie reinigend es doch wäre, laut und deutlich Nein zu sagen und diesen elenden kleinen Zwängen ein für allemal den Rücken zu kehren. Wofür sollte ich mich so abrackern! Wozu dienten denn all die Hürden, die ich nehmen sollte, bevor man mich ans Steuer ließ? Sie dienten dem Zweck, mich zu verderben. Selbst wenn ich mein Ziel erreichte, eines fernen Tages, die vielen Deutschlehrer, vor denen ich dafür kuschen, und die vielen Müller-Wesels, denen ich dafür zum Munde reden müsste, sie würden nicht spurlos an mir vorübergehen. Und hätte ich die letzte Hürde genommen, so wäre ich schon nicht mehr ich, sondern eine zweite Ausgabe meines Vaters, ein nützliches Werkzeug der Gesellschaft. Und ich wäre viel schlimmer als er: denn ich wäre ein ambitioniertes und schizophrenes Werkzeug der Gesellschaft. Ich würde am Tage „Schiffer Baumann" drehen und abends von Troell und Wajda schwärmen; ich würde zu den traurigen Schmarotzern gehören, die von fremder Kunst soviel Kluges wissen und so gern davon reden und so gut davon leben, obwohl sie selbst nicht imstande sind, auch nur das Geringste an Kunst hervorzubringen. Lieber die Gosse als solch eine Zukunft! Für die Beschäftigung mit Kunst gab es nur eine Entschuldigung: Schöpferkraft – und wer die nicht besaß oder nicht realisieren konnte, der sollte besser im Steinbruch arbeiten. Ich aber wollte alles oder nichts; wenn ich kein „richtiger Künstler sein durfte, so wollte ich elend zugrunde gehen.

Elend zugrunde gehen! Ich fand das ungemein verlockend Die romantische Idee vom Aussteigen und Schlussmachen, vom Versacken und Zugrundegehen wurde mein liebstes Gedankenspiel: Seht her, hier bin ich, Sascha Bronikowsky, ein hochbegabter Knabe, der schon mit siebzehn mehr Filme gesehen hat als manche von den Profis, der sich tief und leidenschaftlich in einen guten Film verlieben kann, der vielleicht das Zeug hätte, ein geachteter Bürger oder gar ein bedeutender Vertreter der Nation zu werden, aber nein, ich verweigere mich einer Gesellschaft, die meine Sensibilität mit Füßen tritt. Ich werde mich nicht anstrengen, ich werde nicht studieren, und mein Vater wird nie mehr vor seinen Gästen mit mir prahlen.

Es lag eine wollüstige Koketterie, eine Art von naiver Rache in der Vorstellung, dass mein Talent so ungenutzt verblühen sollte wie die Schönheit eines jungen Mädchens, das sich nach einer Liebesenttäuschung von der gesamten Männerwelt lossagt. Doch wenn ein solches Mädchen keine Bewerber findet, die ihren Vorsatz auf die Probe stellen, die nach ihr schmachten und sich um sie quälen, dann ist ihre Rache keine Rache, und ihr Opfer ist kein Opfer mehr. Mich hat damals keiner umworben. Keiner ist gekommen und hat gesagt: Sascha, wir brauchen dich, du hast doch Talent... Das hätte mir wohlgetan, das hätte mich gerührt, das hätte mich vielleicht sogar umgestimmt.

Doch die Gesellschaft, der ich mich verweigerte, blieb stumm und gleichmütig wie eine Sandwüste. Kein einziger ihrer Vertreter ahnte, was für ein Schatz ihr in mir durch die Lappen ging. Ich konnte von jedem meiner Lieblingsregisseure sämtliche Filme auswendig herbeten, mitsamt den dazugehörigen Jahreszahlen – kein Mensch war daran interessiert. Ich hatte Viscontis „Rocco und seine Brüder" so oft gesehen, dass mir jede einzelne Einstellung geläufig war – kein Mensch wusste etwas davon. Ich hatte auch schon selbst einen kleinen Film entworfen, eine Kameraetüde... Eine Art Stummfilmparodie, nach einem Konzertstück von Carl Maria von Weber... Ich hatte gedacht, ich könnte das vielleicht mal jemandem zeigen, einem Fachmann... Sollte sich wirklich kein Mensch darum kümmern? Sollte mein Wissen, meine Tatkraft, meine Liebe einfach im Nichts zerfließen, ohne jedes Echo?

Mein lockeres Gedankenspiel vom „Aussteigen" nahm eine bösartige Färbung an. Damals begann ich zu bocken und zu hassen, etwas Trübes, Gefährliches kam ins Rollen... Vielleicht hätte ich diese Mappe lieber doch nicht lesen sollen. Nicht so gründlich – es tut meiner Ruhe nicht gut. Auf dem Werbezettel für die beliebte Sendereihe „Links um!" ist ein blankes, buntes Foto abgebildet, das meinen Vater breit lächelnd zwischen zwei jungen Unteroffizieren zeigt. Im dazugehörigen Text äußert Richard Bronikowsky folgende Gedanken:

Als man mir den Vorschlag machte, mich an diesem Projekt zu beteiligen, habe ich zunächst gezögert. Spielmeister in einer Jugendsendung? Diese Aufgabe erschien mir vergleichsweise reizlos. Aber dann begeisterte mich gerade der Umgang mit unserer Jugend. Es war erfrischend, mit welchem Elan, aber auch mit welchem Mut zur Ehrlichkeit diese jungen Leute ihre Probleme packten. Wir Älteren laufen noch immer Gefahr, die neue Generation ein wenig zu unterschätzen. Und wir vergessen dabei oft, dass die, die nach uns kommen werden, unsere Erfahrungen und Ratschläge brauchen...

Mein Vater nahm mich damals überhaupt nicht für voll. Er behandelte mich, als wäre ich ein leicht verdrehter Bengel in den Flegeljahren; er war so fürchterlich fest überzeugt, ich würde, sobald ich mich nur ausgetobt hätte, von selbst auf den Pfad der Ordnung zurückkehren. Ich weiß noch, wie er einmal meine Mutter beruhigte: Rebellion sei etwas ganz Normales in meinem Alter, sei vielleicht sogar ein verheißungsvolles Zeichen.

„Als ich so alt war wie heute der Sascha", wir saßen

beim Frühstück, während er das erzählte, „da wollte meine Mutter, dass ich Buchhalter werde. Sie hatte das schon alles mit dem Kerl von der Versicherung bekaspert, und ich wusste immer nicht, wie ich ihr beibringen sollte, dass ich jede Woche heimlich zur Gesangsstunde ging. Aber dann, auf einer großen Geburtstagsfeier, als die ganze Verwandtschaft beisammen war, da hab ich mir dann doch den Mut angesoffen und hab mit der Faust auf den Tisch gehaun und hab gesagt, Mutter, mach, was du willst, und wenn du mich totschlägst, ich geh zum Theater!" Und er beträufelte sich sein Brötchen mit Honig. „Gab das einen Aufruhr", fuhr er fort, und die heitere, satte Seelenruhe, die von ihm ausging, war mir unerträglich. „Noch jahrelang war ich das schwarze Schaf der Familie... Aber ich hab gedacht: Nun gerade, und ihr seht... "

*

Später fanden ein paar Aussprachen statt, ein paar Szenen... Sie sind in meiner Erinnerung nur bruchstückweise erhalten geblieben wie einzelne Steinchen von einem Mosaik, das ich nicht mehr vollständig zusammenbauen kann... In der Schule: Aber wollten Sie nicht irgendwie zum Film?

Ich hab's mir anders überlegt.

So, und was wollen Sie nun studieren?

Nichts, ich werde überhaupt nicht studieren.

Und was wollen Sie tun?

Das wird sich finden.

Aber ich bitte Sie, was ist denn das für eine Haltung, unser Staat hat soviel Geld in Ihre Ausbildung gesteckt...

Und die Mutter beim Essen: Aber Sascha, mir wird ja himmelangst, wenn ich dich so gleichgültig sehe, denk doch an deine Zukunft, was soll nur aus dir werden!

Das wird sich finden.

Darf ich nicht doch mal mit dem Arthur Müller-Wesel sprechen, ob der vielleicht...

Nein, bloß nicht! Wehe!

Und der Vater, verächtlich abwinkend: Lass ihn doch, er wird schon zur Besinnung kommen.

Doch meine Mutter war in diesem Stadium mit optimistischen Sprüchen nicht mehr zu beruhigen. Einmal setzte sie sich spätabends an mein Bett und erklärte mir nach behutsamer Vorbereitung, sie habe vorhin mit Herrn Müller-Wesel über meine Probleme gesprochen, nein, ganz unverbindlich, keine Sorge, nur ganz leise vorfühlend, und da habe er, ganz nebenbei, die Möglichkeit erwähnt, als Volontär bei der Zeitschrift... Selbstverständlich verbot ich ihr in eisigem Ton jede weitere Einmischung in meine Zukunft. Sie blickte mich so flehend an, dass ein Fremder hätte meinen müssen, sie sei in Not und sie brauche Hilfe. Aber was konnte ich für sie tun? Wie glücklich sind doch die wackeren Söhne, die in den patriotischen Heimatschnulzen aller Zeiten und aller Länder ihre weinenden Mütter umarmen und rufen: Sorg dich nicht, Mutter, ich weiß, was ich tue; auch wenn du mich jetzt noch nicht verstehst, mein Geheimnis weist mir den rechten Weg. Hätte ich doch meine Mutter so trösten können! Aber mein Geheimnis führte nirgendwohin. Ich wusste allenfalls, was ich nicht wollte; was ich wollte, war mir schleierhaft.

Und Sigi! Der wäre mir doch fast entfallen. Dabei hat mich sein Auftritt damals tief beeindruckt. Sigi, das war eben der patente Knabe, der einst meinen Vater zu jenem denkwürdigen Pioniernachmittag gebeten hatte. Mittlerweile war er ein junger Mann und unser FDJ-Sekretär geworden; und als meine Zensuren bedeutend schlechter, meine Haare zu lang und meine Antworten grob wurden, passte er mich eines Morgens ab und verkündete, er habe mit mir zu sprechen. Ob es mir recht wäre, wenn er mich diesen Nachmittag einfach mal besuchen käme? Denn zu Hause sei doch so etwas immer persönlicher, nicht wahr, als in diesen hässlichen Schulräumen.

Aha! Und meine Phantasie geriet sogleich in fieberhafte Bewegung. Sigi, der ein guter Schüler war, der sich aufrieb für die FDJ und nebenbei sogar noch Spanisch lernte – sein großer Traum war Lateinamerika, er sagte immer, nur dort gebe es noch das „wahre revolutionäre Feuer", und er hatte sich auch um einen von diesen begehrten Studienplätzen beworben, Diplomatenschule, Lateinamerikanistik, irgend etwas in der Art –, wie stellte so einer sich meine Psyche vor? Womit wollte der mich auf den richtigen Weg locken? Und ich sah uns beide schon als bühnenreife Gegenspieler, ich malte mir dramatische Kontroversen aus, erfand die verblüffendsten Argumente... Sigi, der Herrscher über alle Versammlungen! Ich würde sein Lächeln gefrieren lassen, seine glatte Stirn mit Furchen überziehen!

Gegen Mittag fiel mir etwas Gemeines ein: Sigi hatte mich schon einmal zu Hause besucht und voller Staunen die große Truhe und die Ledersessel im Wohnzimmer beäugt. Als meine Mutter ihm Kaffee angeboten hatte, war er regelrecht ins Stottern gekommen vor jungfernhafter Befangenheit, wie ein Dienstmädchen, das in einem schwülstigen Ufa-Film zum ersten Mal das Haus der neuen Herrschaft betritt. Ich verachtete ihn für dieses unkritische Schmachten. Mir schien, wäre ich in Dürftigkeit aufgewachsen, ich hätte jeder Begegnung mit dem Reichtum einen zornigen Stolz entgegengesetzt. Aber das war eben Sigis schwacher Punkt. Warum lag ihm wohl daran, dass seine große Aussprache mit mir gerade im Hause meiner Eltern stattfand? Hoffte er, mein Vater werde durch die Tür schauen und ihm guten

Abend wünschen? Wie lächerlich das alles war! In der letzten Pause ging ich zu Sigi hin und erklärte freundlich, leider hätte ich heute nur wenig Zeit, aber wenn es ihm passe, könne er doch am Sonntag gleich zum Mittagessen kommen, meine Eltern hätten gewiss nichts dagegen. Und tatsächlich, in Sigis Gesicht erschien wieder dieser aufgeregte, schüchterne Ausdruck. Natürlich zierte er sich noch ein bisschen: Nein, ich kann doch nicht einfach, und soll ich denn wirklich... Doch am Sonnabend, als wir uns nach Schulschluss trennten, versicherte er mir, er werde pünktlich um ein Uhr bei uns sein.

Da ich normalerweise kaum Besuch bekam, freuten sich meine Eltern sehr, dass ich mir endlich mal jemanden eingeladen hatte; und ich erzählte ihnen auch gleich, dieser Jemand sei ein Vorbild für die ganze Klasse. Ich muss damals schon voller Hass gewesen sein. Was für eine Art Komödie ich mir von diesem Mittagsessen versprach, weiß ich heute nicht mehr zu sagen. Auf keinen Fall aber hätte ich das Folgende erwartet: Der Sonntagmittag rückte heran, es wurde eins, es wurde zwei, und kein Sigi ließ sich blicken. Um halb drei meinte meine Mutter, es habe keinen Sinn mehr zu warten, der Braten sei ohnehin schon fast verdorben. Wir setzten uns also zu dritt an den Tisch. Meine Eltern entschuldigten Sigi im voraus – er hätte uns bestimmt nicht versetzt, wenn ihm nicht etwas wirklich Wichtiges dazwischengekommen wäre.

Trotzdem blieben wir alle drei ziemlich schweigsam. Mir gingen unschöne Dinge durch den Kopf. Zum Beispiel dass ich keine Freunde hatte; dass andere Leute in meinem Alter Partys feierten und im Sommer verreisten... Wo steckten die, die so waren wie ich? Hätte ich sie auf der Filmhochschule getroffen? Oder wollten die, die so waren wie ich, von der Filmhochschule gleichfalls

nichts wissen? Ich dachte auch, es könnte durchaus geschehen, dass ich nie einen traf, der so war wie ich; doch
ich dachte das ganz theoretisch und leer. Damals
glaubte ich noch nicht im Ernst, dass es wirklich so
schlimm kommen würde.

Am späten Nachmittag, ich saß in meinem Zimmer,
klingelte es, und die Mutter rief: „Sascha, Besuch für
dich!" Ich sprang auf und öffnete die Tür, aber unten
blieb alles still. Von Neugier gepackt, lief ich die Treppe
hinab – und blieb erstaunt auf der untersten Stufe stehen. Ich begriff sofort, dass meine Eltern recht hatten:
Etwas ungeheuer Wichtiges musste Sigi zugestoßen
sein.

Er trug einen dunkelroten Anorak, den ich noch nie
an ihm gesehen hatte und der im spärlichen Licht unserer Diele ganz merkwürdig aussah, wie blutbefleckt.
Sein Haar war zerzaust und sein Blick so fremd, dass ich
ihn zuerst für betrunken hielt. Ich glaubte eine große
Katastrophe zu wittern: Seine Mutter war verunglückt,
seine Freundin hatte ihn verlassen. Etwas Geringeres
konnte es nicht sein.

„Was ist passiert?", fragte ich gespannt.

Seine Augen, die waren das Unheimliche, seine Augen
ohne den gewöhnlichen Ausdruck von warmem, naivem
Optimismus. Und als er jetzt sprach, klang seine Stimme
kalt und herausfordernd wie noch nie: „Na, hat der
Sonntagsbraten gut geschmeckt?"

Ich fragte leise: „Warum bist du denn nicht gekommen?"

„Weil es hier so schön ist", erwiderte er prompt, „viel
zu schön für gewöhnliche Sterbliche." Verdattert, zwei-
felnd sah ich auf ihn herab, und er brach in ein gehässi-
ges Lachen aus. „Ja, wenn man im richtigen Nest auf die
Welt kommt!", rief er. „Leute wie du, die können alles
haben! Und ein bisschen gammeln, das ist ja todschick,

das ist ja heute die große Mode, warum also nicht, mit dem Vater im Hintergrund!... Ach, Scheiße!" Und er warf mir mit heftiger Geste ein zerknülltes Stück Papier vor die Füße, das er offenbar schon eine Weile in der Faust mit sich herumgetragen hatte.

Natürlich war ich völlig entgeistert. Ich möchte fast sagen, es riss an meinem Weltbild, dass ein Typ wie Sigi solcher Ausbrüche fähig war. Mir fiel ein Film ein, „Privileg", in dem das vorkam: Ein sanfter, angepasster Junge wird rebellisch; eine Marionette lernt sprechen und beginnt ihre Drahtzieher zu verfluchen...

„Einer wie du, der hält bloß die Hand auf!", fuhr Sigi immer wütender fort. „Und unsereiner strampelt sich ab... "

Aber während seiner letzten Worte öffnete sich langsam die Wohnzimmertür, und auf der Schwelle erschien mein Vater, angelockt wahrscheinlich von dem lauten Gerede, neugierig und ein bisschen verwundert. Einen Moment lang fürchtete ich, er werde uns etwas Leutseliges sagen, doch er stand nur da und sah von einem zum anderen. Und das genügte, um Sigis Arie zu beenden. In den Augen des Jungen leuchtete es ganz merkwürdig auf, wie ein plötzlicher Reflex von Beschämung, Respekt, Erinnerung, Verzweiflung ... Ich sah deutlich, wie etwas in ihm zusammensank. Er sagte leise und verwirrt: „Verzeihung...", er tastete mit einer Hand nach der Türklinke, wobei er uns noch mehrmals zunickte, und so verließ er für immer das Haus.

„Was hat er denn?", fragte verständnislos mein Vater. Ich hob den zerknüllten Zettel auf, den Sigi wie einen Fehdehandschuh vor mich hingeworfen hatte. Es war ein Brief, schon arg ramponiert: „... müssen wir Ihnen leider mitteilen..." Sigis Studienbewerbung war abgelehnt worden. Ich glaube, er versuchte dann sein Glück bei Radio International. Was später aus ihm wurde, ob er es schaffte, nach Südamerika zu reisen, weiß ich nicht.

*

Ich ging meinen Weg, notgedrungen beinahe, unsicher, aber konsequent, und doch – wie mein Vater mir bis zuletzt nicht geglaubt hat, dass ich wirklich ein missratener Sprössling war, so glaubte ich es mir selbst im Grunde auch nicht. Wie hätte ich das auch glauben können! Wie hätte ich es hinnehmen können, dass mein Lieblingstraum unerfüllt bleiben sollte, dass ich mein Leben als Hilfsarbeiter zubringen würde, dass mir ein läppisches, bedeutungsloses, mausgraues Alltagsdasein bestimmt war. Noch als ich es oft und oft verkündet hatte, dass ich niemals Karriere machen würde, und sogar noch, als ich wirklich auf und davon ging, hoffte ich im tiefsten Innern trotzdem auf ein Erwachen aus diesem Alptraum, auf die plötzliche Aufklärung eines Missverständnisses, auf ein Wunder, das alles zum Guten wendete. Und ich stak bereits im tiefsten Schlamassel, schuftete als Saisonkellner an der Ostsee und verbrachte meine Abende in übler Gesellschaft, da träumte ich noch immer von dem kleinen Regiestühlchen, von genialen Menschen und den Palmen in Cannes. Der Amoklauf hatte längst begonnen, die letzten Notsignale waren ungehört verhallt. Eines Nachts, vor einer Kneipe in Binz, wurde ich von zwei besoffenen Typen einer frechen Antwort wegen zusammengeschlagen, bis ich bewusstlos liegen blieb. Etwas später lieferte man mich mit einer Blinddarmvereiterung ins Krankenhaus ein, und da ich zufällig gerade keine feste Arbeit und folglich auch nicht den nötigen Versicherungsstempel hatte, musste ich später noch monatelang für die Behandlung abzahlen. Ich führte einen langen und am Ende ergebnislosen Behördenkrieg um ein möbliertes Zimmer, das die Wirtin kurzerhand in meiner Abwesenheit an einen besseren Zahler vermietet hatte. Ich gewöhnte mir das Trinken an, und mein Geld reichte manchmal kaum noch fürs Kino. Allmählich erschien mir mein Leben als eine Kette von jämmerlichen kleinen Niederlagen. Oft konnte ich nachts vor Gedanken nicht schlafen. Ich beschimpfte mich, kasteite mich wie für eine Sünde. Mann, dachte ich, was warst du doch für ein armer, blödsinniger, exaltierter Narr! Hast alle Chancen deines Lebens wie Knallfrösche verpuffen lassen, und warum? Weil ein bornierter kleiner Deutschlehrer dich ein bisschen gezwiebelt hat. Weil dein Vater in der beliebten Sendereihe „Links um!" mitwirkte. Weil die Welt nicht nur aus Kino bestand. Schön dumm bist du gewesen, mein Lieber. Die Demütigungen einer Karriere wären bestimmt nicht schlimmer gewesen als die Demütigungen, die du bereits geschluckt hast. Was hättest du dir nicht alles ersparen können, wenn du damals im entscheidenden Moment nur ein bisschen weniger fein gewesen wärst. Du wolltest frei und sauber bleiben, wolltest lieber zur Müllabfuhr gehen als dich durch niedrige Kompromisse besudeln. Na bitte, nun hat dich der Müll besudelt, und war dir das vielleicht angenehm? Ins eigene Fleisch hast du dich geschnitten...

Und wie in dem Alptraum eines Psychothrillers – der Held wirft gequält und schweißgebadet seinen Kopf auf dem Kissen hin und her, er wird von verzerrten Gestalten bedrängt, die über Hall ein heißes Geflüster auf ihn loslassen –, so erschienen vor meinem inneren Auge die Menschen, die mich kaputtgemacht hatten, und in meinem Körper raste ein Hass, der mich aufpeitschte 'und schwächte und zur Verzweiflung trieb. Ich wollte ihnen die Kehlen zudrücken, bis sie blau anliefen und langsam verröchelten. Ich wünschte ihnen Wahnsinn und Aussatz an den Hals, und dann wollte ich dabeistehen und mitleidlos zusehen, wie sie sich in qualvollen Zuckungen wanden. Oh, ich würde es ihnen schon zeigen, allen würde ich es zeigen, der ganzen Welt! Wenn es eine Gerechtigkeit gab, dann stand ich eines Tages hoch oben, wie Dürrenmatts Alte Dame, wie der Graf von Monte Christo, und ließ das Schwert der Rache auf sie niedersausen. Ja, davon musste ich jetzt träumen, von einer besseren Zukunft, von den Palmen in Cannes, dann würde ich ruhiger werden und schlafen. Ich war noch jung, ich konnte den Aufstieg noch schaffen. Ich konnte versuchen, nach dem Westen abzuhauen. Ich konnte ganz klein bei der DEFA anfangen, als Kulissenschieber, und mich allmählich emporarbeiten. Ich konnte trotz allem zur Filmhochschule gehen, oder jemand entdeckte mein Talent. Ich hatte noch so viele Jahre vor mir – es musste doch irgendeinen Ausweg geben... Aber dann überfiel mich die Erkenntnis, wie illusorisch das alles war. Es gab keinen Ausweg. Es gab keine Gerechtigkeit. Es gab keinerlei Chancen mehr für mich. Ich war und ich blieb ein ungeschickter Hilfsarbeiter, ein Mensch ohne Hoffnung, der letzte Dreck. Niemand würde mich lieben, niemand würde mich achten, und der Reichtum, den ich in mir gehortet hatte, würde niemandem etwas nützen. Und schon begann es wieder fieberhaft zu kreisen, das zähe Mühlrad in meinem Kopf, von Verzweiflung zu Reue, von Reue zu Hass, von Hass zu Illusion und von Illusion wieder zu Verzweiflung...

*

Jetzt aber sitze ich warm und trocken in einem altmodischen Schaukelstuhl, auf meinen Knien liegt die bewusste braune Mappe, und eben steckt Anne, bereits im Nachthemd, frisch gewaschen, rosig und gesund, den

Kopf durch die Tür und wundert sich, wo ich denn nur so lange bleibe. Recht hat sie: Warum wühle ich eigentlich so ausdauernd in der Vergangenheit, da doch die Gegenwart viel verlockender ist. Ich lege die Mappe beiseite – auf morgen –, und als ich, noch leicht benommen von der Lektüre, auf den Korridor hinaustrete, steht Anne vor der Kinderzimmertür. Sie gebietet mir mit einer Handbewegung Ruhe und drückt vorsichtig die Klinke nieder. Ich folge ihr leise zum Kinderbett. Sophiechen schläft, auf dem Rücken liegend. Sie hat die Fäustchen geballt und den Mund leicht geöffnet. Doch ob sie nun unsere Anwesenheit spürt oder ob das Licht von der Tür her sie stört, auf jeden Fall seufzt sie plötzlich tief auf und wirft sich mit unwirscher Energie auf die Seite. Diese kleine Bewegung wirkt so drollig, dass wir beide aufblicken und einander anlachen vor Freude über unsere niedliche Tochter. Dann deckt Anne das Kind wieder richtig zu, wir schleichen uns auf Zehenspitzen hinaus, und während ich mich nun gleichfalls für die Nacht zurechtmache, weiß ich, dass meine Frau im Bett auf mich wartet, dass sie mich mit zärtlichem Blick empfangen und ihr Buch auf den Nachttisch legen wird...

Dass ich Anne getroffen habe, war der Glücksfall meines Lebens. Sie verliebte sich in mich, weil ich ihr sagte: Ich kann nicht lieben. Ich meinte das im Ernst, ich glaubte es fest. Aber ein besserer Trick, sie zu erobern, hätte auch einem ganz routinierten Schürzenjäger nicht einfallen können. Fast jede Frau wird sich herausgefordert fühlen, wenn ein Mann ihr so etwas sagt. Du kannst nicht lieben, wird sie denken, und wenn ich dir nun das Gegenteil beweise?

Von dieser Sorte, der aktiven, war meine Anne allerdings nicht. Sie passte überhaupt in keine der „Sorten", nach denen ich damals die Menschen unterschied. Ich lernte sie ungefähr ein Jahr nach dem Tod meines Vaters kennen. Damals war ich gerade Fensterputzer. Sie arbeitete mit einer älteren Kollegin im Materiallager eines großen Betriebes. Die beiden Frauen hockten in einer Holzbaracke, die im Sommer zu heiß und im Winter zu kalt war. Von ihrem Fensterplatz aus blickten sie auf freies Gelände, eine Müllhalde sowie einen langen, hohen Zaun. Bis heute sitzt Anne an derselben Stelle und hat noch immer dasselbe Gelände, dieselbe Müllhalde, denselben Zaun vor Augen, nur die Kollegin ist mittlerweile gestorben und hat einer anderen, jüngeren, zackigeren Platz gemacht, so dass Anne sich gar nicht mehr richtig wohl fühlt. Damals aber, als ich dort die Fenster putzte, fand ich es immer sehr gemütlich. Der braune Kaffeetopf, das Heizöfchen, das Gedudel des Radios, Frau Stoegers selbstgebackener Streuselkuchen und dazu ein ganz profanes Gespräch, das alles war so gut, so friedlich, und die Gegenwart zweier liebevoller Frauen, ihre einfache, warme, weibliche Anteilnahme, ohne Hintergedanken, ohne Bosheit, ohne Raffinesse, bedeutete mir mehr, als ich je zugegeben hätte. Hier war für mich der einzige Platz, an dem mir niemand übel wollte, mich niemand zur Abwehr zwang und zur Schauspielerei, an dem ich ausruhend konnte ohne Einsamkeit.

Natürlich kristallisierte sich diese Beziehung erst über Wochen und Monate heraus. Zunächst beachteten wir einander kaum. Ich kippte hastig meinen Kaffee herunter, wobei ich mit den Frauen ein paar Sätze wechselte, dann ließ ich mir meinen Schein unterschreiben und machte, dass ich weiterkam. Doch bald schon kam ich sie besuchen, sooft ich in der Nähe zu tun hatte, und jedes Mal empfingen mich die Frauen mit der gleichen Freude und dem gleichen Wohlwollen. Niemals hatte ich das Gefühl, dass ich ihnen lästig war oder dass sie mich für hochmütig hielten. Selbst als sie erfuhren, wer mein Vater war und dass ich übermäßig oft ins Kino ging, sie distanzierten sich weder, noch biederten sie sich an, sie behandelten mich weiterhin als den großen Jungen, der nun einmal zur Familie gehörte, was auch immer er sonst im Leben anstellen mochte.

So idyllisch war unser Verhältnis, dass ich wirklich dachte, daran müsse etwas faul sein, das gehe nicht mit rechten Dingen zu. Ich habe mich sogar mehrere Male absichtlich von ihnen ferngehalten, solange ich konnte, eigens um ihre Reaktion zu testen. Und jedes Mal reagierten sie in aller Unschuld genauso, wie ich es gehofft und gewünscht hatte. Sie fragten mich, wo ich denn bloß die ganze Zeit gesteckt hätte? Ob ich am Ende krank gewesen sei? Oder ob mich ihre Gesellschaft langweile? Und sie hätten mich schon richtig vermisst!

Ich sagte ihnen nie, dass auch ich sie vermisst hatte, so sehr vermisst, so erschreckend vermisst. Ich ließ mir nichts anmerken von meiner Erleichterung, von meinem Stolz, von meiner Verwirrung. Ich blieb immer cool und lässig, der Mann von Welt, der tausend wichtige Dinge um die Ohren hat und für den der Umgang mit zwei ungebildeten Lagerarbeiterinnen nicht mehr bedeutet als eine kleine Abwechslung. Dabei hatte ich doch Anne schon längst entdeckt...

Sie war zurückhaltend, verlässlich, solide – kein Mädchen, in das man sich auf Anhieb verliebte. Sie sah nicht hässlich, aber irgendwie farblos aus. Zuallererst dachte ich, sie wäre eines von diesen kläglichen Schattenpflänzchen, die das Leben saft- und kraftlos über sich ergehen lassen. Aber während der Gespräche mit den Arbeitern, die sie im Lager bedienen musste, hielt sie sich immer resolut und schlagfertig. Mitunter bekam sie üble Zoten zu hören, sie wurde angebrüllt, wurde belästigt, aber niemals erlebte ich, dass sie zickig reagiert hätte oder ordinär oder dass ihr die Nerven durchgegangen wären.

Ich hielt sie also nun für ein patentes Mädchen, gesund, normal und unkompliziert, wie die Jugend in einem DEFA-Gegenwartsfilm. Vermutlich lebte sie mit einem ebenso patenten Jungen zusammen, sie sparte für eine Schrankwand, ihr Leben war in Ordnung, und sie würde sich schwer hüten vor einem Spinner wie mir. Aber Anne lebte mit niemandem zusammen, und ihr Bekanntenkreis war kaum der Rede wert. Sie verbrachte fast alle Abende lesend in ihrer kleinen Wohnung, und am Wochenende fuhr sie mit dem Vorortzug nach L., wo ihre Eltern einen Bauernhof besaßen.

Doch das konnte ja auch nur Schlechtes bedeuten. Da waltete bestimmt ein dreckiges Geheimnis. Eine junge Frau von zweiundzwanzig Jahren würde nicht so abgeschieden leben, wenn sie nicht irgendeine Macke hätte, irgendeinen körperlichen oder seelischen Defekt, der unweigerlich jeden Mann von ihr forttrieb. Sie konnte lesbisch sein, frigide oder pervers. Sie konnte eine geborene alte Jungfer sein, oder sie trieb es heimlich mit ihrem Kohlenschlepper. Vielleicht hielt sie sich einen verheirateten Freund, oder aber – stille Wasser waren tief – sie holte sich auf Bahnhöfen, was sie brauchte.

So umkreiste ich in Gedanken sämtliche Abgründe, die meine Hoffnungen schlucken konnten, und jedes Mal wenn ich mit Anne sprach, belauerte ich sie heimlich und erwartete und fürchtete – was weiß ich, eine Enthüllung, einen falschen Ton, irgend etwas, was sie degradierte, was mir bestätigte, auch sie kam nicht in Frage. Nur gleich heraus mit dem kranken Zahn, solange noch nichts entzündet war! Eine Enttäuschung in diesem Stadium würde klein und kalt und schmerzlos sein - und an die kleinen, kalten, schmerzlosen Enttäuschungen hatte ich mich bereits gewöhnt...

*

Kurz nach der Mittagspause klopft es schüchtern an die
Tür zu unserem Büro. Zwei Frauen, die ich kaum kenne,
wollen mich sprechen, zwei nette junge Sekretärinnen
von der oberen Etage. Abwechselnd, unter verlegenem
Gelächter, bringen sie ihr Anliegen vor. Sie hätten sich
beim Mittagessen ganz harmlos über den „Spieler" von
Dostojewski unterhalten, und plötzlich wären sie in
Streit geraten, wer in der Verfilmung die Hauptrolle gespielt hatte – Gerard Philipe oder Horst Buchholz? Und
schließlich hätten sie gewettet, und ich als Filmspezia-
list solle ihnen nun sagen, wer die Flasche Sekt gewinnen würde; denn dort oben in ihren Zimmern wisse
niemand genau über Filme Bescheid.

Sie blicken mich an, voller Achtung und Vertrauen,
und warten auf das entscheidende Wort. Das sind so
meine Erfolgserlebnisse: Alle Jubeljahre einmal kommt
ein winziges, lächerliches Zipfelchen meines Wissens
unter die Leute. Der Spieler, Frankreich 1958, Hauptrolle Gerard Philipe. Man hat mich auch schon nach
Hans-Moser-Filmen und nach den Maßen der Loren gefragt. Das Kino ist nicht mein Beruf geworden, aber
mein anerkanntes Hobby, und alle Kollegen, Nachbarn
und Bekannten, die wissen, dass ich dieses Hobby
pflege, bringen mir dafür eine Achtung entgegen, wie
man sie jedem Amateurexperten zollt, ob er nun bastelt,
jodelt oder Briefmarken sammelt. Ich bin mit einem
Filmklubleiter befreundet, der mich in einen festen kleinen Kreis von Gleichgesinnten eingeführt hat. Wir versuchen, uns seltene Filme an Land zu ziehen. Manchmal
unternehmen wir auch große Kino-Wochenendfahrten,
nach Polen oder gar nach Ungarn. Und wenn wir Streit-
gespräche führen, wird meine Begeisterung verstanden,
und meine Meinung hat Gewicht. Wäre ich einer von

diesen drittklassigen, unterbeschäftigten Filmregisseuren geworden – und was hätte ich Besseres werden können –, so würde ich wahrscheinlich in meiner Umgebung nicht halb soviel Respekt genießen. Ich wäre unzufrieden mit meiner Arbeit – die sind alle mit ihrer Arbeit unzufrieden. Ich würde über die Kulturpolitik, über Engpässe und borniert Vorgesetzte jammern – die jammern alle über alles Mögliche. Ich hätte kein bisschen Mumm in den Knochen – die sind ja alle so widerlich feige. Vermutlich würde ich saufen – die saufen alle – und im Suff mein beschissenes Leben verfluchen. Ich hätte Anne niemals kennen gelernt, und Sophiechen wäre nicht auf der Welt. Wie ich mich kenne, hätte ich überhaupt keine Familie, sondern schwierige Verhältnisse mit unglücklichen Frauen. Ein kaputter, rückgratloser, versauter, zynischer Intellektueller – das und nichts anderes wäre aus mir geworden, wenn ich als Junge nicht Nein gesagt hätte!

Ich muss mir das immer vor Augen halten. Ich muss mir selbst auf die Schulter klopfen und mich zu meinem gnädigen Schicksal beglückwünschen. Es gibt ja so viele kipplige Momente, da ärgert mich meine Arbeit, da ärgert mich das magere Kinoangebot, da ärgert mich meine Frau, und sogar meine Tochter hat plötzlich keinen Reiz mehr für mich, und schon halte ich mein Leben für hoffnungslos verpfuscht und bin aggressiv gegen alle, die mir nahe kommen. In solchen Zeiten genügt ein kleiner Anstoß, um die gierigen Träumereien meiner Wanderjahre wieder anzufachen. Da läuft etwa im Fernsehen ein Bericht, ein harmloser Bericht von zehn Minuten über die Filmfestspiele in Cannes, und gleich fängt die Wunde wieder an zu bluten, und es packt mich der Neid mit einer solchen Gewalt, als wäre ich noch siebzehn und ohne Vernunft. Niemals, aus keinem Grund der Welt, hätte ich meine Bestimmung verleugnen dürfen. Ich selbst habe meinen Acker brachgelegt. Hier sitze ich, und dort ist das Leben. Verdammt, ich gehöre doch dazu! Ich weiß genau, ich könnte da mitmachen, könnte Töne, Farben, Bewegung beisteuern! Und ich sporne mich an – es ist zum Verrücktwerden : Sollte es wirklich schon zu spät sein? Ich fühle mich noch jung, ich habe Kraft und Ideen! Und sagt man nicht, dass einer alles erreichen kann, wenn er nur beharrlich sein Ziel verfolgt? Ich will ja beharrlich sein, ich bin bereit, zu Fuß würde ich laufen bis nach Cannes!...

Es scheint, dass diese Sehnsucht nie aufhört. Vermutlich werde ich noch als Rentner mit feuchten Augen vorm Fernseher hocken und von einer großen Karriere träumen. Aber nein, nein, nein, ich muss mir immer wieder sagen: Bis Cannes kommt man nicht, indem man zu Fuß läuft, sondern indem man in Ärsche kriecht, in fette, stinkende, widerliche Ärsche, und dazu bin ich denn doch nicht bereit. Ich muss mir zum hundertsten Mal bestätigen, dass ich es im Leben gut getroffen habe: Ich bin einigermaßen glücklich verheiratet – wer kann das schon von sich sagen –, ich habe die süßeste Tochter der Welt, ich habe nette Kollegen und hilfsbereite Nachbarn... Und werden diese Anfälle von Sehnsucht nicht doch mit den Jahren langsam schwächer? Ich spüre bereits, wie ich mich eingewöhne. Ich' blicke meiner Zukunft gelassen entgegen. Ich gehe sonntags gern mit Frau und Tochter spazieren. Ich freue mich, wenn die lieben Kollegen etwas von mir wissen wollen. Gerard Philipe oder Horst Buchholz? Kein Problem für mich – Gerard Philipe natürlich!

Wie selbstverständlich sie mir glauben, die beiden netten jungen Frauen von der oberen Etage, und die eine jubiliert über ihre Sektflasche, und die andere sagt verdrießlich, sie habe eben andauernd Pech, und der Kollege, mit dem ich das Arbeitszimmer teile, strahlt und nennt mich ein „wandelndes Filmlexikon", und dann lachen wir zusammen und flachsen herum, und als sie gehen, laden sie uns herzlich ein, am nächsten Morgen auf ihrem Zimmer ein Gläschen von dem Sekt mitzutrinken. Es ist eine schöne, heitere Szene, die noch lange in mir nachschwingt. Lächelnd sitze ich vor meinem Aktenordner, spiele mit einer Schere und ärgere mich, weil ich mich so übermäßig freue. Mein Kollege murmelt Zahlen vor sich hin, er addiert gerade etwas mit dem Taschenrechner... Dieser Glückliche liebt seine Arbeit, er ist praktisch, ist schnell von Begriff, und vor allem kann er sehr gut mit Menschen umgehen, sogar mit den hinfälligsten Rentnern, die schon alles durcheinander bringen; der findet seine Bestätigung jeden Tag...

Vielleicht will ich in Wahrheit überhaupt nicht mehr ausbrechen. Soviel liegt mir doch gar nicht an der hohen Kunst. Ein filmisches Auskunftsbüro möchte ich gründen. An einem Schalter möchte ich sitzen, vor dem die Leute den ganzen Tag Schlange stehen und mich fragen und fragen, nach allem, was ich weiß, und jede Antwort würde meine Bestätigung sein...

Ach ja, gebraucht zu werden, das wäre schön!

*

Gebraucht zu werden... Aber was heißt das? Am Ende wird man nicht gebraucht, sondern benutzt ... Hier ist noch ein Splitterehen vom Mosaik: ein ganz merkwürdiger Auftritt meines Vaters an einem regnerischen Abend. Ich lag mit einem Krimi auf dem Bett und knabberte ununterbrochen Erdnüsse. Von unten war ab und an Gelächter zu hören, meine Eltern hatten mal wieder Besuch. Und plötzlich – ein zögernder Schritt auf der Treppe, ein fast schüchternes Klopfen an der Tür...

Ich glaube, es war das erste Mal nach Jahren, dass mein Vater dieses Zimmer wieder betrat. Ich weiß noch, wie ungewohnt, ja lächerlich sich sein breiter Hintern auf dem Korbstühlchen ausnahm. Er sagte, seine Gäste dort unten seien schrecklich enervierende Leute, und er müsse sich jetzt erst mal von denen erholen. Er wirkte verärgert und sonderbar konfus, und sein Verhalten hätte unter anderen Umständen sicherlich mein Interesse erregt: Das sah ihm doch überhaupt nicht ähnlich, sich von einer Gesellschaft wegzuschleichen, um seinem Sohn auf die Bude zu rücken. Aber ich hatte wie ein Kranker nur Augen für meinen eigenen Schmerz. Ich war damals frisch von der Fahne entlassen, und meine Mutter fragte mich jeden Tag, was ich denn um Gottes willen nun anfangen wolle. Ich hätte längst meine Zelte abbrechen sollen, und ich hatte das auch vor, aber ich konnte mich einfach nicht aufraffen. Ganze Tage verbrachte ich im Bett, las seichtes Zeug, stopfte Süßigkeiten in mich hinein. Ich hatte keine Freude mehr am Kino, nicht einmal an meinen Lieblingsfilmen – das war das Schlimmste, der Verlust der Freude... Und so, wie man an einem eiskalten Wintertag frühmorgens im Dunkeln nicht aufstehen will, so wollte ich nicht ins Leben hinaus. Ich klammerte mich an mein Zimmer, als wäre es meine letzte warme Bettdecke. Ich verkrampfte mich, sträubte mich, irgendetwas zu tun. Mit stumpfen Augen betrachtete ich meinen Vater, der sich da aus irgendwelchen Gründen so hartnäckig vor mir produzierte. Sah er jetzt vielleicht endlich ein, dass ich ihm wirklich missraten war? Na wenn schon, ich trug mittlerweile selbst so schwer an meiner eigenen Missratenheit, ich konnte mich an seiner Reue nicht mehr weiden. Ich knabberte Erdnüsse, und mein Vater redete.

Ich erfuhr, dass er kurz nach dem Krieg ein ganz ähnliches Zimmerchen gemietet hatte. Er hauste darin mit einem Kumpel, dem Ferdi, der heute im Westen war. Da spannte sich eine Wäscheleine quer durch den Raum, die war ewig mit Seiflappen und dicken Socken und blaukarierten Handtüchern behangen, und in der Ecke hatte ein Kocher gestanden, den sie aber kaum zu benutzen wagten, weil er aussah, als müsste er bei der geringsten Berührung in die Luft fliegen. Doch als der Ferdi eines Tages aus heiterem Himmel fünfzehn frische Eier aufgetrieben hatte, da setzten sie ihn mit Todesverachtung in Gang, und sie leisteten sich eine solche Rühreiorgie, dass sie dann noch tagelang Dünnschiss davon hatten.

Mein Vater lachte, er kam in Fahrt, erzählte schwungvoll und ausführlich: Das Fett ging ihnen aus, mitten im schönsten Brutzeln, da liefen sie rüber zur Nachbarin und wollten zwei Eier gegen Margarine tauschen, aber die Nachbarin, diese spießbürgerliche Ziege, hatte sie beide schon lange auf dem Kieker, weil sie Rote waren und weil sie Mädchen ins Haus schleppten und weil sie sich nachts immer anbrüllten oder Musik machten, und sie hatte hysterisch geschrieen, sie wolle lieber verhungern als mit solchem Pack Geschäfte machen, und der Ferdi hatte daraufhin gesagt, in einem wunderbar näselnden, charmanten Ton, wie einer von den Operettengrafen, die er nun gottlob nie wieder spielen würde: „Aber Madame, Sie gestatten doch, dass wir Ihnen trotzdem ein Hühnerei verehren … “, und er warf eines der kostbaren Eier in die Luft, fing es mit dem Fuß gefühlvoll wieder auf und schoss es hinein in den dunklen Flur, wo es an einer Wand zerklatschte. Nein, das verdatterte Gesicht von der Alten – noch stundenlang hatten sie sich darüber ausgeschüttet, während sie ohne ein Gramm Fett ihre Rühreier weiter brieten und während sie mit Messern und Reiben die Reste von der

Pfanne kratzten und während der überstrapazierte Kocher furchterregende Laute von sich gab... Ach, der Ferdi! Mein Vater sagte, er habe nie einen besseren Freund gehabt, und ich sah dabei in seinen Augen wieder diesen dunklen, sentimentalen Glanz...

Schade, dass ich kein kleiner Junge mehr war, ich wäre von der Szene begeistert gewesen. Und mit fünfzehn oder siebzehn hätte ich mir jedes Wort zu Hass geknetet. Aber ich war ausgerechnet zwanzig, ich lag auf meinem Bett und sah alles und hörte alles und konnte nicht aufhören, Erdnüsse zu knabbern, und ließ meinen Vater so geduldig über mich ergehen, wie die Jungpioniere in den Kinderfilmen die nostalgischen Reden ihrer Vorbilder über sich ergehen lassen. Nun schwärmte er also von der Zeit mit Ferdi. Tagsüber waren sie ja dauernd auf Achse, aber nachts, da redeten sie sich die Köpfe heiß, da wurde von der Zukunft geträumt, von dem neuen, außergewöhnlichen Leben, das nach diesem Provisorium kommen würde, und sie sagten sich, sie wollten einmal etwas Besseres tun als ein sattes zahlendes Publikum unterhalten, sie wollten mitten im Strom des Lebens sein, wollten Einfluss haben, aber auf neue Art, wollten gebraucht werden; aber auf neue Art, und alles, alles, alles sollte anders sein!... Und dann drehten sie zusammen die „Totgeborenen Kinder", unter haarsträubenden Bedingungen und begleitet von tausend grotesken kleinen Zwischenfällen – „...ich sag dir, da war jeder Drehtag ein Abenteuer..." –, aber mit einer solchen Begeisterung, mit einer solchen Solidarität, mit einer solchen hundertprozentigen, bedingungslosen Einsatzbereitschaft... Ach, so was gab's ja heute gar nicht mehr! Und obwohl auch hier noch alles provisorisch war und obwohl sie immer nur nach Notlösungen suchten und nicht eine Szene genauso hinkriegten, wie sie eigentlich hatte werden sollen, so schien es ihnen doch, als sei diese Arbeit schon ein Vorgeschmack auf die neue Zeit. Fort mit dem seichten bürgerlichen Mief! Bald, sehr bald würden andere Filme kommen! Wenn sie schon unter derartigen Schwierigkeiten so viel aus sich herausholen konnten, wie würden sie sich da erst produzieren, wenn die Technik wieder funktionierte, wenn genügend Geld vorhanden war und alles Material, das sie brauchten, und wenn die prosaischen Hemmnisse wegfielen, die im Augenblick ihren Elan noch bremsten... Ja... Und nun... Die Technik funktionierte, aber der Elan, weiß der Teufel... Der Ferdi war sechsundfünfzig rüber gegangen, er spielte jetzt in Hamburg, es ging ihm nicht schlecht...

Und plötzlich fing mein Vater an, auf seinen Gast zu fluchen, diesen widerlichen Hellmerding, der sich da unten im Wohnzimmer breit machte mit seiner schönen, strohdummen, ewig lächelnden Gattin, mit seinen uralten, sterbenslangweiligen Witzen, mit seiner sagenhaften, grenzenlosen, schier unfassbaren Borniertheit... Dieser Mann sei schuld, rief mein Vater aus, dass ihnen damals die „Walderdbeeren" durch die Lappen gegangen wären – ein sowjetisches Stück über Umweltschutz, das gerade in der Provinzstadt F. großes Aufsehen errege. Vor drei Jahren hätten sie es hier bringen wollen, aber Hellmerding, dieser feige Hund, hätte dann doch das heiße Eisen lieber fallenlassen. Na bitte, nun habe F. den Erfolg kassiert...

*

Natürlich enthält die braune Mappe meiner Mutter auch eine Aufnahme aus den „Totgeborenen Kindern". Es ist die gleiche, die ich schon mehrere Male in filmhistorischen Büchern gesehen habe: Zwei junge Burschen – mein Vater und Ferdi – stehen aufrecht in einem primitiven Segelboot und halten sich schutzsuchend aneinander fest, während ihre Blicke voller Angst auf einen fernen Punkt gerichtet sind. Die beiden wirken überaus naiv und sympathisch, und so ist auch der ganze Film. Leider ging er seinerzeit neben den großen Werken des Nachkriegskinos ein wenig unter – oder er wurde in den fünfziger Jahren mit Zurückhaltung eingesetzt: Immerhin handelt er von zwei jungen Männern, die nach Schweden durchbrennen wollen.

Ich selbst habe ihn erst vor einem knappen Jahr gesehen, und zwar durch einen komischen Zufall: An einem schönen Sonntagnachmittag hatte ich mit Anne einen hässlichen Krach, der so endete wie fast alle unsere Kräche: Sie krümmte sich laut weinend auf dem Sofa, und ich schlug die Tür hinter mir zu und lief als freier Mann in die Stadt hinaus. Mich trieb eine wütende Unternehmungslust. Ich wollte fremdgehen und anschließend grinsend nach Hause kommen und Anne ausgiebig davon erzählen. Doch es ergab sich nicht eine Gelegenheit. Da wollte ich mich hemmungslos vollaufen lassen, um dann gegen Morgen als ein stinkendes, lallendes Ekelpaket nach Hause zu torkeln. Aber bereits in der zweiten Kneipe packte mich die Langeweile, und besonders viel 'Geld hatte ich auch nicht bei mir.

Am Ende stand ich doch wieder vor einem Kinoplakat und suchte fieberhaft nach einem Film, den ich noch nicht kannte oder nur einmal gesehen hatte. Doch das Angebot war besonders jämmerlich, und ich spürte, wie meine Aktivität erlahmte. Trotzdem war ich noch immer entschlossen, auf keinen Fall jetzt schon nach Hause zu gehen – ich wollte Anne so lange wie möglich foltern, sie sollte sich nur gehörig um mich sorgen. Dabei fühlte ich mich nicht einmal verletzt, vielmehr hatte ich meine Frau verletzt, ich hatte sie durch bewusste, stundenlange Gemeinheit völlig aus der Fassung gebracht. Ziemlich oft und immer aus nichtigem Anlass setze ich so meine Ehe aufs Spiel. Was da in mir durchkommt, ich weiß es nicht; vielleicht Hochmut oder eine Art Rachsucht oder das Bedürfnis nach Konflikten, die mein alltägliches Leben würzen, verbunden natürlich mit der Gewissheit, dass Anne mich liebt und bei mir bleiben wird, was immer ich ihr auch antun mag. In guten Stunden sehe ich das alles, aber damals hatte ich nur einen Gedanken: Ich wollte Anne und mir beweisen, dass ich meine kurzen Ferien von der Ehe für etwas Schönes, Eigenes zu nutzen wusste.

Warum brachten sie bloß nirgends einen neuen Film? Ich gierte so sehr nach einem frischen Eindruck, nach einem großen, überraschenden, überwältigenden Kinoerlebnis, wie es mir schon seit Wochen, ach, seit Monaten nicht mehr zuteil geworden war, Ja, früher dagegen, in meiner Schulzeit, da hatte ich mich leicht für einen Film begeistert, und ich hatte mir grundsätzlich jeden von Anfang bis Ende angesehen, rein aus überschwänglicher Hochachtung vor der Leinwand und dem Zelluloid. Heute stand mein Urteil über einen Film nach spätestens fünfzehn Minuten fest, und ein leiser Anflug von Langeweile genügte, mich aus dem Kino zu vertreiben. Die Zeit der Entdeckungen war vorüber, und nichts war mir davon geblieben als der maßlose, allzu heftige Anspruch, der Heißhunger nach Kunst und immer neuer Kunst. Ich war unduldsam und zynisch geworden, ein verwöhnter Feinschmecker des Films, der alle Tricks durchschauen, alle Maschen entlarven konnte; und hier stand ich nun ratlos vor einem dürftigen Kinoanschlag und fand nichts, was mir noch zu erleben übrig blieb.

Endlich, nachdem ich drei- oder viermal sämtliche Titel gelesen hatte, kam ich auf die abwegige Idee, mir die „Totgeborenen Kinder" anzusehen, einen Film, den ich zeitlebens achtlos beiseite geschoben hatte, obwohl er als sehr gelungen galt. Doch ich war es gewohnt, die Filme, die ich sehen wollte, von den Produktionen meines Vaters innerlich scharf abzugrenzen, und so hatte ich, mechanisch und halb unbewusst, die armen „Totgeborenen Kinder- mit Werken wie „Schatten über der Morgenröte" gleichgesetzt. Gelobt sei diese Skepsis, dies gedankenlose Vorurteil! Wenn ich an jenem Sonntagabend doch noch meine Kinoüberraschung bekam, so nur, weil ich gar nicht mehr darauf hoffte.

Mürrisch fuhr ich mit der Straßenbahn quer durch Leipzig, denn die „Totgeborenen Kinder" wurden in einem verkommenen kleinen Vorortkino gegeben. Im Schaukasten hing das bewusste Foto aus – mein Vater mit Ferdi auf dem Segelboot –, und als ich es sah, bekam ich plötzlich doch ein bisschen Lust auf den Film. Das gesamte Publikum bestand aus einem buckligen, dürren Opa und mir; und die Schließerinnen blickten sauer, weil sie gehofft hatten, dass überhaupt niemand käme. Die harten Stühle, der Opa, die Gerüche... Alles, was ich ringsum sah, versetzte mich zurück in die Flohkinos meiner Jugend und erfüllte mich mit wohliger Sentimentalität.

Spöttisch zuerst, aber bald schon gefesselt, verfolgte ich die „Totgeborenen Kinder". Der Film handelte von zwei jungen Matrosen, die kurz vor Kriegsende von einem Wehrmachtsschiff desertieren. Ein notdürftig ausgebautes Rettungsboot soll ihnen zur Flucht nach Schweden verhelfen. Der eine ist ein Arbeiterjunge in bewusster Opposition zum Faschismus, während der andere, ein windiger Adelsspross, sich nur deshalb nach Schweden absetzen will, weil er wegen eines albernen Streiches vor Gericht gestellt werden soll; und der Vater ebendieses Jungen ist ausgerechnet der Kommandant des Kreuzers, der die Ausreißer verfolgt und schließlich einfängt. Doch im Schatten des Todes, in Furcht und Gefahr, hat sich zwischen den beiden Jungen, allen Komplexen und Vorurteilen ihrer unterschiedlichen Herkunft zum Trotz, eine scheue, wacklige Freundschaft entwickelt. Und am Ende weigert sich der Kommandantensohn, seine Tat zu bereuen und die Begnadigung von seinem Vater anzunehmen. Er wird mit dem Freund zusammen erschossen.

Die Räuberromantik dieser Geschichte wirkt natürlich heute etwas befremdend. Auch wird von der Spielweise her ein bisschen zu dick aufgetragen, besonders in den Szenen auf dem Kreuzer, die den inneren Konflikt des Kommandantenvaters und die Brutalität der Nazis mit übermäßiger Deutlichkeit zeichnen. Aber das ändert überhaupt nichts an dem bestechenden Gesamteindruck. Dieser Film hat einfach alles, was das Kino braucht, Spannung, Tiefe, Aufrichtigkeit. Er ist gut gebaut und sauber fotografiert. In seiner harten, schmucklosen Einfachheit erinnert er an die französischen Klassiker der dreißiger Jahre, und zugleich besitzt er den seltenen Charme eines wahrhaft naiven Kunstwerks. Die Szenen zwischen den beiden Jungen sind ganz ausgezeichnet: Mit nachtwandlerischer Sicherheit wird hier ein Ton getroffen, der von Phrasen ebenso frei ist wie von tiefenpsychologischen Schwülstigkeiten – so etwas gibt es heute gar nicht mehr! Ich vergaß, ja wirklich, ich vergaß, dass dies da vorn mein eigener Vater war, dass ich dieses Gesicht, diese Stimme, diese Gesten kannte bis zum Überdruss. Ich sah nichts als das schöne Zusammenspiel zweier begabter junger Schauspieler, ich lebte in jeder Schwingung ihrer Gefühle, ich war glücklich und spürte wieder einmal, dass doch der Zauber eines Films von Zeit und Technik völlig unabhängig war und dass die Qualität, nach der die Leute immer strampelten, sich mitunter wie von selbst ergab.

Erst auf der Heimfahrt in der klapprigen Straßenbahn stand mir plötzlich das Bild meines Vaters vor Augen, und mich streifte der merkwürdige Gedanke: Er hätte doch richtig gut sein können... Ich war gerührt und wünschte mir, ich könnte jetzt zu ihm heimfahren statt zu Anne. Dann könnte ich mit ihm über die „Totgeborenen Kinder" sprechen, könnte ihm sagen, wie sehr er mir darin gefallen hatte. In diesem bemerkenswerten Augenblick fühlte ich nichts Bitteres mehr für ihn, sondern nur noch eine reine, freudige Dankbarkeit, die wie ein Abglanz meiner halbvergessenen kindlichen Bewunderung war.

Aber gleich wallte anderes in mir auf, Bruchstücke aus den „Totgeborenen Kindern" und aus Renoirs „Großer Illusion", heißer Enthusiasmus – und die störende Frage, was mich jetzt wohl zu Hause erwarten mochte. Ich stellte mir Annes rotgeweinte Augen vor, unsere ersten verlegenen Sätze, endlich die große Versöhnung im Bett... Denn wir liebten uns doch, wir brauchten uns doch, wir hatten doch nur einander auf der Welt... Und später würde ich meiner Frau von dem wunderbaren Film erzählen, den ich an diesem Abend gesehen hatte.

*

Zugleich mit der Mappe meiner Mutter beschäftigt mich ein Fernsehbericht über die Arbeit Robert de Niros für seine Rolle in Scorseses „Raging Bull". Robert de Niro, so hieß es darin, sei ein „besessener Schauspieler" und bringe seiner Kunst jedes denkbare Opfer. Um den ehemaligen Boxchampion Jake La Motta in „Raging Bull" perfekt gestalten zu können, hätte er intensiven Boxunterricht genommen. Er hätte seinen Gang und seine Gestik und jede einzelne Bewegung trainiert. Er hätte eigens für die letzten Szenen des Films dreißig Kilo zugenommen. Er hätte wochenlang mit dem historischen Jake La Motta zusammengelebt und auch mit dessen Frauen, Kollegen und Freunden gesprochen. Er selbst, wie Gottvater, erschuf sich sein Geschöpf; er baute seinen eigenen Körper um und gab seine eigene Seele hin.

Von Zeit zu Zeit kommt dergleichen ans Licht – ein spektakulärer Fall von Berufsethos: Seht her, das Gestalten von Figuren ist doch etwas anderes als das bezahlte, mehr oder weniger routinierte Nachplappern irgendwelcher Texte, auf das sich Schauspieler, die abhängigsten der Künstler, in den meisten Fällen beschränken müssen. Ein Star kann auch ein Arbeiter sein! Glücklicher, beneidenswerter Robert de Niro! Aber die anderen, die vielen anderen, deren Körper und Seelen niemals für derart edle Zwecke strapaziert werden? Mein Vater sprach oft, ganz im Geiste seiner Zeit, von „erfüllter schöpferischer Arbeit" – die Mappe meiner Mutter legt reichlich Zeugnis davon ab.

Ich werde traurig, wenn ich diese Phrasen neben meine Erinnerung lege. Da habe ich nun immer gedacht: Der Alte – dieser vollgefressene Erfolgsmensch – dieser sentimentale Widerling – dieser verlogene Karrierist! Wo mir mein eigenes Leben fehlschlug, habe ich ihn verantwortlich gemacht. Alles, was hierzulande hohl und erbärmlich ist, habe ich in seiner Person gehasst; und wäre er gesund und erfolgreich geblieben und ginge es mir selbst nicht einigermaßen gut, so würde ich auch jetzt nicht auf den Gedanken kommen, dass – dass er genauso arm dran war wie ich. Nur einmal im Leben hat er sie erfahren, die „erfüllte schöpferische Arbeit", die er so oft im Munde führte: ganz am Anfang, in den Tagen des Aufbruchs und der Hoffnung, als er glaubte, ein Provisorium zu überwinden, und nicht ahnte, dass dies schon der Höhepunkt war. Denn seither wurden sein Körper und seine Seele immer nur für den täglichen Be-

darf verwandt. Einen Jake La Motta hat er nie gespielt –
und hätte doch gern dafür boxen gelernt. Das war sein
Problem, und ich hab nichts davon bemerkt.

Als er damals in meinem Zimmer saß, das war für
mich die letzte Gelegenheit, ihn kennenzulernen. Vielleicht hatte er sich zu mir geflüchtet, weil er mich
brauchte und weil er hoffte, dass auch ich ihn irgendwie
brauchte...

Er blieb zäh auf meinem Korbstühlchen sitzen, wohl
eine volle Stunde lang. Endlich erhob er sich unlustig
und sagte, er müsse nun aber wieder gehen, die Mutter
werde ihm die Hölle heiß machen, wenn er ihr die Gäste
allein überlasse.

Ich nickte, aber er blieb stehen. Der Regen trommelte
gegen die Fenster. Ich sah mir sein Gesicht an, das merkwürdig grau von den Filmplakaten an den Wänden ab-
stach, und ich dachte, jetzt werde er mich wohl fragen,
ob ich schon etwas beschlossen hätte für meine Zukunft.

Mein Vater trat näher, unbeholfen und sichtlich ratlos,
er sagte: „Willst du nicht ... ein bisschen zu uns runter-
kommen? Du musst doch hier nicht so allein..."

Diese kleine Berührung war mir unerträglich. Ich
fühlte, dass ich sofort die Nerven verlieren und laut los-
heulen würde. Das war dieser gefährliche Moment... Ich
riss mich zusammen, hielt den Atem an... Verdammt
noch mal, warum eigentlich? Warum wollte ich damals
um keinen Preis vor meinem Vater zugeben, dass ich
litt? Wenn ich nur dieses eine Mal ein bisschen weich
geworden wäre... Vielleicht hätte eine halbe Stunde genügt, um unsere Beziehung völlig zu verwandeln. Vielleicht wären wir Freunde geworden, trotz allem.
Vielleicht hätten wir uns geholfen in unserer Not. So
wenig hat uns zum Verständnis gefehlt, ich könnte verrückt werden, wenn ich daran denke. Ich möchte die

Arme ausstrecken durch die Zeit und mich doch noch an seiner Schulter ausheulen. Warum hat sich unser Leben nur so unglücklich gefügt?...

Ich drehte mich zur Wand und sagte schroff, ich wolle schlafen. Mein Vater wartete noch ein wenig und ging dann hinaus. Ich hörte seine Schritte auf der Treppe und unten ein vielstimmiges „Aah!", das ihn begrüßte. Daraufhin sagte er offenbar etwas Komisches, denn die Gäste brachen in Gelächter aus. Der Regen wurde stärker, und ich verkroch mich flennend unter meiner Decke. Ich musste hier weg – ich musste mich stellen – doch ich hatte solche Angst vor dem nächsten Tag, und der Gedanke an den Tod lockte mich fast unwiderstehlich... Erst eine Woche später reiste ich mit zwei Koffern nach Leipzig ab.

*

Es folgten fünf Jahre in Wind und Wetter. Ich lief durch die Straßen fremder Städte und blickte gespannt in die sich nähernden Gesichter. Ich lag in den Nächten stundenlang wach und sah zu, wie das Fensterviereck heller wurde. Ich dachte, das würde immer so weitergehen und es würde nie einen Menschen kümmern, was ich tat oder bleiben ließ. Fünf Jahre! Dann entdeckte ich das erste warme Nest, und ich kroch so schnell wie möglich unter.

Als der Frühling anbrach, wurde die Frau Stoeger plötzlich krank; später musste sie am Herzen operiert werden. Dieser Umstand, so traurig er war, erwies sich als günstig für Anne und mich. Da ich regelmäßig am Dienstag in ihrer Gegend zu arbeiten hatte, besuchte ich sie nunmehr fast wöchentlich, und es war bereits so weit mit mir gekommen, dass ich sonntags beim Einschlafen dachte: Zwei Tage noch... Und ich speicherte die Sätze, die ich am Dienstag loswerden wollte... Die Fenster putzte ich nur hin und wieder, pro forma und in Windeseile, unsere Kaffeegespräche aber wurden von Woche zu Woche länger und intimer. Damals sagte ich Anne diesen wichtigen Satz: Ich kann nicht lieben; und ich sah in ihren Augen Bestürzung und ein ganz neues Interesse für mich. Damals erfuhr ich, dass sie im Leben erst zwei Männer gehabt hatte: Der erste, einer von den Schlossern, verführte sie nach einem Betriebsfest im Park, und sie ließ es geschehen, weil es ihr peinlich war, mit neunzehn Jahren noch Jungfrau zu sein. Den zweiten, einen Diplomingenieur, hatte sie im Urlaub kennengelernt, aber schon nach wenigen Wochen langweilten sie sich miteinander. Sie erzählte mir das alles vollkommen freimütig - da war kein dreckiges Geheimnis hinter ihrer Indifferenz, und keine „Macke" trug die Schuld an ihrer Einsamkeit, sondern einfach der „Mangel an Gelegenheit", wie es so schön in den Anzeigen heißt. Vielleicht war ich für sie genauso die letzte Chance wie sie für mich. Wenn das möglich wäre!... Und ich spielte in Gedanken unsere zukünftige Ehe durch, eine Ehe ohne Lüge, ohne Zank, ohne Alleinsein. Wir würden gute Freunde sein, wie das Bauernpaar in den „Auswanderer"-Filmen von Jan Troell. Wir würden für immer verbunden sein... Miteinander sprechen, miteinander schlafen, jeden Eindruck miteinander teilen... Ich beobachtete Anne, wie sie im Lager hantierte. Ich hörte zu, wenn sie mit den Arbeitern verhandelte. Was für ein aufrichtiger, integrer Mensch!... Aber wie kam diese Perle in ein finsteres Materiallager? Und wenn sie wirklich eine ideale Ehefrau wäre, warum hatte das dann vor mir noch niemand entdeckt? War sie es auch ganz bestimmt wert, dass ich, ein gebildeter und anspruchsvoller Mensch, mich derart intensiv mit ihr befasste? Und abermals suchte ich nach einer Klippe, und wenn ich an

Anne nichts auszusetzen fand, so konnte das wiederum nur bedeuten, dass einer wie ich keine Chance bei ihr hatte. Ich konnte mit einer Frau ja nicht einmal frühstücken, geschweige denn auf längere Zeit zusammen leben.

Und doch schien Anne mich zu mögen, mich, den Versager, den Kinoträumer. Sie blieb zurückhaltend, sie deutete nichts an, aber immer wenn ich dienstags bei ihr saß, spürte ich ihre Freude, mir nah zu sein, ihren Wunsch, mir etwas Gutes zu tun, ihre schüchterne Zärtlichkeit, und die Hoffnung schlug über mir zusammen. Ach bitte, wenn es doch möglich wäre! Ich fing an, von ganz einfachen Dingen zu träumen. Ich wollte Hand in Hand mit ihr spazieren gehen. Ich wollte ihre Haut mit Küssen bedecken. Ich wollte ihr alles von mir erzählen und wollte alles über sie erfahren. Ich wollte den Reichtum, den ich in mir gehortet hatte, einem anderen Menschen zum Geschenk bringen. Und ich wollte dieses andere Ich besitzen, mit Haut und Haaren, bis auf den Grund! Ich probierte zu sagen: Ich liebe dich. Ich erschrak vor Staunen über dieses Wunder, über den hohen Sinn der Natur: Ein Mann und eine Frau – zwei Universen, die sich füreinander auftun – zwei Hälften, die ineinander verschmelzen... Und mir schien, wenn ich nur dieses Mädchen bekäme, dann wäre alles gut, dann hätte ich eine endgültige Lösung für mein Leben gefunden. Vielleicht war die Liebe eine ganz leichte Sache? Warum sollte ich nicht auch einmal Glück haben? Wenn ich zum Beispiel mit ihr ins Kino ginge...

Doch dann fiel mir dieser dämliche Satz wieder ein: Ich kann nicht lieben – und dazu Annes große, erschrockene Augen, und ich war überzeugt, mir schon alles verbaut zu haben, und die Liebe erschien mir als das Schwierigste von der Welt. Ich lud Anne also nicht ein, sie aber mich: Eines Dienstags erklärte sie mir, in schroffem Ton und mit niedergeschlagenen Augen, die Frau Stoeger sei nun doch ins Krankenhaus eingeliefert worden, und sie erkundige sich so oft nach mir, ob ich nicht Lust hätte, einmal mitzukommen, wenn sie die Kollegin besuchen ging. Und als Anne das herausgebracht hatte, hob sie trotzig den Blick, als wollte sie sagen: Ach, denk doch meinetwegen, was du willst...

*

Zum letzten Mal sah ich meinen Vater, als er mich vom Polizeirevier abholte. Am Abend zuvor war ich stockbetrunken in einer Kneipe festgenommen worden. Offenbar hatte ich schlimme Reden geschwungen, aber davon wusste ich später nichts mehr. Ich verbrachte die Nacht in einer Zelle und machte mich schon auf das Ärgste gefasst, denn wie man mir sagte, hatte ich unter anderem einen Polizisten bedroht und beleidigt. Den Vater zu holen war nicht meine Idee, sondern die eines kleinen rothaarigen Beamten. Der horchte gleich so merkwürdig auf, als ich ihm meinen Namen nannte, und zwei Minuten später erkundigte er sich so betont sachlich nach dem Beruf meines Vaters, dass ich schon ahnte, was das für einer war, und richtig: Gegen Ende der Vernehmung entfuhr ihm ein Satz, den ich seit meiner Schulzeit nicht mehr gehört hatte: „Sie sollten sich schämen - bei dem Vater!" Da schaute aus der Uniform ein Bürger heraus, der seine Abende vor dem Bildschirm verbrachte und der sich von einer Serie wie „Schiffer Baumann" nicht eine Folge entgehen ließ. Dieser Mann muss es gewesen sein, der in Berlin bei meinen Eltern anrief.

Er erreichte dort nur meine Mutter, die nun ihrerseits in Panik meinen Vater im Theater anrief. Und der ließ sofort alles stehen und liegen – er soll tatsächlich meinetwegen eine halbe Probe geschmissen haben –, setzte sich ins Auto und fuhr nach Leipzig. Unterwegs wäre er beinahe eingeschlafen – auch er hatte am Abend zuvor gebummelt und war spät ins Bett gekommen. Doch im letzten Moment hob er noch einmal die Lider und sah den Wagen dicht am Straßenrand dahinrasen, da fuhr ihm der Schreck in alle Knochen, und er riss das Steuer herum und bremste und saß minutenlang zusammmengekrümmt und zitternd. In der nächsten Raststätte trank er einen Kaffee, und gegen drei Uhr langte er in Leipzig auf der Polizeiwache an.

Er hatte mit Unannehmlichkeiten gerechnet, doch es wurde halb so wild. Man behandelte ihn äußerst höflich und war gern bereit, in meinem Fall Gnade vor Recht ergehen zu lassen. Ich glaube, es war noch nicht einmal vier Uhr, als ich bereits in Polizeibegleitung meinem Vater gegenübertrat. Eine Menge Leute standen um uns herum, Uniformierte und Zivilisten, sicherlich mehr, als sich sonst um diese Zeit in einer Wachstube aufzuhalten pflegen, und alle reckten sie die Hälse nach dieser Szene: Der schmerzgebeugte Prominente nimmt seinen verkommenen Sohn in Empfang. Mein Vater sah blass aus und sprach mit leiser Stimme; er wirkte leidend und irgendwie geduckt und hatte alle Sympathien auf seiner Seite.

Das weckte meinen Trotz, und ich bereicherte das Schauspiel, indem ich der Rolle des verkommenen Sohnes alle Ehre machte. Erhobenen Hauptes, wie ein verstockter Verbrecher, hörte ich mir die Erklärungen des kleinen rothaarigen Beamten an, ich sprach nur das Nötigste und bezeigte meinem Vater im Angesicht der Fremden übertriebene Verachtung. Aber als ich dann an seiner Seite auf die Straße hinaustrat und als wir uns, jäh allein miteinander, verlegen in die Augen blickten, da war seine erste Frage: „Hast du Hunger?" Und ich merkte nun doch, dass seine Blässe echt war, dass seine

Sorge echt war, und ich schämte mich meiner drittklassigen Verruchtheitskomödie.

Selbstverständlich hatte ich Hunger. Mein Vater lud mich ins „Astoria" ein, das ich, solange ich in Leipzig wohnte, noch nie von innen gesehen hatte. Ich fühlte mich hässlich und dreckig und klebrig unter all den schön gekleideten Menschen; ich hatte den Verdacht, man bräuchte mich nur anzuschauen und spürte sofort, was mit mir los war. Wieder einmal wusste ich meinem Vater nichts zu sagen. Doch er, der kein Schweigen zwischen uns ertrug, beschäftigte mich mit allerlei Fragen und zog sogar den Kellner ins Gespräch. Das Essen kam und schmeckte vorzüglich. Mein Vater bestellte uns eine Flasche Wein; allmählich fand er Gefallen an der Situation. Laut und schwungvoll erzählte er mir von seinem Abenteuer auf der Autobahn. Ich blickte ihn prüfend, fast drohend an: War das vielleicht seine Art von Anklage? Hielt er mir die Opfer und Gefahren vor, die er meinetwegen auf sich genommen hatte? In diesem Falle wollte ich sagen, dass ich ihn ja gar nicht um Hilfe gebeten hatte und dass er sich von mir aus die Reise hätte sparen können. Und dann wollte ich aufstehen und gehen. Aber es war ganz offensichtlich, dass mein Vater nichts Moralisierendes im Sinn hatte. Er war nicht böse über einen Zwischenfall, der ihm Gelegenheit bot, von einem Augenblick zum anderen seinem Alltag zu entwischen, sich ins Auto zu schwingen und nach Leipzig zu jagen. Der überstandene Schock verformte sich bereits zu einer effektvollen Episode für den Stammtisch: Wie ich meinen Sohn aus dem Kerker befreite. Das würde er seinen Kollegen und Freunden, leicht variiert in den Einzelheiten, von nun an bei jeder Gelegenheit servieren.

Ich beschloss, ihn widerlich zu finden und mich so bald wie möglich von ihm loszueisen. Aber er schlug mir plötzlich einen „Nachtbummel" durch Leipzig vor. Er sei so lange nicht mehr hier gewesen, und dabei liebe er diese Stadt; er bedauere es richtig, dass er nicht länger bleiben könne, aber morgen müsse er leider drehen. Ich fragte, um abzulenken: „Was drehst du denn gerade?" und erwartete nun einen begeisterten Wortschwall. Doch mein Vater reagierte, als hätte ich eine grobe Taktlosigkeit begangen: Er lachte kurz auf, hob abwehrend die Hände und sagte, während seine Stirn sich furchte: „Ach Scheiße... Geld verdienen, Sascha."

Ich sah ihn zum ersten Mal genauer an und entdeckte in seinem runden, vergnügten Gesicht einen erschreckenden Verfall. Erst jetzt begriff ich, dass er ein kranker Mann war und dass ihn die Strapazen des Tages bestimmt sehr mitgenommen hatten. Er tat mir leid, und ich wollte ihn überreden, auf der Stelle nach Hause zu fahren. Wo würde er übernachten, falls er in Leipzig blieb, in meiner engen Bude etwa? Aber wie sollte er Autofahren in seinem Zustand? Ach, es war alles so umständlich und anstrengend.

Zuletzt sah ich ein, dass ich ihm besser half, wenn ich einwilligte, mit ihm bummeln zu gehen. Also zogen wir los, auf die Innenstadt zu. Es war schon dunkel und bitter kalt. Mein Vater redete ununterbrochen. Ich fühlte mich einsam an seiner Seite, ich fror und sehnte mich heim in mein Bett.

Endlich landeten wir in einer kleinen, halbleeren, von Kerzen beleuchteten Weinstube und nahmen auf einer Holzbank Platz, die so lang und so verdammt hart war, dass ich mir vorkam wie im Ferienlager. Eine Stunde verging in vager Erwartung, dann betraten zwei junge Frauen das Lokal und setzten sich an unseren Tisch. Die eine war kurzhaarig und um die Dreißig, sprach laut und hatte ein scharfes Gesicht. Die andere wirkte sanft und verträumt und schien ein paar Jahre jünger zu sein.

Sie waren beide nicht unattraktiv, aber etwas an ihnen störte mich, dies Gescheite und Bittere, was sie ausstrahlten, diese Reife einsamer, erfahrener Frauen. Glücklicherweise beachteten sie uns nicht, sie diskutierten angeregt über Free Jazz, und minuten- lang verfolgten wir ihr Gespräch mit der willenlosen Zerstreutheit von Menschen, die sich miteinander langweilen. Doch selbst jetzt litt mein Vater kein Schweigen zwischen uns. Er fragte mich sichtlich unkonzentriert, was ich denn in letzter Zeit an lohnenden Filmen gesehen hätte. Ich sagte, das Angebot sei etwas flau, doch zum Glück werde im „Casino" gerade... Da rief mein Vater plötzlich laut: „Genau! Das sind nämlich meistens bloß Hochstapler, die in den Konzerten immer so entzückt tun!" Er hatte mir nicht zugehört – er hatte nur nach einem Anschluss gehascht.

Die beiden Frauen blickten sehr kühl zu ihm hin, und ich hoffte schon, sie würden ihn abweisen; sie machten eigentlich ganz den Eindruck, als ließen sie sich grundsätzlich nicht von Fremden anquatschen. Doch die Kurzhaarige war, wie sich herausstellte, vor allem eine leidenschaftliche Streiterin, die keine Gegenmeinung wortlos hinnehmen konnte. „Aber das ist Unsinn !", platzte sie heraus. „Niemand würde in so ein Konzert gehen, wenn er nichts davon versteht!"

Es hatte geklappt, der Kontakt war geknüpft. Eine halbe Stunde später spendierte mein Vater unseren neuen Bekannten Sekt, und wir erfuhren, dass sie Margot und Liane hießen. Mein Vater und Margot, das war die Kurzhaarige, bestritten den Hauptteil der Unterhaltung. Noch ging es um Literatur und Musik, doch es zeichnete sich bereits eine andere Richtung ab, harmlose Witzchen wurden eingeflochten, versteckte Anspielungen, Blödeleien... Mein Vater hatte zeitlebens Schlag bei Frauen, und ich begriff eigentlich nie, warum, denn er war dick und bebrillt und wirkte wie ein harmloser kleiner Spießer. Aber als er sich damals zu dieser Margot vorbeugte, als der Alkohol, das Ziel, das höher pulsierende Leben ihn alles andere vergessen machten, da sah ich hinter den vertrauten Zügen wiederum ein neues Gesicht: das Gesicht eines Mannes, der zu genießen verstand, der eine schöne Frau ebenso zu würdigen wusste wie einen erlesenen alten Wein. Dieses „Lob des Kenners", das schmeichelte den Frauen, die Intensität, mit der er sich um sie bemühte, und seine Berühmtheit natürlich – auch Margot und Liane hatten ihn bestimmt erkannt und waren nur zu intelligent, um ihn darauf anzusprechen –, das war das ganze Geheimnis seiner Erfolge. Darum lachte die Margot so mädchenhaft ausgelassen, wie ich es ihr gar nicht zugetraut hätte, und darum sah mich Liane, die Stille, auf diese ernste, sondierende Weise an: Wenn wir wollten, sie und ich, konnten wir das zweite Pärchen bilden...

Mir wurde schlecht vor Widerwillen und Angst. Ich malte mir die Fortsetzung des Abends in den hässlichsten Varianten aus – wenn der Vater mit dem Sohne... Nein, um Gottes willen, nur das nicht! Es war mir schon komisch und fast unanständig vorgekommen, mit dem eigenen Vater auch nur zu saufen. Mit ihm Weiber aufzureißen, das verkraftete ich nicht. Das hatte für mich eine ganz andere Färbung. Ich hatte so etwas vor kurzem erst erlebt, mit einem Kumpel und zwei jungen Mädchen in einer kleinen Studentenwohnung – eine seltsame, fiebrige, traurige Nacht, überschattet von Streit und Tränen; und wenn ich mir vorstellte, solch eine Nacht mit diesem dicken, sentimentalen, bedenkenlos lebenshungrigen Mann, mit meinem Vater, wie ich ihn kannte...

Gerade bestellte er uns eine zweite Flasche Sekt, seine Augen leuchteten hinter den Brillengläsern, kein

Mensch sah ihm an, wie schlecht es ihm ging und wie wenig er geschlafen hatte. Ich sagte entschieden: „Für mich nicht!" Und rundheraus, ohne jede Erklärung, fügte ich hinzu, ich müsse jetzt gehen. Ich werde nie vergessen, wie verblüfft mein Vater war. Zuerst verstand er überhaupt nicht, was ich meinte. Ich zog mir rasch den Mantel an und kümmerte mich nicht um seine Proteste. Als ich mich von Liane verabschiedete, glaubte ich in ihren Augen Sympathie und ein tiefes Verständnis zu lesen, und ich stellte mir vor, wie schön es doch wäre, wenn sie jetzt mit fester Stimme sagte: Ich gehe auch – ich komme mit... In gewissen altmodischen Liebesfilmen lernen sich so die Paare kennen: Zwei saubere junge Menschen lösen sich von einer oberflächlichen Amüsiergesellschaft, treten Seite an Seite hinaus ins Freie... Aber Liane blieb natürlich sitzen, und als ich auf der Straße stand, erleichtert und verärgert, kam mir der böse Gedanke, dass mein Vater gewiss auch mit zwei Frauen fertig werden konnte.

Nach Hause gehen mochte ich noch nicht – was wartete dort auf mich als Unordnung und Kälte –, und so beschloss ich, mir vielleicht noch eine Spätvorstellung im Kino zu suchen. Doch ich war noch keine zehn Schritte weit gegangen, da hörte ich, wie hinter mir jemand die Tür aufstieß. Liane?... Ich fuhr herum. Auf dem Absatz der Steintreppe stand mein Vater. Mein nächster Gedanke war, er hätte sich für mich und gegen die beiden Frauen entschieden, und ich wurde von einer warmen Freude gepackt wie als Kind, wenn er nachts in mein Zimmer kam.

Doch mein Vater trug ja gar keinen Mantel. Er hatte nur seine Brieftasche in der Hand, die er mir fast bittend entgegenhielt, und er fragte, was die besorgten Väter aller Zeiten ihre Söhne fragten: „Brauchst du Geld?" Und wie es sich für einen Abtrünnigen gehörte, antwortete ich mit einem stolzen Nein, obwohl mein Vermögen, das weiß ich noch genau, aus einem abgegriffenen Fünfmarkschein bestand, den ich letzte Nacht zufällig übersehen hatte.

Mein Vater stieg langsam die Stufen hinab. Noch immer hielt er mir die Brieftasche entgegen, doch er konnte wohl an meinem Gesicht erkennen, dass ich kein Geld von ihm nehmen würde. Ich spürte, er hatte mir noch etwas zu sagen, und in Erwartung einer weiteren Peinlichkeit stand ich mit gesenktem Kopf. Sekunden, vielleicht sogar Minuten vergingen, dann kam es, schwerfällig und zögernd: „Ich weiß, du nimmst mir das übel, das…" Ich zog die Schultern hoch, mir wurde ganz heiß vor Scham, Himmelherrgott, wie er das sagte, so wehleidig, so ohne jeden Abstand, warum musste er nur dauernd solche Sachen sagen! „Aber – das ist sozusagen – vor Sonnenuntergang…"

Und darüber kam er nun doch ins Lachen. Es war ein sehr unechtes, unschönes Lachen, doch es erleichterte mich ungemein; und ich brachte es fertig, den Kopf zu heben und in dieses Lachen einzustimmen. Aber als ich meinem Vater jetzt ins Gesicht sah – es war abstoßend hässlich, so verzerrt und verkrampft –, da verwandelte es sich nochmals vor meinen Augen, diesmal in die Fratze eines dreckigen alten Lüstlings. Es tut mir leid, dass dies mein letztes Bild von ihm war. Ich hätte ihn gern noch einmal wiedergesehen.

*

Mein erstes Rendezvous mit Anne gestaltete sich zu einem Fehlschlag. Wir besuchten die Frau Stoeger im Krankenhaus, und anschließend lud ich das Mädchen zum Essen ein. Nach der zweiten Flasche Wein war ich betrunken genug, ihr einen wilden Vortrag über die

„moralische Leuchtkraft" in den „legendenhaften" Filmen von Grigori Tschuchrai zu halten, und sie schien mir so aufmerksam zu folgen, dass ich mich immer mehr ereiferte. Doch als ich nachts an ihrer Haustür von ihr Abschied nahm, als sich fragend und verstört unsere Blicke trafen, da kamen mir plötzlich ein paar Frauen in den Sinn, die mir gleichfalls voller Interesse gelauscht hatten, wenn ich mich im Suff begeistert über irgendwelche Filme ausließ, aufgeweckte, kesse, souveräne Frauen, die sich insgeheim über mich lustig machten, oder abgehetzte kleine Dinger, die krampfhaft auf Intellektuelle mimten... Da wurde mir Anne plötzlich fremd, nicht mal einen Abschiedskuss mochte ich ihr geben. Ich ging heim und war eitel Stolz und Trotz: Okay, ich hatte wieder alles falsch gemacht. Ich blieb zur Einsamkeit verurteilt, und jeder Versuch, die Barriere zu durchbrechen, musste genauso kläglich scheitern, wie dieser Abend gescheitert war.

Aber dann in meiner leeren Bude packte mich ein solcher Jammer, dass ich mir sagte: Vielleicht liebt sie mich doch? Mit anderen Worten, die Hoffnung auf Rettung war mir schon zum unentbehrlichen Rauschgift geworden. Von da an fand ich keinen Abend mehr Ruhe. Es begann eine seltsame Zeit. Wie ein läufiger Kater zog ich durch die Straßen, machte ab und zu halt in einer Eckkneipe, kippte einen Klaren und ging weiter und weiter. Eine wirre, frühlingshafte Sehnsucht zerrte an mir wie ein körperlicher Schmerz. Bald glaubte ich ganz genau zu wissen, dass Anne an mich dachte wie ich an sie und dass sie mich jederzeit erwartete. Ich wollte ganz locker zu ihr gehen: Hallo, ich hatte grad in der Nähe zu tun, und da dachte ich, schaust mal bei der Anne vorbei! Aber wenn ich dann wirklich ihre Richtung einschlug, würgten mich Angst und Widerstreben. Ich dachte an die vielen peinlichen Momente, die ich bisher mit Mädchen erlebt hatte, an das verlogene Getue davor und danach, an meinen Vater und seinen „Schlag bei Frauen" und seine unerfüllte Sehnsucht nach einer wahrhaft intakten Familie. Ich grübelte, wie man es anfangen müsste, spontan und aufrichtig miteinander ins Bett zu gehen. Und Liebesszenen aus allen möglichen Filmen liefen verworren vor mir ab – die kindlich-euphorische Balkonszene aus Zefirellis „Romeo und Julia"-Version... „Elvira Madigan", die Szene im Wald... Oder das erste Alleinsein der Liebenden in der „Berührung" von Ingmar Bergman... Ich wollte nicht zu Anne sagen: Hallo, ich war zufällig in der Nähe, sondern einfach: Ich liebe dich, aber das war eben nur im Kino möglich.

Also sagte ich mir lauter kluges Zeug: dass es „richtige" Liebe ja doch nicht gebe und dass ich nicht gleich ans Höchste denken sollte, sondern erst mal an ein simples Dach überm Kopf. Wenn ich es nur schaffte, mit Anne zu schlafen, vielleicht würde dann auch früher oder später das andere, das Echte, zum Vorschein kommen? Los, geh hin, Sascha, sei kein Feigling, so spornte ich mich unaufhörlich an, und ich schlich nun bereits um ihre Straße herum, und eines Abends blickte ich auf und fand mich direkt vor ihrem Haus. Wenn sie nun zufällig am Fenster stand... Ich flüchtete in Panik zur nächsten Toreinfahrt, ich lehnte mich an die Mauer, der Schweiß brach mir aus... Aber dann auf einmal war es soweit: Ich schämte mich vor der eigenen Angst. Ich dachte, dieser unwürdige Zustand müsse endlich aufhören, so oder so. Es traf sich günstig, dass es erst kurz nach halb neun war und dass ich noch kaum etwas getrunken hatte. Ich würde jetzt zu ihr gehen und nichts überlegen. Ich wollte nur wissen, woran ich war.

Und wirklich, ich setzte mich in Bewegung, einfach so, weil ich es mir befohlen hatte. Mein Gehirn war vollkommen leer. Zwar verspürte ich noch Angst, aber nur als eine rein körperliche Übelkeit. Zwar wusste ich, dass ich die Aufgabe hatte, Schritt für Schritt diese Treppe zu erklimmen und vor einer bestimmten Tür auf den Klingelknopf zu drücken, doch an die Folgen zu denken war ich nicht imstande. So erreichte ich Annes Wohnungstür. Aber als ich ihr Namensschild sah und die Klingel, kam mir der ganze Wahnsinn des Unternehmens mit einem Schlag wieder voll zu Bewusstsein. Wenn ich da klingelte, ich riskierte soviel, mein Image, meine traulichen Dienstagvormittage, vielleicht sogar das Glück meines Lebens. In Sekundenschnelle ging meine Phantasie Hunderte von Möglichkeiten der Pleite und Blamage durch. Ich konnte mich über Annes Gefühle täuschen, dann wäre ich bloßgestellt vor einer fremden Person. Ich konnte im Gespräch versagen, ich konnte sogar noch im Bett versagen. Abermals erlitt ich einen heftigen Schweißausbruch und musste mich ans Geländer klammern. Das Licht im Treppenhaus erlosch, ich knipste es mechanisch wieder an. Unten wurde eine Tür geöffnet, ich hörte Schritte und Stimmen, da raffte ich mich auf. Ich wollte nicht so gesehen werden. Mir war alles gleich, ich wollte Liebe haben. Ich hielt die Luft an und drückte den Klingelknopf.

Wie hätte ich ahnen können, dass ich diese Sekunde in derselben Nacht noch und später immer wieder ausgiebig mit Anne besprechen würde! Was hast du gedacht, als ich vor dir stand – das war in der ersten Zeit eines unserer bevorzugten Themen. Wahrscheinlich kennen auch andere Liebespaare diese genüsslichen Bettgespräche: Man liegt aneinandergeschmiegt im Dunkeln, ganz eingehüllt in Wärme und Vertrautheit, und nun blickt man lächelnd von der Höhe des Glücks hernieder auf all die Ängste und Qualen, die man so unnütz ausgestanden hat.

Ich wollte immer wieder hören, dass Anne mich

liebte; ich wollte genau wissen, warum und seit wann. Sie sagte, sie sei nach jenem verunglückten Abschied vor ihrer Haustür zu der Überzeugung gelangt, ich möge sie nicht und ich wäre überhaupt ein kalter, ein zuge- schlossener Mensch. Aber ich war zu ihr gekommen, nicht als selbstsicherer Sunny Boy, dann hätte sie sich wahrscheinlich verkrampft, sondern als ein kleines, elendes Menschlein. das vor ihrer Tür um Liebe bettelte. Unter meiner Befangenheit blühte sie auf, wurde schön und geschickt und sogar kühn. Sie war es, die mit der Zärtlichkeit begann: Als wir einmal nahe beieinander standen, strich sie mir übers Haar, ganz rasch und ver- schämt, ich brauchte sie bloß noch an mich zu ziehen. Und dann lagen wir auch schon auf ihrem Bett, und beide schluchzten wir wie die Kinder, und Sex war nicht länger ein schmutziges Spielchen, und Liebe war etwas ganz Nahes, Reales, und ich war endlich erlöst und ge- heilt. Gott sei Dank – Gott sei Dank! Dies war mein bür- gerliches Happy End: Hochzeit und günstiger Wohnungstausch. Meine Mutter schenkte uns eine voll- automatische Waschmaschine, und Sophiechen, unsere Kleine, strampelte schon in Annes Bauch.

Es heißt immer, dass privates Glück dem Menschen auch nicht weiterhelfe. Mir hätte nichts anderes mehr weiterhelfen können. Das Familienleben schaffe „Zwänge", heißt es. Aber ich war nur heilfroh, dass ich es doch tatsächlich geschafft hatte, eine Frau zu ergat- tern und ein Kind zu zeugen und einen richtiggehenden Hausstand zu gründen. Die Zwänge nahm ich dankbar und erleichtert hin. Ich hatte die Schnauze voll von der Freiheit.

*

Als mein Vater starb, war ich vierundzwanzig, fühlte mich aber wie mindestens sechzig. Ich erfuhr die Todesnachricht aus dem Radio, denn meine Mutter hatte ihr Telegramm an meine Leipziger Adresse geschickt, ich aber befand mich mit meiner damaligen Clique in Warnemünde. Gerade saßen wir alle Mann in dem Hotelzimmer eines Münchners, den wir vormittags am Strand kennengelernt hatten. Wir tranken Rotwein und führten eine von diesen hitzigen Ost-West-Debatten. Das Radio dudelte im Hintergrund, Sport, Musik, Nachrichten, kein Mensch achtete darauf. Aber plötzlich hörte ich: Richard Bronikowsky. Im Alter von nur dreiundfünfzig Jahren... nach langer, schwerer Krankheit... war vor allem durch die Gestaltung kraftvoller Arbeiterfiguren... Ich rappelte mich auf und horchte genauer. So voll war ich doch noch gar nicht, oder... ? Im Radio lief bereits der Wetterbericht. Hatte ich nun richtig gehört? Nach einer Weile stand ich auf und erklärte, ich müsse sofort in Berlin anrufen, wahrscheinlich sei mein Vater gestorben. Worauf die Jungs mich ernstlich für übergeschnappt hielten.

Im Hotel zu telefonieren erlaubte man mir nicht. Ich sah vergammelt aus und stank nach Alkohol, und man behandelte mich dementsprechend. Gleichgültig trottete ich hinaus und blinzelte in die untergehende Sonne. Mir fiel ein, dass mein Geld für eine Fahrkarte nicht reichte und dass meine Klamotten noch in Rostock waren. Das kam mir alles so ungelegen! Und ich hoffte sehr, ich hätte mich geirrt und mein Vater wäre doch noch am Leben.

*

Die Nachrufe! Meine Mutter hat sie alle gesammelt. Sie hat auch von den Beileidstelegrammen und -briefen die wichtigsten aufgehoben. Ich falte sie feierlich auseinander und streue sie über den Fußboden hin. So fühle ich mich wieder in die Stimmung zurückversetzt, die ich damals, als ich von Warnemünde kam, im Hause meiner Mutter vorfand. Ich stieg aus dem Zug, verkatert und schmutzig, ich wollte die Beerdigung hinter mich bringen wie eine lästige Verwandtenpflicht – und platzte in einen Staatsakt hinein. Das Wohnzimmer voller Blumen und Menschen. Auf der Truhe Beileidsschreiben, die zum Teil von den höchsten Stellen kamen. In den Zeitungen Nachrufe, aus denen hervorging, dass dieses Land in meinem Vater einen seiner bedeutendsten Künstler verlor. Und ich hatte geglaubt, er wäre in letzter Zeit ein bisschen unmodern geworden. Dass der Tod selbst einen erloschenen Ruhm noch einmal zum Aufflackern bringen kann, hatte ich nicht einkalkuliert, und vor allem wäre ich nie darauf gekommen, dass mein Vater von so vielen Menschen aufrichtig geliebt und betrauert wurde. Ich weiß noch, wie erstaunt ich war, als mir gleich am ersten Tag eine wildfremde ältere Dame um den Hals fiel und mit halberstickter Stimme flüsterte, mein Vater sei ein wunderbarer Mensch gewesen. Schon damals kam mir der Verdacht, ich hätte irgendetwas an ihm verpasst.

Und das Gleiche fühle ich auch jetzt, während ich die Nachrufe überfliege, denn selbst hier finden sich neben den üblichen Floskeln – „Er war einer der Pioniere auf unserem Weg zur sozialistischen Filmkunst…" oder: „Sein Hermann Willing in ‚Weggefährten' wurde einer hoffnungsfrohen Generation zum Sinnbild der erwachenden Kraft des Volkes…" – auch Spuren von aufrichtiger Zuneigung. Einer dieser Artikel ist geradezu schön:

Er war ein Mann, der gerne lachte, der ganze Saalrunden unterhielt, wenn er in Stimmung war, der aber auch mit Hingabe zuhören konnte... Das Schönste an ihm war sein Enthusiasmus, sein Glaube an einen Menschen, einen Film, eine Zukunft, der alle Enttäuschungen überwand und für uns Jüngere stets etwas Mitreißendes hatte... „Dranbleiben" pflegte er zu sagen, zornig mitunter oder ironisch, doch im Grunde immer überzeugt. Seine Aufmunterung wird mir fehlen, seine Freundschaft, sein erfrischendes Lachen. Menschen wie er werden heutzutage selten. Vielleicht wird es bald niemanden mehr geben, der zu uns „Dranbleiben!" sagt.

Komisch, da ist von einem Mann die Rede, den ich niemals kennengelernt habe, und doch ist es deutlich mein Vater. Der ihm dieses Denkmal setzte – ein Kollege, etwa in meinem Alter –, hat ihn viel wärmer und liebevoller und vielleicht auch tiefer gesehen als ich. Wenn mein Vater zu mir jemals „Dranbleiben!" gesagt hätte – dranbleiben? Woran? Wozu? –, eine abgeschmackte Phrase, nichts anderes, hätte ich darin gesehen. Warum bin ausgerechnet ich mit diesem harten, kalten Blick gestraft? Selbst wenn es Wahrheit ist, was ich sehe – und dessen bin ich mir gar nicht so sicher –, ich beneide jeden, der das hat, was mir abgeht: die Fähigkeit zur Nachsicht, zur kritiklosen Liebe. Damals, als mein Vater beerdigt wurde, ich hätte sonstwas darum gegeben, in der allgemeinen Trauerbrühe mitschwimmen zu können. Die Leute um mich her jammerten und weinten, und ich stand daneben und fühlte mich ausgeschlossen von aller Menschlichkeit.

Meine Mutter, sie war so aufgelöst, so kopflos, sie fragte mich nicht einmal mehr, wie sonst, wann ich denn nun endlich einen vernünftigen Beruf lernen wolle. Der Kranz vom Verband der Kulturschaffenden! Und ich hatte keinen schwarzen Anzug! Und der arme Richard, wie furchtbar er zuletzt noch leiden musste! Und schon brach sie wieder in Tränen aus, und ich versuchte mit aller Kraft, ein Gefühl für meinen Vater in mir aufzubringen. Ich stellte mir die Einzelheiten vor, Gestank, Erbrechen, irrsinnige Schmerzen... Armer Vater, wollte ich denken. Aber gleichzeitig sah ich meine Mutter weinen, und ich fragte mich: Wenn sie nun so krank gewesen wäre? Ob er wohl an ihrem Sterben teilgenommen hätte? Oder hätte er sich lieber verzogen, um bloß von dem Schrecklichen nichts zu sehen? Ich wollte denken: Arme Mutter. Aber ich erinnerte mich zu genau, dass sie ihren Mann immer dann besonders liebte, wenn er schwach war und wenn er ihr Gelegenheit bot, ihre Großmut und Opferbereitschaft zu zeigen: wenn er kleinlaut von einer Niederlage heimkam oder eben wenn er krank lag und betuttelt werden konnte, so etwas erweichte ihr Herz. Sie gab ihm Heimat, Erholung und frisch gewaschene Hemden, aber er lief ihr immer wieder davon, sobald er sein Tief überwunden hatte. Dieses Tief nun, das allerletzte, das hatte er nicht mehr überwunden. Diesmal blieb er ihr in Ewigkeit erhalten. Ich dachte mir, sie hatten wohl einen Abschied wie in der Schlussszene eines frommen Hollywoodschinkens: Verklärtes Licht über dem Sterbebett, der Held bereut, die Heldin verzeiht, und die Geigen schluchzen noch einmal das Motiv, das der ersten Liebesszene unterlegt war. Und ich fand, dass meine Mutter doch eigentlich keinen Grund Zur Klage hatte: Mein Vater würde in ihrer Erinnerung eine rundum positive Figur abgeben.

Nein, ich konnte nicht um ihn trauern, dafür beneidete ich ihn zu sehr, und dafür ging es mir selbst zu dreckig. Eine Jammergestalt, stand ich an seinem Grab. Ich schämte mich, weil mir mein schwarzer Anzug nicht passte, weil ich schon zwei Kognak getrunken hatte und weil ich nirgendwo zu Hause war. Spätestens morgen würde die Mutter wieder anfangen, mich wegen meiner Zukunft zu bearbeiten. Nachher schon beim Essen konnte es passieren, dass jemand sich in aller Unschuld nach meinem Beruf erkundigte. Der Sohn von Richard Bronikowsky – Gelegenheitskellner an der Ostsee! Aber die meisten wussten sicher schon Bescheid, was für eine trübe Tasse ich war. Wahrscheinlich rochen sie alle meine Kognakfahne und sahen, wie lächerlich der geborgte Anzug mir die Beine umschlotterte; und wenn sie den Friedhof verlassen hatten, würden sie Grüppchen bilden und tuscheln. Ich stellte mir vor, dies sei ein Mafiafilm: Der Boss wird beerdigt, der Nachfolger steht sprungbereit, schwarze Hüte auf grünem Rasen, in gestochener Klarheit fotografiert. Da vergaß ich meine Unsicherheit, und ich sah die Welt mit den Augen des imaginären Mafiabossnachfolgers: In die Gesichter, die auf mich zuschwammen, projizierte ich eine gierige Spannung – die da murmelten: „Mein Beileid", das waren Wölfe, die schon hechelnd nach der Beute schnappten. Ich lächelte zynisch, ich fühlte mich clever, ich war überzeugt, mit denen wurde ich fertig...

Doch beim Essen fragte mich ein uralter Herr, ich glaube, ein ehemaliger Kulturfunktionär, wann ich denn nun endlich gedenke, mich Richards würdig zu erweisen. Ich wusste keine Antwort. Ich dachte an meinen Vater, und mir wurde klar, dass er selbst vom Tode noch so sieghaft und protzig wiederauferstanden war wie von jeder Niederlage zu Lebzeiten. Der Tote im Dunkeln, das war ich, und mein Vater lebte und glänzte. Er wurde gefeiert. Er wurde beweint. Er wurde von all diesen Leuten hier gewissermaßen symbolisch belohnt, weil er so sehr gelitten und sich so prächtig gehalten hatte. Es war ungerecht. Wer belohnte denn mich für meine Haltung, die vielleicht noch viel prächtiger war, und für meine viel schwereren Leiden! Wenn ich demnächst ins

Gras biss – und das würde bald sein, bestimmt –, wer würde wohl an meiner Beerdigung teilnehmen? Außer meiner Mutter fiel mir niemand ein.

*

Wenn ich heute nach Hause komme, läuft mir im Flur meine Tochter entgegen, sie ruft: „Vati, Vati", ihre Äuglein leuchten...

Ist es nicht immer wieder unfassbar, wie sich das alles entwickelt hat? Selbst jetzt noch muss ich oft darüber staunen, wie einmalig günstig der Zufall das fügte und wie leicht es hätte schiefgehen können. Wenn ich nun woanders die Fenster geputzt hätte – wenn ich nicht Zeit und Gelegenheit gehabt hätte, Anne gründlich kennenzulernen – wenn ich nicht den Mut gefunden hätte, sie zu besuchen... Wo wäre ich dann jetzt? Oh, Gott sei Dank!

Von der ersten Nacht an ging alles bergauf. Ein Bekannter der alten Frau Stoeger vermittelte mich in unser Büro. Lustige Truppe, netter junger Chef. An einem sonnigen Maimorgen wurde ich Vater. Die Kollegen beschenkten mich mit allen möglichen Kleinigkeiten – wenn man die Menschen erst näher kennenlernt, sind sie tatsächlich fast alle ganz in Ordnung –, und der Chef trug mir an, mich zu qualifizieren, denn als Familienvater hätte ich doch sicher ganz gern eine kleine Zulage, hm?

Also ließ ich mich zum Finanzkaufmann ausbilden, und ich büffelte abends mathematische Reihen und politische Ökonomie und Statistik, und ich ertrug das genauso zähneknirschend wie seinerzeit die Quälerei in der Schule – sieh da, ein neuer Breiberg zum Durchfressen, nur dass mir diesmal erst gar kein Schlaraffenland winkte –, und wenn ich doch mal die Geduld verlor, weil dieses Zeug so knochentrocken, so über alle Begriffe öde war und wenn dazu noch unser Säugling krähte und wenn ich die größte Lust bekam, alles hinzuschmeißen und ins Kino zu flüchten – seit drei Wochen lief Wajdas „Gelobtes Land", und ich war noch immer nicht hingegangen! –, dann atmete ich tief durch und ermahnte mich, an die graue, schlimme Zeit zu denken, da ich Anne unbedingt haben wollte, da ich jeden Abend aufs Neue loszog und mein Liebesverlangen, meinen sexuellen Notstand und tausend Komplexe mit mir herumtrug. Meine Wünsche hatten sich erfüllt, nun musste ich auch die Verantwortung tragen.

Ich bekam meinen Abschluss und wurde befördert. Ich befasste mich nunmehr mit Rentnern, Dutzenden, Hunderten von Rentnern, die uns jeden Dienstag auf die Bude rückten. Nach Feierabend ging ich heim zu meiner Familie, richtig wie ein normaler Mensch, und beim Mittagessen erzählte ich den Kollegen, wie viele Zähne Sophiechen augenblicklich hatte und welche Tricks wir anwenden mussten, damit uns eine Gasheizung bewilligt wurde. Ich war kein sonderlich fleißiger Arbeiter, aber man konnte mich gut leiden, weil ich die bösesten Witze riss und weil ich Bescheid wusste, wann Marlene Dietrich ihren letzten Film gedreht hatte, und weil ich die Freuden und Klippen des Familienlebens, die für die meisten längst schon verflacht waren, mit solcher Naivität entdeckte.

Als die Frau Stoeger, unsere Ersatzoma, starb, beschlossen wir, uns mehr um meine Mutter zu kümmern, die arme trauernde Witwe in Berlin. Vielleicht fand sie zu uns, fanden wir zu ihr ein ähnlich herzliches Verhältnis? Doch meine Mutter war weder arm noch traurig. Sie lebte ganz in der Vergangenheit und blickte von ihrem Witwenthron sogar ein wenig gönnerhaft auf uns herab.

„Ach, ich weiß nicht", pflegt sie zu sagen, „ihr seid irgendwie eine langweilige Generation. Wenn ich dran denke, was wir früher angestellt haben... Ich weiß nicht, mit uns war doch viel mehr los." Sie lächelt, und ich weiß, jetzt wird sie gleich wieder anfangen, von ihren Schwarzmarktabenteuern und Westberlin-Einsätzen zu erzählen. Diese Leute prahlen mit ihren Erlebnissen, als ob sie ein Verdienst daran hätten. Wenn die wüssten, wie gern wir uns für Westberlin-Einsätze zur Verfügung stellen würden.

„Was sollen wir denn tun, deiner Meinung nach?"

„Was tun? Aber Junge, mach die Augen auf, es gibt heute so viel zu tun! Man muss doch seine Fähigkeiten nutzen... Und dass du dich bei dieser Versicherung versteckst, dass du so gar nichts aus dir machst, also ich finde das – richtig unfair ist das..."

Und schon sind wir mitten im schönsten Drama vom kleinkarierten Sohn und der enttäuschten Mutter.

„Ich sorge dafür, dass alte Leute ihr Geld bekommen. Dass sie ihr Recht bekommen, wenn sie sich nicht wehren können. Ja, ich weiß, das ist eine Arbeit, die keiner gerne macht, aber gemacht werden muss sie, und ich halte das für anständiger als - als..." Aber weiter darf ich nicht gehen. Das Andenken des Vaters muss verschont bleiben.

„Ach, Sascha, wie selbstzufrieden bist du geworden! Und dabei warst du mal so ein begabter Junge! Wenn du dich nur ein kleines bisschen angestrengt hättest..."

Na, was dann? Wäre ich ein zweiter Richard Bronikowsky, ja?

„Du hättest den Menschen so viel geben können."

Ach, wie gut haben es doch die Alten! Die konnten sich wenigstens zu ihrer Zeit noch selber aussuchen, wo sie leben und woran sie glauben wollten. Ihre Enttäuschungen und Leiden finden in schicken Wohnungen statt, sie werden mit teurem Schnaps ertränkt, werden immer wieder zugedeckt, gepolstert, verleugnet, und was das Wichtigste ist: Schon beim kleinsten Anzeichen von Aufschwung, Echtheit, Wirkung und Erfolg kriecht der alte Elan wieder hervor, und der gute Wille von einst ist durch keinerlei Praxis zu erschüttern. Aber wir – aber Leute wie ich? Vielleicht hat meine Mutter recht, vielleicht haben wir tatsächlich versagt. Natürlich gibt es Entschuldigungen: dass wir ins Unabänderliche hineingeboren und zur Schizophrenie erzogen wurden, dass unsere Träume von vornherein aussichtslos und unerfüllbar waren... Und trotzdem, wir hätten nicht so stillhalten dürfen. Haben wir uns nicht widerstandslos von unseren Eltern überrennen lassen? Aber das kann ich meiner Mutter nicht sagen, weil sie es ganz anders verstehen würde. Ich erkläre ihr vielmehr zum hundertsten Male, dass ich nicht die geringste Lust verspüre, die Zahl der unfähigen Dilettanten zu vermehren, die in der Kunstbranche umherschwirren und für nichts die dicksten Gehälter kassieren; dass es dagegen doch vergleichsweise ehrlich sei, einer handfesten Arbeit nachzugehen und die Kunst nur in der Freizeit zu betreiben... Ach, sie soll froh sein, dass ich nicht vor die Hunde gegangen bin, es hat verdammt wenig daran gefehlt! Wenn sie doch fühlen könnte, dass ich noch gestern ein armes Würstchen war und den Kopf einziehen musste, wenn man mich nach dem Beruf oder dem Familienstand oder gar dem Einkommen fragte. Und heute bin ich fast eine Figur für Rudolf Hirschmeisl, den Biographen meines Vaters: Es gibt in meinem Leben keinen einzigen Punkt, den ich nicht guten Gewissens vorzeigen könnte – bitte sehr, Familie, Arbeit, Hobby, alles in tadelloser Ordnung.

Das muss mein Heilmittel sein, immer wieder, wenn ich mich so sehe, wie meine Mutter mich sieht: als einen langweiligen Kerl in einer langweiligen Umgebung, der eine langweilige Arbeit betreibt und eine langweilige Frau geheiratet hat... Die Oma Hutscher, o nein, das halt ich nicht aus, wenn sie heute wieder von ihrem Karlchen anfängt, ich brüll sie an, ich schmeiß sie raus... Warum kann meine Frau nicht ein bisschen mehr Paprika in die Suppe tun, und warum bleibt sie, wenn ich gemein zu ihr bin, bloß immer so unerschütterlich sanft, warum ist mir ihre Liebe nur so sicher, kann sie nicht wenigstens einmal fremdgehen, dass ich wieder um sie zittern muss?... Dieses Fernsehprogramm ist das letzte, dabei muss man sich doch einfach besaufen, jetzt hab ich schon seit fast einer Woche keinen einzigen neuen Film mehr gesehen, wenn ich doch bloß schon Rentner wäre und nach drüben fahren könnte, o Mann, würd ich ins Kino gehen...

Es ist meine private Variante von dem verbreiteten Lebensgefühl der Leere; doch jedes Mal wenn der große Horror mich packt, wenn ich glaube, in meinem Käfig ersticken zu müssen und am Gitter rüttle und ausbrechen will, dann kann ich die Zähne zusammenbeißen und mir meine Entwicklung vor Augen halten: Statt gleichgültig irgendwo dahinzutreiben, bin ich ein nützliches Glied der Gesellschaft. Statt einsam zu sein, wie es mir zugekommen wäre, bin ich von Liebe und Wärme umgeben. Statt meine Träume zu verkaufen und zu verwursteln, habe ich sie unversehrt in mir bewahrt.

Und alles andere ist Unsinn, basta!

*

Ja, alles andere ist Unsinn. Gerade hat mir Sophiechen befohlen, mit ihr Mensch-ärger-dich-nicht zu spielen. Ich werde diese braune Mappe jetzt zuklappen und niemals wieder aufschlagen. Soll meine Mutter damit machen, was sie will. Sie wird wohl doch übertrieben haben, als sie behauptete, ein Verlag zeige dafür Interesse. Kein Mensch zeigt heute mehr Interesse für eine DDR-Größe der fünfziger Jahre – abgesehen von seiner Witwe natürlich. Die braune Mappe wird in einer Schublade landen, und meine Mutter wird weiter lamentieren, dass das Andenken meines Vaters in Vergessenheit gerate. Und selbst wenn es ihr wirklich gelingen sollte, ihrem Mann, den sie so wenig kannte wie ich, einen eitlen kleinen Altar zu errichten – von mir aus, ein Rudolf-Hirschmeisl-Epos mehr oder weniger auf der Welt, das spielt nun auch keine Rolle mehr.

Aber schade wär's doch, der Stoff ist gar nicht so übel. Man könnte vielleicht – etwas Richtiges draus machen... Einen ganz irren biographischen Film, halb dokumentarisch, halb surrealistisch. Diese Mappe mit den Fotos und Artikeln müsste den roten Faden bilden, die Grundlage, das, was in „Citizen Kane" die Wochenschau-Passage ist. Überhaupt, den „Citizen Kane" müsste man sich dafür noch mal gründlich ansehen, der ist in diesem Genre bis heute unübertroffen. Und die Filme meines Vaters müsste man durchforsten, die alten Fernseh-Interviews ausgraben, in Archiven stöbern, Kollegen befragen, Theateraufzeichnungen prüfen... Ja, für den dokumentarischen Teil ließe sich bestimmt Material genug finden. Und daneben die andere Ebene: die subjektiven, verzerrten, umnebelten Erinnerungen des Sohnes – oder der Frau – jaja, der Frau, das wirkt noch immer am besten! Schwarz gekleidet steht sie am Grabe des Mannes, den sie wie keinen gehasst und geliebt hat – ja, der Friedhof als Klammer, so packt man das Ganze! Sie weint, sie quält sich, die Trauergäste um sie her erscheinen ihr als verschwommene Fratzen. Alle Augenblicke tritt ihr Bewusstsein über die Ufer, und das Gesicht eines flüchtigen Bekannten, der ihr die Hand

drückt und etwas Tröstendes murmelt, nimmt unversehens die Züge ihres Mannes an. Wie aus der Ferne hört
sie seine Stimme. Noch einmal, als bräunlich eingefärb-
ten Alptraum, erlebt sie ein paar gespenstisch-präg-
nante, schlaglichtartig aufgerissene Situationen ihrer
Ehe – vielleicht von Trommelschlägen untermalt, wie
Roberts Traum in Troells „Auswanderern", oder von
einem simplen Schifferklavier. Aber immer wenn der
Zuschauer sich einfühlen will, wird die Rückblende aufgelöst, und der Friedhof ist wieder da und die fratzen-
haften Gesichter und eine Flut von dicken Kränzen und
scheppernde Blasmusik, die den Ohren weh tut...

Vielleicht sollte ich mir das spaßeshalber einmal auf-
schreiben, dann würde mir bestimmt noch viel mehr
dazu einfallen. Und später zeige ich es den Leuten vom
Klub... Ich setze eine Widmung darüber: Für meinen
Vater, den Vielgeliebten, der das Beste wollte und dafür
bankrott ging... Ja, und genau in diesem Sinne müsste
ich das Ganze konzipieren: Ich lasse den Alten Selbst-
mord begehen... Und die Frau hat keine Ahnung,
warum... Und wenn sie verzweifelt versucht, es zu begreifen, kommt als ätzender Kontrapunkt ein Zitat wie
dieses hier, aus dem Schlussteil des Aufsatzes von Rudolf Hirschmeisl:

*Und ... und ... und ... Ich könnte noch vieles berichten.
Doch ich will es hier genug sein lassen – eine Persönlichkeit wie diese lässt sich in so wenigen Zeilen ohnehin nicht vollständig erfassen. Wie gut, dass es
nun schon siebzehn Filme gibt, die mehr über Richard Bronikowsky aussagen, als ich es mit meinen
Worten vermag, Filme, die späteren Generationen
von der Härte, aber auch von der Schönheit unserer
konfliktreichen Zeit künden werden, Filme, die uns
allen weitergeholfen...*

Da patscht eine Hand auf Rudolf Hirschmeisls Werk, und über allen Buchstaben und Visionen erscheint mir das süße Gesicht meiner Tochter. Sie will unbedingt Mensch-ärger-dich-nicht spielen. Sie hat sich das in den Kopf gesetzt, und sie wird darauf bestehen bis zuletzt. Sie zappelt, sie quengelt, sie umklammert mein Hosenbein, und ihre Äuglein blicken schmollend und vorwurfsvoll. Kann es etwas Lieblicheres geben als ein fünfjähriges Mädchen? Was ich mir wünschte, habe ich meist nicht bekommen, aber dafür wurde mir in diesem Kind ein Wunder zuteil, das meine Phantasie sich niemals hätte erträumen können. Die Stirnlöckchen! Die engelhaften Pausbacken! Das dralle Körperchen in dem roten Kittelkleid! Ich sehe es an, dies reale kleine Wunder, das mich auf die Erde zurückgerufen hat, und seine unschuldsvolle Schönheit schneidet mir ins Herz. O Gott, sie will Mensch-ärger-dich-nicht spielen und hat keine Ahnung, wie brutal das Leben ist und wie hinfällig ihr Kinderhimmel! Man wird ihr weh tun. Man wird sie zurückstoßen. Vielleicht wird sie mich schon bald nicht mehr lieben. Woran wird ihr Vertrauen zerbrechen? Nach welchem Cannes wird sie sich vergeblich sehnen? Ein Verbrechen haben wir begangen, als wir sie zu unserer Freude in die Welt setzten. Da weiden wir uns nun an ihrem Dasein – aber wenn sie erst in die Schule kommt...

Ich müsste jetzt schnell etwas Lustiges sagen, müsste aufstehen und mich von ihr zum Tisch zerren lassen, wo schon alles zum Spielen bereitsteht. Doch ich kann weder sprechen noch mich bewegen, ich kann nur wie gelähmt meine Tochter ansehen, und plötzlich, fast ohne es zu wollen, strecke ich die Arme nach ihr aus und ziehe sie an mich, drücke sie, presse sie mit ganzer Kraft – nein, sie darf mir nicht unter die Räder kommen, ich werde sie behüten, solange es geht! –, und ich flüstere wie ein Verliebter in ihr Haar: „Sophiechen... Du bist doch meine Kleine..."

Sophiechen entwindet sich meinen Armen. Sie zieht ein verdrossenes, beschämtes Gesicht. Sie mag überhaupt keine Zärtlichkeiten, und jetzt will sie endlich Mensch-ärger-dich-nicht spielen. Ich komme, Sophiechen, ich komme sofort! Ich will nur den Kram hier noch schnell ein wenig ordnen. So, das wär's, und nun lege ich die Mappe am besten gleich in unsere große Reisetasche, damit wir sie auch bestimmt nicht vergessen, wenn wir das nächste Mal nach Berlin fahren.

Doch bevor ich die Tasche wieder unter den Schrank schiebe, zögere ich, und es streift mich wie eine Mahnung, wie ein Anflug von schlechtem Gewissen: Da fehlt doch noch etwas? Da stimmt doch etwas nicht? Ich verharre in meiner gebückten Haltung, als könnte mir das helfen, mich zu besinnen, diesen Gedanken wiederzufinden, den ich vorhin noch besaß und der jetzt an meinem Unterbewusstsein kratzt. Doch Sophiechen schreit in wütendem Befehlston: „Vati!", und ich richte mich langsam auf. Was es auch war, es ist zu spät. Diese Geschichte ist beendet, ich werde sie nicht mehr korrigieren. Verzeih mir, Vater, und ruhe in Frieden, meine Tochter will Mensch-ärger-dich-nicht spielen, das ist mir jetzt wichtiger als alles auf der Welt.

Und ich lasse mich am Familientisch nieder, und ich spiele mit Anne und Sophiechen eine Partie Mensch-ärger-dich-nicht, die mir haargenau so gerät wie mein Leben: Zuerst würfele ich eine Sechs nach der anderen, meine Steinchen rasen nur so über die Felder, schon habe ich das erste beinahe im Tor, bums, da wird es mir in letzter Sekunde geschlagen. Aus ist der Traum von einem schnellen Sieg. Ich schicke also, schon merklich gedämpft, meinen Reservestein auf die Reise, doch der Ärmste kommt keine drei Ecken weit. Sophiechen braucht eine Vier, um ihn zu schlagen. Sie wünscht sich eine Vier, bitte, bitte, eine Vier, sie flüstert es in den Würfelbecher hinein, und bums, sie würfelt genau eine Vier! Wie sie jubelt und hüpft, diese kleine Sadistin, weil ihr Vati wieder ganz von vorn anfangen muss, während sie schon längst den ersten Stein im Ziel hat. Na wartet nur, ich werde gleich eine Sechs würfeln, und dann überhol ich euch noch alle beide! Doch die nächsten Runden sind wie verhext, ich würfle alles Mögliche, nur keine Sechs. Dann endlich kommt eine – ah, jetzt leg ich los! –, aber wieder erwischt es mich. Auch Anne hat nun schon einen Stein im Ziel, Sophiechen mittlerweile sogar zwei, und wie ich zu meinem Verdruss bemerke, sind die beiden nicht einmal mehr scharf darauf, meine Steine rauszuschmeißen. So kläglich ist meine Position, dass sie, meine Gegner, es mir gönnen würden, wenigstens einen Stein durchzubringen, bevor Sophiechen das Spiel gewinnt.

Ingrimmig, aber ziemlich mutlos, starte ich einen neuen Versuch. Diesmal muss ich es unbedingt schaffen, all meine Hoffnung steht und fällt mit diesem kleinen roten Stein, der da auf dem Spielbrett einsam mit gelben und grünen Feinden ringt. Je weiter er vorankommt, desto wilder wird diese Hoffnung, doch es wächst auch eine Verzagtheit in mir: Er kann's nicht schaffen, er wird wieder geschlagen... Wenn Sophiechen nun eine Drei bekommt!... Schon steht mein kleiner Roter ganz kurz vorm Ziel. Lieber Gott, bitte gib mir eine Vier... Nein, keine Sechs, was soll mir jetzt eine Sechs, wenn Anne eine Zwei hat, bin ich geliefert...

Endlich, endlich kommt er, der erlösende Moment: Mein erster Stein zieht feierlich ins Tor ein. Und von nun an läuft alles wie geölt: Ich führe zwei neue Steine auf einmal ins Rennen, ich verzögere Sophiechens endgültigen Sieg, ich zwinge meine Mitspieler, mich wieder für voll zu nehmen. Als Sophiechen, das Biest, schließlich doch gewinnt, bin ich immerhin gerade dabei, meinen dritten Stein ins Tor zu bringen. Es folgt ein spannendes Kopf-an-Kopf-Rennen mit Anne, das Sophiechen quiekend verfolgt. Wir überholen einander immerzu, und keinem gelingt es, den anderen zu schlagen. Zuletzt stehen wir jeder ganz dicht vorm Ziel und würfeln beide fieberhaft um eine Eins. Noch nicht – und noch immer nicht – aber jetzt, hurra, ich hab's geschafft! Ich bin tatsächlich Zweiter geworden! So verfahren war meine Kiste, aber ich hab trotzdem die Kurve gekriegt! Ich lehne mich zurück, erleichtert, befriedigt und sehr erfreut über meinen Mittelplatz. Was tut's, dass ich mein Anfangstempo nicht halten konnte. Die Hauptsache ist doch, ich hab nicht verloren – oder?

Nachwort

Diese drei thematisch zusammenhängenden Erzählungen waren einmal mein literarisches Debüt, das 1985 im Ostberliner Buchverlag Der Morgen erschien und dem wenig Erfolg beschieden war. Trotzdem hatte ich dreißig Jahre später den Wunsch, den Text neu aufbereitet in die digitale Welt zu überführen. Mittlerweile liegt er als ebook und hiermit auch als Printausgabe vor.

Doch als ich in Vorbereitung der Edition die drei Geschichten nach Jahrzehnten wieder las, bewegten mich ambivalente Gefühle. Es war nicht so, dass ich schockiert und beschämt reagiert oder dass ich mich innerlich distanziert hätte, wie man es oft von reifen Autoren hört, die sich mit ihren „Jugendsünden" konfrontiert sehen. Nein, ich hielt meine Geschichten noch immer für halbwegs vorzeigbar und rückte nicht von dem Vorsatz ab, sie erneut ans Licht der Welt zu befördern. Die Korrekturen, die ich vornahm, waren so minimal, dass man sie kaum als Überarbeitung bezeichnen kann.

Und dennoch fand ich die Texte gealtert, fand sie gewissermaßen geschrumpft und getrocknet, sowohl von der Form her (wie befremdlich wirkt heute der DDR-Stil der 1980-er Jahre!) als auch vor allem in ihrer Bedeutung. Einst hatte ich in dem Wahn geschwebt, damit etwas höchst Kritisches, Entlarvendes und Revolutionäres zu verfassen. Ich hatte um jede Zeile gerungen, hatte den ganzen steinigen Weg durch die DDR-Zensur zurückgelegt, hatte endlose Debatten und erniedrigende Kompromisse in Kauf genommen, weil ich überzeugt gewesen war, der DDR-Gesellschaft mit diesen Erzählungen etwas ungemein Wichtiges zu vermitteln. So war ich aufgewachsen, in einer Welt, die dem geschriebenen Wort eine rasante gesellschaftliche Sprengkraft beimaß; denn was immer man der DDR vorwerfen mag, vor der Literatur hatte sie einen Respekt, wie man ihn heutzutage vergeblich sucht, den Respekt der Diktatur vor der rebellischen Macht des Geistes.

Nun, „Fern von Cannes" hat seinerzeit selbst in der DDR kaum Aufsehen erregt, und wenn ich den Band heute lese, kann ich nur staunen, dass all das Kämpfen und Barmen, all die wilden Diskussionen und schlaflosen Nächte in diese ruhig kühle, rein literarische Bestandsaufnahme gemündet sind – dass ein paar Jahrzehnte reichen, um einem Buch die Intention und das Herzblut zu entziehen, mit denen es geschrieben wurde. „Fern von Cannes" ist nichts als ein gewöhnlicher, solider, hoffnungslos altmodischer Text, und ich kann froh sein, wenn sich darin wenigstens eine atmosphärische Grundstimmung erhalten hat, die dem heutigen Leser Kunde von den DDR-Befindlichkeiten gibt.

Tanja Stern, Juni 2017

Über die Autorin

Tanja Stern, geboren 1952 in Ostberlin, Studium der Theaterwissenschaften, danach Jobs als Redakteurin, Buchhändlerin und Sekretärin. 1981-84 Literaturinstitut Leipzig. 1984 literarisches Debüt mit dem Erzählungsband „Fern von Cannes" (Buchverlag Der Morgen). Tanja Stern lebt als freie Autorin in Wildau bei Berlin. Sie schreibt Prosa, Kinderbücher, Biographien, Essais und Filmscripts; daneben gestaltet sie Themenkalender. Ihr Schwerpunkt liegt auf historischen Recherchen zur DDR- und Kommunismusgeschichte, die sie auch in dem autobiographischen Bericht "Der Apparat und die Seele" aufgearbeitet hat.

Inhalt

www.ingramcontent.com/pod-product-compliance
Lightning Source LLC
Chambersburg PA
CBHW021136130626
46554CB00005B/1530